Arena-Taschenbuch
Band 1776

Karl Rolf Seufert

# Aufbruch am Heiligen Fluß

Gandhis Kampf für Indiens Freiheit

Arena

Die Deutsche Bibliothek – CIP-Einheitsaufnahme

**Seufert, Karl Rolf:**
Aufbruch am Heiligen Fluß: Gandhis Kampf für Indiens Freiheit / Karl Rolf Seufert.
– 1. Aufl. - Würzburg: Arena, 1994
(Arena-Taschenbuch; Bd. 1776)
ISBN 3-401-01776-4
NE: GT

1. Auflage als Arena-Taschenbuch 1994
Lizenzausgabe des Loewes Verlags

Reihengestaltung: Marlis Scharff-Kniemeyer
und Karl Müller-Bussdorf
Umschlagillustration: Marlis Scharff-Kniemeyer
Gesamtherstellung: Chemnitzer Verlag und Druck GmbH,
Werk Zwickau
ISSN 0518-4002
ISBN 3-401-01776-4

# *Inhalt*

## *Südafrika*



## *Indien*



## *Für die, die es genauer wissen wollen:*

# Südafrika

## Bittere Erfahrungen

Mohandas Gandhi stand an Deck, als das Schiff in den Hafen von Durban einlief. Etwas seitlich ausscherend, um die Meeresströmung abzufangen, schob es sich an den kleinen Dampfern und Fischerbooten vorüber, die gerade vom Fang kamen oder zum offenen Meer strebten. Nach den drei Wochen auf dem Indischen Ozean genoß er den Anblick der südafrikanischen Hafenstadt mit den mehrstöckigen Häusern, ihren Speichern und Schuppen, eingefaßt von leeren Sandstränden, und darüber die stechende Sonne, die wie eine weißglühende Wolke das Land beherrschte. Das war kaum anders, als er es von Bombay her kannte.

Die Maschinen waren verstummt, das Schiff hatte festgemacht; Mohandas Gandhi griff nach seinem Koffer. Er sah einige britische Zollbeamte und Kaufleute, aber die meisten waren Inder und Afrikaner. Niemand kümmerte sich um ihn. Doch plötzlich winkte ein bärtiger Inder. Das mußte Abdulla Seth sein. Der Kaufmann war also selbst gekommen.

„Allah sei Dank, daß Sie endlich hier sind!" Sie schüttelten einander nach europäischer Sitte die Hand. „Kommen Sie, dort wartet die Kutsche."

Die Straßen der Europäer waren fast ausgestorben, die wenigen Passanten, die auf dem Gehsteig dahineilten, waren zumeist Dienstboten der Weißen, die zu irgendwelchen Besorgungen unterwegs waren.

Dafür drängten sich die Menschen im indischen Viertel. Hindus und Moslems schoben sich in beiden Richtungen durch den Staub. Kinder spielten vor den schmutzigen Häusern, Bettler und Wahrsager hockten am Boden, Händler drückten ihre Karren durch die Menge. Ein übelriechendes weißgraues Gemisch aus Staub, Schweiß, Gewürzen und Schmutz hing in den Gassen.

Abdulla Seth bewohnte ein Haus auf halber Höhe, ein verschachteltes Anwesen mit Hof, Ställen, Schuppen und einem Brunnen. Etwa ein Dutzend Menschen, alle Inder, schleppten Kisten und Fässer, beluden Eselskarren und kontrollierten die eingehenden Baumwollballen. Seth war einer der reichsten indischen Kaufleute in Südafrika mit Anteilen an einer Schiffahrtslinie.

Er geleitete Gandhi zu einer Terrasse und deutete auf zwei Sessel. „Sie haben in London studiert, sind Jurist und haben dann zwei Jahre in Bombay gearbeitet – alles in allem kein schlechter Start“, eröffnete der Kaufmann das Gespräch. „Warum wollten Sie nicht in Bombay bleiben?“

Gandhi zögerte. „Das ist eine lange Geschichte –.“

„Erzählen Sie sie kurz.“

„Mein Vater war Erster Minister des Fürsten von Rajkot. Das ist ein winziger Staat auf der Halbinsel Kathiawar nördlich von Bombay. Mein Bruder wurde Sekretär und Ratgeber des jungen Prinzen. Als der Prinz eines Tages wertvolle Juwelen heimlich aus dem Staatsschatz nahm, um damit seine Schulden zu bezahlen, kam das Gerücht auf, mein Bruder habe davon gewußt.“

„Hat er denn davon gewußt?“ fragte der Kaufmann.

„Nein. Warum sollte der Prinz meinen Bruder ins Vertrauen ziehen? Natürlich erfuhr auch der Vertreter der britischen Krone davon. Und da Charles Ollivant wenig gegen den Prinzen unternehmen konnte, war ihm mein Bruder gerade recht.“

„Sie versuchten dann, die Sache zurechtzurücken, nehme ich an.“

„Mein Bruder bat mich, ein Wort für ihn einzulegen. Ich kannte Mr. Ollivant von London her. Er war mir dort als ein sehr umgänglicher Herr erschienen.“

„Davon war dann in Indien keine Rede mehr, wie?“

„Er empfing mich, als hätte er mich nie gesehen. Als er hörte, worum es ging, drängte er mich in Richtung Tür. Ich widersetzte mich, da ließ er mich durch einen Diener aus dem Raum weisen."

„Das war allerdings eine bittere Erfahrung."

„Oh, sie war noch nicht zu Ende. Am gleichen Tag schrieb ich ihm einen Brief und teilte ihm mit, daß ich ihn wegen tätlicher Beleidigung verklagen würde."

Abdulla Seth schüttelte den Kopf. „Das war sehr mutig, aber auch sehr töricht. Und was geschah dann?"

„Nichts. Ollivant warf den Brief in den Papierkorb, wie ich erfuhr. Ich dachte, nun sei die Sache erledigt. Doch wohin ich mich auch wegen einer Anstellung wandte, mir war der Weg versperrt. Ollivants Einfluß verschloß mir alle Türen. Da hörte mein Bruder, daß Sie vielleicht eine Stellung für mich hätten. Sie sagten zu, und so bin ich hier."

Der Kaufmann nickte. „Sie haben den Vertrag unterschrieben. Sie kennen die Bedingungen. Ich brauche keinen Juristen, sondern nur einen rechtskundigen Gehilfen, einen Übersetzer und Schreiber. Einen Anwalt für meinen Prozeß habe ich schon – einen guten, wie ich denke. Es geht schließlich um sehr viel Geld."

„Das weiß ich", sagte Gandhi. „Ich mache mir da auch überhaupt keine falschen Hoffnungen. Ich wollte einfach fort aus Indien."

„Noch ein persönlicher Rat: Hier werden Ihnen ähnliche Erfahrungen nicht erspart bleiben. Sie müssen wissen, daß wir Inder hier zu den ‚coloured people' gehören, also den Farbigen. Hier gibt es drei Gruppen von Indern – und alle gelten gleich wenig bei den Weißen. Da sind die Geschäftsleute, sie sind zumeist Moslems wie ich; dann die Parsen*, die bei den Moslems arbeiten, und schließlich die Hindus, zu denen Sie gehören. Die Hindus sind bis auf wenige Ausnahmen völlig rechtlose Kontraktarbeiter, billige Arbeitskräfte, die für einen Hungerlohn auf den Teeplantagen und Zuckerrohrpflanzungen schuften. Sie mußten sich für fünf Jahre verpflichten.

* Parsen: Anhänger der von Zarathustra gegründeten altpersischen Religion (Parsismus).

Nach Ablauf der Zeit müssen sie zurück nach Indien, es sei denn, sie bekommen einen neuen Fünfjahresvertrag. Für die Weißen sind wir alle ohne jede Ausnahme Kulis. Sie nennen uns auch so. Ich bin ein Kuli-Geschäftsmann, Sie sind ein Kuli-Anwalt. Es gibt auch Kuli-Ärzte, Kuli-Schreiber, Kuli-Handwerker. Und daran werden weder Sie noch ich etwas ändern. Am besten, man überhört es."

Gandhi war nicht überzeugt, aber er schwieg.

„Ich rate Ihnen, nehmen Sie in den nächsten Tagen an einigen Gerichtssitzungen teil. Hören Sie zu, aber mischen Sie sich auf keinen Fall ein. In der restlichen Zeit studieren Sie meinen Prozeß. Die Akten lasse ich Ihnen bringen."

Einige Tage nach seiner Ankunft in Durban nahm der kleine, schmächtige Inder an einer Gerichtsverhandlung teil. In seinem dunklen Maßanzug und dem schwarzen Turban erregte er sofort Aufsehen. Als ihn der Vorsitzende aufforderte, seinen schwarzen Turban abzunehmen, weigerte er sich.

„In Indien ist es üblich, daß jeder indische Rechtsanwalt vor Gericht einen solchen Turban trägt, Euer Ehren."

„Was Sie nicht sagen, junger Mann!" Der Richter versuchte es mit Sarkasmus. „Aber sollte es Ihnen entgangen sein, daß wir uns hier nicht in Indien befinden?"

„Keineswegs, Euer Ehren. Ich bin britischer Untertan. Für mich gelten die gleichen Gesetze wie für alle Bewohner des Britischen Empire – ob in Europa, in Afrika oder in Indien."

Eine leichte Röte färbte die Wangen des Richters. „Ich danke Ihnen für diese Belehrung, aber ich brauche sie nicht. Um es kurz zu machen: Entweder Sie nehmen Ihren Turban ab, oder ich lasse Sie aus dem Saal weisen."

Gandhi weigerte sich, und der Gerichtsdiener führte ihn hinaus. Sollte er erneut wegen seines Starrsinns in Schwierigkeiten kommen? Und wenn man ihn nach Indien abschob? Was würde es schon ausmachen, wenn er auf den Turban verzichtete? Schließlich könnte er auch einen Hut tragen.

Er besprach sich mit Abdulla Seth, und überraschenderweise war der Kaufmann dagegen, daß er nachgab.

„Wenn Sie den Turban gegen einen Hut eintauschen, beleidigen Sie alle indischen Rechtsanwälte von Bombay bis Madras.“

Das überzeugte Gandhi. Bei der nächsten Gerichtsverhandlung erschien er wieder mit dem schwarzen Turban. Es entwickelte sich daraus ein längerer Streit zwischen ihm und dem Richter, in den nach und nach auch die Zeitungen eingriffen. Einige Journalisten waren empört, nannten Gandhi einen unwillkommenen Besucher, der die Gastfreundschaft des Landes mißbrauche; viele andere jedoch zeigten Verständnis für seine Haltung. Das wochenlange Hin und Her brachte zwei Ergebnisse, beide erfreulich für ihn: Er setzte sich durch und durfte mit dem Turban auch vor Gericht erscheinen, und er wurde unter den Indern in Südafrika bekannt.

Der Prozeß Abdulla Seths zwang ihn, nach Pretoria zu reisen. Man hatte ihm eine Fahrkarte erster Klasse besorgt, und er nahm in einem Abteil erster Klasse Platz. Es war leer, er machte es sich bequem, las und blickte durch das Abteilfenster auf die Landschaft im Dämmerlicht.

Gegen neun Uhr abends lief der Zug in Maritzburg ein, der kleinen Hauptstadt der britischen Kronkolonie Natal. Ein weißer Fahrgast, offensichtlich ein Kaufmann, öffnete die Abteiltür, stutzte verblüfft und kehrte wortlos um.

Wenig später erschien der Schaffner, musterte Gandhi ausgiebig – den schwarzen Turban und den in London gefertigten Anzug –, dann sagte er keineswegs unfreundlich: „Sie können hier nicht bleiben, Mister.“

Gandhi blickte auf. „Warum nicht? Hier ist Platz genug. Das sehen Sie selbst.“

„Machen Sie sich keine Schwierigkeiten.“ In der Stimme des Schaffners schwang eine träge Gutmütigkeit. „Sie können hier nicht bleiben. – Einfach, weil ich es nicht will. Verstehen wir uns jetzt?“

Gandhi hielt ihm die Fahrkarte entgegen. „Sehen Sie das? Es ist eine Fahrkarte erster Klasse – erster Klasse!“

Der Schaffner schüttelte den Kopf. „Erster Klasse oder

dritter Klasse! Es interessiert mich nicht. Jedenfalls werden Sie jetzt das Abteil verlassen. Und einen guten Rat gebe ich Ihnen: Am besten, Sie tun es freiwillig. Das erspart Ihnen eine Menge Ärger."

„Keinesfalls."

„Wie Sie meinen." Der Schaffner schob die Abteiltür zu. Wieder so ein Narr, der sich in sinnlosem Widerstand verrannte. Ihm sollte es gleich sein.

Zwei Minuten später erschien ein Polizist, die Mütze auf dem Hinterkopf. Er hatte offensichtlich schon geschlafen. „Komm, Kuli, mach keinen Quatsch! Hier drin geht's nicht weiter." Er packte Gandhi am Oberarm, riß ihn hoch und schob ihn mit eisenhartem Griff vor sich her zur offenen Abteiltür. „Du hast Glück, daß der Zug noch hält. Paß auf, daß du nicht auf deine braune Nase fällst! Dein Gepäck kriegst du auch. Keine Sorge!"

Gandhi stürzte auf den Bahnsteig, der kleine Koffer schlug neben ihm auf. Er packte ihn und stolperte in das Bahnhofsgebäude. Das große Gepäck und den Mantel nahm der Stationsangestellte in Verwahrung.

Der Wartesaal war dunkel, leer und zugig. Es war Juni, also Winter in Südafrika, und der Wind, der von Drakensbergen kam, war eisig kalt. Gandhi fehlte der Mantel; doch er schwieg, er war keinen weiteren Demütigungen gewachsen. Stumm kauerte er sich auf die Bank. Später sah er, daß noch ein weiterer Fahrgast in den Warteraum kam, der mehrmals zu ihm herblickte. Wahrscheinlich hätte er sich gern mit ihm unterhalten, doch Gandhi tat, als schlafe er. Aber er fand keine Ruhe.

Diese Nacht sollte ihn prägen und seinem Leben eine Wendung geben. Einerseits wünschte er, Südafrika so rasch wie nur irgend möglich wieder verlassen zu können, gleichgültig, was ihn auch in Indien erwarten würde. Andererseits spürte er, daß all diese Demütigungen nicht persönlich gemeint waren. Doch das machte das Ganze nicht einfacher. Die Provokationen galten nicht dem Rechtsanwalt Gandhi, sondern dem Inder, dem Farbigen. Tausende seiner Landsleute nahmen solche Behandlungen Tag um Tag hin, weil sie die Abschiebung fürchteten und nicht die Kraft zur Auflehnung besaßen. Außerdem fehlten ihnen die juristischen Kenntnisse, die nun einmal Voraussetzung waren, wenn man solche Übergriffe abwehren wollte.

Sollte er etwas unternehmen? War es nicht vermessen, auch nur an Widerstand zu denken? Seine Familie lebte in Indien. Ihr würde nichts geschehen, was immer er tat. Was für Möglichkeiten hatte er überhaupt? Und womit sollte er beginnen? Fragen über Fragen. Sie hielten ihn während der nächsten Stunden wach und ließen ihn die eisige Kälte fast vergessen. Als dann das erste Licht in den kleinen Raum kroch und über der Station endlich der Tag anbrach, war der verschlossene, schüchterne Mann ein anderer Mensch geworden. Er hatte den wichtigsten Entschluß seines Lebens gefaßt: Mohandas Gandhi wollte fortan Widerstand leisten und „nein“ sagen!

Sofort nach Öffnung des Telegrafenamtes schickte er zwei Telegramme ab, ein langes an den Generaldirektor der Eisenbahn und ein kürzeres an Abdulla Seth, in dem er den Kaufmann über die Vorkommnisse unterrichtete. Wie er später erfuhr, setzte sich Abdulla Seth nun gleichfalls mit dem Direktor in Verbindung, der das Verhalten des Beamten zu rechtfertigen suchte, aber gleichzeitig mitteilte, er habe den Stationsvorstand angewiesen, dafür zu sorgen, daß Rechtsanwalt Gandhi unbehelligt seine Reise fortsetzen könne.

Tatsächlich gab es keine Zwischenfälle während der Weiterfahrt nach Charlestown. Charlestown war Endpunkt der Eisenbahnstrecke. Wer nach Johannesburg wollte, mußte in die Postkutsche umsteigen. Sie wartete bereits. Gandhi grüßte, zeigte seine Fahrkarte und wollte einsteigen.

„Halt, nicht so eilig, mein schwarzer Freund!“ rief der Kutscher. „Da könnte ja jeder Kuli machen, was ihm paßt.“

„Was wollen Sie?“ fragte Gandhi. „Sie haben meine Karte gesehen.“

„Die Karte ist nicht gültig.“

„Sie wissen sehr genau, daß ich damit bis Johannesburg fahren kann. Die Fahrkarte ist gültig.“

„So, ich weiß das sehr genau? Das ist ja köstlich. Also wirklich!“ Er lachte zu den Passagieren hinüber, die den Vorfall beobachteten. „Ist also ganz in Ordnung, daß sich hier schon die Nigger breitmachen?“

Die Auseinandersetzung nahm die Form an, die Gandhi befürchtet hatte. Ein beifälliges Gekicher lief durch die Reihe. Keiner ist mir zugetan, stellte er fest. Er hätte es wissen können. Dennoch traf es ihn wie ein Schlag. Aber er würde nicht nachgeben. Während er sprach, empfand er voll Stolz die Sicherheit seiner Stimme.

„Ich glaube, daß Sie Ihre Befugnisse überschreiten, Sir. Wenn man mir in Durban eine Fahrkarte nach Johannesburg verkauft, bin ich auch berechtigt, mit dieser Postkutsche zu fahren.“

Vereinzeltes überraschtes Lachen antwortete ihm. Im Gesicht des Schaffners breitete sich über Wangen und Stirn Röte aus. Er suchte offensichtlich nach Worten.

„Ich muß doch sehr bitten, Gentlemen!“ Einer der Fahrgäste, ein englischer Kaufmann, der bisher eine Zeitung gelesen hatte, rief es zu ihnen hinüber. „Ich möchte nichts mehr davon hören. Wir sollten jetzt endlich abfahren.“

Er brachte alle zum Schweigen, Stille senkte sich über den Platz. Dann folgte ein halblautes Stimmengewirr. Schließlich wandte sich ein Bediensteter mit befangenem Eifer Gandhis Gepäck zu.

Gandhi war ärgerlich auf sich selbst und auf die Erleichterung, die er plötzlich empfand. Er begriff, daß der Fremde ihm hatte helfen wollen. Er wollte aber keine Hilfe dieser Art.

Doch der Schaffner hatte noch einen Trumpf. „Hör zu, Kuli“, sagte er. „Du sitzt hier draußen neben dem Kutscher. Ich kann weißen Fahrgästen nicht zumuten, daß du ihnen die Luft verpestest.“

Gandhi erstarrte und blickte in das breite Gesicht des Schaffners, das sich langsam zu einem höhnischen Grinsen verzog. Was sollte er tun? Die Gedanken überschlugen sich. Er konnte auf einem Platz in der Kutsche bestehen. Doch wenn sich der Schaffner und die Fahrgäste weigerten, ihn hineinzulassen? Dann blieben ihm nur zwei Möglichkeiten: Entweder er verzichtete für heute auf die Weiterreise und beschwerte sich erneut, oder aber er gab nach und kletterte doch auf den Bock. Es bedurfte dann keiner großen Phantasie, um sich die hämischen Gesichter vorzustellen.

Zehn Sekunden vergingen, dann nickte er, band sein Gepäck auf dem Dach fest und setzte sich neben den Kutscher. Auf der anderen Seite nahm ein Hottentottenboy Platz, den man zur Bedienung der weißen Fahrgäste beschäftigte.

Es war ein schönes Land, durch das sie fuhren, weit und still. Zu jeder anderen Zeit hätte er die Fahrt genossen. Alles war so ganz anders, als er es von Indien und Europa her kannte. Diese unendliche Leere: rötliche Erde, Felsen und spärliches Gras wechselten mit weiten Sandstrecken, die kein Ende zu nehmen schienen.

Gegen drei Uhr nachmittags erreichten sie die Station Perdekop. Es gab hier nur einige wenige einstöckige Häuser mit flachen Dächern. Eine Frau verkaufte Tee und kleine runde Kuchen. Gandhi fand eine Bank; er setzte sich und sah zu, wie die Pferde getränkt wurden. Nach einer halben Stunde kehrte er zum Kutschbock zurück, die Fahrt sollte fortgesetzt werden.

Er hatte gerade Platz genommen, als der Schaffner erschien. Instinktiv spürte Gandhi, daß ihn eine neue Demütigung erwartete.

Der Mann ließ sich ein Stück Sackleinen vom Kutscher geben und legte es auf das Fußbrett. „Du hockst dich jetzt hierher. Ich setze mich zum Kutscher."

Gandhi erstickte fast vor Scham. „Zuerst haben Sie verlangt, daß ich mich zum Kutscher setze, obwohl ich Anspruch auf einen Platz im Innern hatte. Ich habe diese Beleidigung hingenommen. Jetzt fordern Sie plötzlich meinen Platz hier oben. Aber daraus wird nichts. Auf keinen Fall!"

Der Schaffner ließ sich von seinem Zorn treiben. Er schlug Gandhi mit beiden Händen ins Gesicht, dann packte er ihn an den Armen, um ihn vom Bock zu zerren. Gandhi klammerte sich an das Messinggeländer der Kutsche. Es war das erstemal, daß ihn jemand geschlagen hatte, und eröffnete Aussichten auf weitere Niederlagen. Er würde nicht nachgeben! Ein rettender, herrlicher Zorn kam ihm zu Hilfe und verlieh ihm neue Kräfte. Er ließ nicht los.

„Was haben Sie denn jetzt schon wieder?“ – „Aber so lassen Sie ihn doch!“ – „Wenn er nicht auf dem Bock bleiben kann, dann soll er doch zu uns kommen“, riefen die Passagiere durcheinander. „Hier ist noch Platz.“

Der Schaffner trat unbewußt einen Schritt zurück. Durch die unvermutete Parteinahme fühlte er sich in die Verteidigung gedrängt. „Sie haben hier gar nichts zu sagen“, stieß er hervor. „Was hier gemacht wird, bestimme ich – ich ganz allein.“

Der Aufruhr stockte und verblieb im ungewissen.

„So sollten Sie nicht mit dem Inder umgehen“, sagte einer der Mitreisenden. „Sie haben Ihre Befugnisse erheblich überschritten.“

Der Schaffner wußte es. Er ließ Gandhis Arm los und befahl dem Hottentottenboy, auf dem Fußbrett Platz zu nehmen. „Wenn wir erst in Standerton sind, werde ich dir schon zeigen, wer hier das Sagen hat“, zischte er.

Gandhi schwieg.

Sie erreichten den kleinen Ort bei Einbruch der Dunkelheit. Gegen seinen Willen fühlte Gandhi sich erleichtert, als er unter den Wartenden einige Inder erblickte. Er holte sein Gepäck und wurde von seinen Landsleuten in die Mitte genommen. Offenbar hatten sie ihn schon erwartet und waren froh, ihn ohne Verletzungen zu sehen. Am Abend schrieb er an den Leiter der Postlinie. Ausführlich machte er ihn mit den Vorfällen vertraut und wies auf die Drohungen des Schaffners hin. Schließlich bat er darum, daß man ihm für die Weiterfahrt einen Platz im Innern der Kutsche anweise.

Die Antwort brachte der Bote überraschend schnell. Von Standerton gehe eine größere Kutsche mit anderem Personal ab. „Der Schaffner, über den Sie sich beschweren, wird morgen nicht dasein, und Sie werden bei den anderen Fahrgästen sitzen“, schrieb der Leiter des Postdienstes.

Tatsächlich erhielt Gandhi am nächsten Morgen einen guten Platz und erreichte noch am gleichen Abend Johannesburg.

Eine halbe Stunde wartete er, daß ihn jemand abhole. Als niemand kam, nahm er eine Droschke. Er beschloß, den Fahrer entscheiden zu lassen, wo er wohnen würde. Der Mann war ein Afrikaner, der sehr wenig Englisch verstand, aber er kannte die Worte „billig“ und „sauber“. Er schnalzte mit der Zunge, um den hoffnungslos überforderten Gaul in Bewegung zu setzen. Schließlich hielten sie vor dem Grand National Hotel. Der Fahrer machte keine Miene, Gandhi beim Gepäck zu helfen, und ebensowenig war ein Hausdiener zu entdecken.

Der Direktor, allein in dem Saal, lehnte bedauernd ab: „Es tut mir leid, wir haben alles besetzt.“

Der schwarze Droschkenkutscher wartete draußen. Er hatte das Ergebnis vorausgesehen. Gandhi ließ sich nun zu Muhammed Kasam Kamruddin fahren, den ihm Abdulla Seth empfohlen hatte.

Der Kaufmann lachte, als er von Gandhis Reiseerlebnissen hörte.

„Wie konnten Sie nur erwarten, daß man Sie in einem Hotel übernachten läßt, in dem gelegentlich auch Weiße wohnen!“

„Aber warum denn nicht?“

„Wenn Sie erst ein paar Tage hier sind, werden Sie das begreifen. Wir können in diesem Land nur leben, wenn wir bereit sind, Demütigungen und Zurücksetzungen hinzunehmen. Wenn wir Geschäfte machen wollen, müssen wir immer auch bereit sein, Beleidigungen wortlos einzustecken. Seien Sie mir nicht böse, aber ich fürchte, dieses Land ist nichts für Sie.“

„Vielleicht doch.“

Der Kaufmann schüttelte den Kopf. „Sie wollen morgen weiter nach Pretoria. Sie werden dritter Klasse fahren müssen. Die Verhältnisse in Transvaal sind noch schlimmer als in Natal. Fahrkarten erster und zweiter Klasse werden überhaupt nicht an Inder ausgegeben.“

„Das verstehe ich nicht. Offenbar hat hier noch niemand etwas gegen eine solche Diskriminierung unternommen.“

Der Kaufmann winkte nach einem Kohlebecken, über dem ein Teekessel hing. Ein Diener brachte zwei Schalen aus hauchdünnem Porzellan, und Muhammed Kasam Kamruddin goß selbst ein.

„Ganz so ist es nicht, lieber Freund. Wir haben verschiedentlich Einwände dagegen erhoben. Aber ich muß auch gestehen, daß die meisten unserer Landsleute gar nicht erster oder zweiter Klasse fahren wollen. Der Preis ist ihnen zu hoch."

Gandhi ließ sich die Bahndienstvorschriften kommen und las sie aufmerksam durch. „Da steht kein Wort davon, daß Inder nicht erster Klasse fahren dürfen. Ich will in die erste Klasse."

„Und wenn es nicht gelingt?"

„Dann nehme ich die Kutsche nach Pretoria. Es sind ja nur siebenunddreißig Meilen."

Noch in der Nacht schrieb er einen Brief an den Bahndienstvorstand. Bereits am nächsten Morgen traf das Antwortschreiben ein. Er möge sich doch selbst die Fahrkarte im Bahnhof holen, teilte man ihm mit.

Der Vorsteher empfing ihn in seinem Büro. Ein prüfender Blick traf Gandhi. „Haben Sie den Brief geschrieben?"

„Ja, und ich wäre Ihnen dankbar, wenn ich die Fahrkarte jetzt kaufen könnte. Ich muß noch heute nach Pretoria."

Ein winziges Zögern wurde spürbar, dann lächelte der Beamte. „Ich bin kein Transvaaler, sondern Holländer. Ich verstehe Ihre Gefühle, und ich verstehe auch Ihre Situation." Wieder das Zögern. „Ich will es kurz machen. Sie bekommen die Fahrkarte von mir – aber unter einer Bedingung. Sie ziehen mich nicht in die Sache hinein, falls es Schwierigkeiten gibt und der Schaffner Sie doch in die dritte Klasse abschiebt. Worauf es mir ankommt: Sie machen die Eisenbahngesellschaft nicht für irgendwelche Schwierigkeiten verantwortlich. Ich hoffe, wir verstehen uns. Nur unter dieser Bedingung erhalten Sie die Fahrkarte." Er legte sie auf das Schalterbrett.

Gandhi zahlte und bedankte sich.

Plötzlich lächelte der Beamte. „Ich wünsche Ihnen eine gute Reise. Ich sehe, daß Sie ein Gentleman sind."

Der Kaufmann begleitete Gandhi zum Zug. Immer wieder

schüttelte er den Kopf. „Wissen Sie, was Ihnen gelungen ist, hätte ich nie für möglich gehalten. Aber täuschen Sie sich nicht. Bis Pretoria müssen Sie noch einige Hürden nehmen."

„Sicher, aber ich werde es riskieren."

Er nahm in einem Abteil erster Klasse Platz, in dem ein zeitunglesender Weißer saß, der weder den Kopf hob noch seinen Gruß erwiderte. Der Schaffner erschien erst in Germiston. Er kniff die Augen verblüfft zusammen, als er den indischen Fahrgast sah. Dann machte er wortlos mit der Hand ein Zeichen, das nicht mißzuverstehen war. Gandhi zeigte ihm die Fahrkarte.

„Was soll das?" sagte der Beamte. „Selbst wenn Sie zwei Fahrkarten hätten, würde das nichts ändern. Sie verlassen das Abteil und gehen in die dritte Klasse."

Der Fahrgast am Fenster ließ plötzlich die Zeitung sinken. „Ich darf mir doch wohl bessere Manieren ausbitten! Warum belästigen Sie diesen Herrn? Sehen Sie nicht, daß er für diesen Platz bezahlt hat? Und noch etwas, falls Sie das interessiert, es stört mich nicht im mindesten, daß er hierbleibt."

Der Schaffner zögerte, dann lenkte er ein. „Wenn Sie mit einem Kuli reisen wollen, ist es mir auch recht."

Gandhi hätte sich gern für diese Unterstützung bedankt. Doch der Kopf seines Mitreisenden war längst wieder hinter der Zeitung verschwunden, und er wußte, daß Engländer solche Bekundungen nicht schätzten.

Gegen acht Uhr abends lief der Zug in Pretoria ein. Gandhi hatte gehofft, daß ihn ein Gehilfe von Abdulla Seths Anwalt abholen würde. Aber es zeigte sich niemand. Er sah nur wenige Reisende, die alle mit ihrem Gepäck beschäftigt waren. Einige hatten den Kragen ihres Mantels hochgestellt. Es war kalt und zugig. Er wartete, bis auch der letzte die Bahnhofshalle verlassen hatte, dann fragte er den Beamten an der Sperre nach einem Hotel. Der Mann zuckte gleichgültig die Schultern.

Da mischte sich ein Schwarzer ein, der aus den Staaten stammen mußte, wie sein Englisch verriet. „Wenn Sie mit mir kommen wollen, bringe ich Sie in ein kleines Hotel. Der Besitzer ist Amerikaner wie ich. Er wird Sie aufnehmen."

Gandhi zögerte, aber er hatte keine Wahl, wenn er nicht die Nacht auf einer der Bänke verbringen wollte. Wahrscheinlich arbeitete der Schwarze sogar für den Hotelbesitzer und bezog für jeden geworbenen Kunden eine Provision.

Das Hotel lag in unmittelbarer Nähe des Bahnhofs. Der Besitzer saß hinter dem kleinen Empfangsschalter. Die Kerze neben ihm war die einzige Lichtquelle. Gandhi fragte, ob er ein Zimmer bekommen könne. Der Mann war einverstanden, ihn für die Nacht aufzunehmen, wenn er bereit sein würde, das Abendessen auf dem Zimmer einzunehmen.

„Ich versichere Ihnen", sagte der Amerikaner, „daß ich persönlich gar nichts gegen Farbige habe. Nicht das geringste, das dürfen Sie mir glauben. Aber ich habe ein paar europäische Gäste, und wenn ich Ihnen gestatte, im Speisesaal Platz zu nehmen, könnte es Ärger geben, und den kann ich mir im Augenblick nicht leisten."

Gandhi nickte. „Ich verstehe Ihre Lage, und es macht mir gar nichts, wenn ich auf dem Zimmer esse."

Er stieg, geführt von einem kleinen Buben, der eine Kerze trug, ins zweite Stockwerk. Bei jedem Fußtritt knarrten die Stufen. Die Wände zeigten Risse, und aus der Türumrahmung hatte sich ein Stein gelöst. In dem Zimmer entzündete der Junge eine zweite Kerze und steckte sie in eine leere Flasche. Die Schatten schossen an den Wänden empor. Der Kleine öffnete eilig das Fenster. Das Zimmer war lange nicht gelüftet worden. Gandhi stellte sein Gepäck neben das Bett und setzte sich in einen Sessel. Er hatte Hunger, aber dringender noch brauchte er Ruhe.

Eine Viertelstunde verging, dann klopfte es. Es war der Hotelbesitzer.

Er schien verlegen. „Hören Sie", sagte er. „Es hat mir leid getan, daß Sie hier auf dem Zimmer essen sollten. Ich habe darum mit den übrigen Gästen gesprochen. Sie haben nichts dagegen, wenn Sie unten im Speisesaal essen. Kommen Sie also bitte mit nach unten. Es ist alles in Ordnung."

## *Die fremde Stadt*

Am nächsten Morgen suchte Mohandas Gandhi den britischen Gerichtsadvokaten auf. Man führte ihn in ein getäfeltes Büro, und Mr. Baker empfing ihn mit freundlichem Entgegenkommen. Er ließ sogar eine Tasse Tee servieren, aber die Eile, mit der er zum Wesentlichen kam, zeigte, daß er keine Zeit zu verschwenden gedachte.

„Wie Sie sicher wissen, haben wir hier für Sie keine Verwendung als Rechtsanwalt. Ich sage Ihnen das lieber noch einmal und sofort. Es ist immer gut, wenn die Positionen von Anfang an klar abgesteckt sind. Mr. Abdulla Seth hat den besten Rechtsbeistand, der sich denken läßt, einen Mann mit langer Erfahrung und bestem Ruf."

„Ich weiß", sagte Gandhi.

„Sehr gut." Mr. Baker nickte und zeigte einen Goldzahn. „Aber der Fall ist außerordentlich verwickelt, und es geht um sehr viel Geld. Wir können darum Ihre Hilfe brauchen, vor allem als Dolmetscher und auch zur Beschaffung von Informationen."

„Ich tue mein Bestes, wo immer Sie mich einsetzen." Gandhi fühlte, wie seine Wangen heiß wurden. „Ich beklage mich auch keineswegs, Sir. Daß man einem Anfänger keinen so großen Prozeß anvertraut, war mir klar."

Der britische Gerichtsadvokat lächelte beifällig. „Das wäre also in Ordnung. Ich bin sicher, Pretoria wird Ihnen gefallen, wenn Sie sich erst einmal eingewöhnt haben", sagte er. „Hatten Sie eine gute Fahrt?"

Gandhi berichtete von seinen bitteren Erfahrungen, und Baker nickte. Doch er war nicht überrascht.

„Hier besteht ein unglaubliches Vorurteil gegen alle Farbigen, ganz gleich woher sie kommen. Damit werden Sie sich abfinden müssen, wenn Sie hier arbeiten wollen. Das ist die Regel. Sie haben sicher auch noch keine Unterkunft. Vielleicht kann ich Ihnen dabei helfen."

Mit Bakers Unterstützung fand er ein preiswertes Zimmer

bei einem älteren Ehepaar, das tagsüber einen kleinen Laden betrieb, der aber nicht genügend abwarf, so daß die Leute auf die Vermietung angewiesen waren.

Gandhi arbeitete sich gewissenhaft durch die Stapel von Prozeßakten. Er machte Notizen, fertigte Auszüge und Zusammenfassungen an. Er tat es mit der ihm angeborenen Sorgfalt und der Überzeugung, daß Fakten Wahrheit bedeuten. Wenn wir der Wahrheit folgen, schrieb er später einmal, kommt uns das Recht auf ganz selbstverständliche Weise zu Hilfe.

In den freien Stunden durchwanderte er die Stadt, vor allem das indische Viertel, und was er dort sah, erschreckte ihn. Dieser unfaßbare Schmutz! Er vermochte niemals, in eine der Gassen weit hineinzuschauen. Gleichgültig, wo er auch ging, schon nach wenigen Metern gab es irgendeine verwitterte Fassade, die den Durchblick versperrte. Ihm war es, als schlage ihm aus diesen Gäßchen der Atem von Jahrhunderten entgegen. Dabei gab es in ganz Pretoria kein wirklich altes Haus. Wohin er auch blickte, alles schien hoffnungslos verfilzt vor Armut, Alter und Schmutz. Unbeschreiblich das Chaos aus Lärm und Gestank – vollgepinkelte Hauswände, ungewaschene Kleider, gärender Unrat, dazu die Gerüche, die aus den Türen und Fenstern quollen.

Indische Gassenjungen hatte Gandhi schon in allen Spielarten kennengelernt. Kaum konnten sie den Kopf heben, streunten sie umher. Im Dreck der Gosse machten sie die ersten Schritte. Dort lernten sie sprechen, und die meisten fanden dort für immer ihre Heimat.

Ohne ein besonderes Ziel, nur von der Absicht getragen, zu beobachten, zu hören, zu lernen, durchschritt er die überfüllten Gassen. Gelassen stand er dabei, wenn die Händler ihre Waren anboten, auf die Kunden einredeten. Sie logen und betrogen und wurden selbst belogen und betrogen. Sie fluchten und schimpften in Worten, die Gandhi eine Gänsehaut über den Rücken jagten. Ihr Wortschatz bestand aus Flüchen, Verwünschungen und Übertreibungen.

Viele Menschen waren mit nässenden Hautkrankheiten

behaftet, alle starrten vor Schmutz. Sie waren unglaublich mager, aber gegen den Tod schienen sie gefeit zu sein. In ihnen wucherte die Lebenskraft der Ausgestoßenen.

Schon nach wenigen Tagen reifte in ihm der Plan, alles zu versuchen, um bessere Zustände zu schaffen. Doch was konnte er tun?

Wo immer er auch begann, es würde ein langer, schwieriger und wahrscheinlich nicht ungefährlicher Versuch werden, und er würde mit einer Fülle unliebsamer Überraschungen zu rechnen haben.

Er entschied sich für eine Versammlung, zu der er alle Inder Pretorias einlud. Die wirklich Armen kamen nicht. Damit hatte er gerechnet. Wohl aber die mohammedanischen Kaufleute. Er sah auch nur wenige Hindus.

Eindringlich rief er die Anwesenden auf, sich zur Verteidigung ihrer Interessen zusammenzuschließen und, als ersten Schritt, die Sprache ihrer Unterdrücker zu lernen. „Wie wollt ihr euch mit ihnen auseinandersetzen, wenn ihr sie nicht versteht und wenn ihr euch nicht verständlich machen könnt! Oder glaubt ihr etwa, sie werden eure Dialekte lernen? Euer Englisch muß so gut sein wie das ihre! Das erfordert Arbeit. Darum sorgt für gute Schulen! Ihr braucht Lehrer – erstklassige Lehrer für eure Kinder, nicht solche, die das Englische gerade radebrechen können." Er machte eine Pause, um die Worte wirken zu lassen, dann fuhr er fort: „Ich habe euch bei euren Geschäften zugesehen und zugehört. Was ich da erlebte, war erschreckend. Einer versuchte immer, den anderen zu betrügen. Ihr denkt, Ehrlichkeit und Geschäft sind Maßstäbe, die sich nicht miteinander vereinbaren lassen. Ich sage euch, daß dies falsch ist und schädlich dazu. Geschäfte müssen von gegenseitigem Vertrauen getragen sein. Verläßlichkeit hat sich noch immer gegenüber kurzfristigem Gewinn ausgezahlt."

Die meisten Kaufleute hatten solche Grundsätze niemals zuvor gehört. Er sah es den verblüfften Gesichtern an. Schläue, vage Versprechungen, die niemals eingelöst wurden, Übertreibungen, Bestechungen galten als eherne Geschäftsregeln.

Wer sich betrügen ließ, war selber schuld. Die Zuhörer schüttelten zweifelnd die Köpfe.

Doch Gandhi entließ sie nicht aus dem Staunen. Was ihm weiter aufgefallen sei und sicher auch dazu beigetragen habe, daß die Engländer die Inder verachteten, seien die unsäglichen hygienischen Verhältnisse. „Seht euch eure Gassen und Straßen an!" rief er in den Saal. „Wahrscheinlich fällt es euch schon nicht mehr auf – dieser Schmutz überall, die stinkenden Häuser. Man kann keine zwei Schritte machen, ohne in irgendwelche Abfälle zu treten. Und eure Kleider! Wann wascht ihr sie einmal? Ihr tragt sie, bis sie euch vom Leib fallen. Glaubt ihr ernstlich, daß ihr auf diese Weise die Achtung der Weißen gewinnt?" Er hielt einen Moment inne und kam dann zu seinem letzten Punkt. „Wir fordern Gleichberechtigung. Gut! Aber wie könnt ihr Gleichberechtigung erwarten, wenn ihr sie selbst nicht übt! Gelten bei uns nicht die gleichen Rassenvorurteile – etwa den Unberührbaren gegenüber? Nie habe ich verstanden, wie sich Menschen durch die Erniedrigung ihrer Mitbürger bestätigt fühlen können."

Es war seine erste öffentliche Rede, und nur die Entrüstung über die üblen Erfahrungen, die er hatte machen müssen, und über die Zustände im Lande half ihm über seine Schüchternheit hinweg.

Es wurde vereinbart, solche Versammlungen in regelmäßigen Abständen zu veranstalten.

Am nächsten Tag wandte Gandhi sich schriftlich an die Eisenbahnverwaltung, um gegen die Fahrkartenausgabe zu protestieren. Warum sollten Inder nur in der dritten Klasse reisen dürfen? Als Antwort erhielt er einen Brief, in dem man ihm mitteilte, daß künftig Fahrkarten erster und zweiter Klasse auch an indische Reisende verkauft würden, falls diese anständig gekleidet seien. Das war ein Zugeständnis, das kein Inder in so kurzer Zeit für möglich gehalten hätte, fast ein Sieg. Allerdings stellte es die Entscheidung über den Verkauf der Fahrkarte noch immer in das Belieben eines jeden Bahnvorstandes.

Nach wie vor widmete Gandhi dem Prozeß viel Zeit. Er sammelte Material, das für eine Verhandlung wichtig sein konnte, studierte die einschlägigen Paragraphen und nahm sich ähnlich gelagerte Rechtsfälle vor. Er erkannte, daß es sich hier um äußerst komplizierte Sachverhalte handelte, in die viele Personen und Handelshäuser verwickelt waren. Oft fehlten juristisch abgesicherte Beweise, da die Absprachen nur mündlich getroffen worden waren. Trotzdem gelangte er zu der Überzeugung, daß das Recht auf seiten seines Klienten sei.

Als dann Abdulla Seth unerwartet nach Pretoria kam, überraschte Gandhi den Kaufmann mit ganz neuen Einzelheiten.

„Wir werden den Prozeß gegen Ihren Hauptgegner Tyeb Sheth gewinnen", versicherte er.

„Allah sei Dank!" Der Kaufmann war außerordentlich erleichtert. „Sie können sich kaum vorstellen, wieviel Sorgen ich mir mache. Ich habe es einmal ausgerechnet, immerhin geht es um vierzigtausend Pfund."

„Richtig", sagte Gandhi. „Und darum bin ich gar nicht sicher, ob wir wirklich auf diesem Prozeß bestehen sollten."

Abdulla Seth war verblüfft. „Ich fürchte, ich verstehe nicht."

„Sehen Sie, die entscheidende Rolle bei diesem Prozeß spielt der Richter. Und ob er die Beweise so wertet, wie wir es uns wünschen, ist keineswegs sicher. Außerdem kann niemand abschätzen, wie lange der Rechtsstreit dauern wird. Er kann sich endlos hinschleppen, keiner Partei zum Vorteil. Denken Sie an die riesigen Kosten, die dabei entstehen werden, vor allem auch an die Anwaltskosten, die Sie jetzt schon aufbringen mußten. Dabei ist es nicht auszuschließen, daß sich beide Seiten ruinieren."

Abdulla Seth blickte vor sich hin. „Soll das heißen, daß ich nach Ihrer Meinung den Prozeß aufgeben soll? Das ist ganz unmöglich", sagte er entschieden. „Dafür habe ich schon zuviel Geld investiert."

„Nein. Aber ich denke, Sie sollten einen Vergleich anstreben."

„Und wie soll das geschehen? Soll ich etwa zu Tyeb Sheth

gehen und ihm den Vergleich anbieten? Er wird mich auslachen."

„Nein. Ich will gern die Vorarbeiten machen. Ich werde selbst mit ihm sprechen und ihm die Risiken vor Augen führen. Er ist ja nicht dumm. Ich werde ihm vorschlagen, daß wir einen Schiedsrichter benennen, der das Vertrauen beider Seiten genießt, und daß beide Parteien vorher schriftlich erklären, daß sie sich seinem Urteil unterwerfen. Ich werde Tyeb Sheth raten, sich vorher mit seinem Anwalt zu besprechen. Auf diese Weise ließe sich der Prozeß im Handumdrehen beenden."

„Versuchen könnten wir es immerhin", sagte der Kaufmann. „Ich habe Vertrauen zu Ihnen. Wäre es nicht so, würde ich denken, Tyeb Sheth hätte Sie bestochen."

„Ich bin nicht bestechlich."

Er stattete Tyeb Sheth noch in der gleichen Woche einen Besuch ab, und es kam zu einem langen Gespräch. Der Kaufmann erbat sich Bedenkzeit und willigte dann ein. Ein Schiedsrichter wurde ernannt und der Fall vor ihm verhandelt. Abdulla Seth gewann. Doch Gandhi war noch nicht zufrieden. Bestand Abdulla Seth auf der sofortigen Vollstreckung des Urteils, war Tyeb Sheth ruiniert. Unmöglich konnte der Verlierer die ganze Summe von siebenunddreißigtausend Pfund aufbringen, zu der noch die Prozeßkosten kamen.

Wieder fühlte er sich als Vermittler, und es gelang ihm, für den Verlierer Zahlungserleichterungen durchzusetzen – mäßige und langfristige Ratenzahlungen, die Tyeb Sheth aufbringen konnte.

Jahre später in seiner Autobiographie gestand Gandhi: „Meine Freude war unbändig. Ich hatte den wahren Sinn der Rechtsprechung kennengelernt, nämlich die gute Seite im Menschen herauszufinden und in die Herzen der Menschen einzudringen. Diese Lehre hat sich unauslöschlich in mein Bewußtsein gebrannt, so daß ein großer Teil meines Wirkens in den zwanzig Jahren meiner Anwaltstätigkeit darin bestand, in Hunderten von Fällen persönliche Vergleiche zustande zu bringen. Ich habe dabei nichts verloren, nicht einmal Geld – jedenfalls nicht meine Seele."

Gern ging er in der beginnenden Abendkühle spazieren. Er liebte diese Stunde, in der die grellen Farben verblaßten, der Staub sich legte und das hektische Geschäftsleben erstarb.

Eines Abends sah er, wie eine Polizeistreife eine Gruppe Inder anhielt.

„Warum tun sie das?" fragte er Mr. Coates, der ihn gelegentlich begleitete. Sie hatten sich vor Wochen bei ihren Spaziergängen kennengelernt.

„Sie überprüfen den Erlaubnisschein. In Transvaal dürfen Ihre Landsleute nach neun Uhr abends das Haus nicht mehr verlassen. Ich hoffe doch, Sie haben eine solche Erlaubnis."

„Ich wußte nicht einmal, daß man hier so etwas braucht."

Mr. Coates faßte ihn am Arm. „Kommen Sie, dann kehren wir lieber um, sonst kriegen Sie Ärger. Das kann für Sie eine Woche Haft oder noch mehr bedeuten." Er ereiferte sich. „Ich weiß, es ist infam, was man hier mit den Indern macht. Aber glauben Sie mir, nicht alle Weißen sind damit einverstanden. Ich habe allen meinen indischen Angestellten einen Erlaubnisschein ausgestellt, auch den schwarzen Dienern. Ich würde Ihnen gern einen schreiben, aber ich darf nicht, weil Sie nicht bei mir beschäftigt sind." Er schüttelte den Kopf. „Ich werde Ihnen trotzdem einen verschaffen. Kommen Sie doch morgen vormittag in das Büro des britischen Staatsanwaltes. Ich werde ihn informieren."

Der britische Staatsanwalt hatte in London im gleichen College gewohnt wie Gandhi und den gleichen Club besucht – nur dreißig Jahre früher, wie sich während des Gesprächs herausstellte.

Er blickte Gandhi nicht ohne Wohlwollen an. „Wissen Sie", sagte er, „seit einem Menschenleben bin ich nun hier und tue mein Bestes, um herauszufinden, welche von zwei unwahren Aussagen die weniger unwahre ist, und dem weniger Schuldigen zu seinem Recht zu verhelfen, ohne auf Schmeichler und Lügner hereinzufallen. Aber es gibt immer wieder Dinge, die neu sind. Wo hätte ich gedacht, daß ich einmal einem Kollegen einen Erlaubnisschein ausstellen müßte!"

Er suchte nach einem Formular, wühlte in mehreren Schubladen, dann hielt er in einem plötzlichen Entschluß inne. „Das machen wir anders“, sagte er. „Ich schreibe Ihnen einen Brief, der Sie berechtigt, auszugehen, wann immer Sie es wollen. Und wenn Sie irgendwelche Schwierigkeiten bekommen sollten, lassen Sie es mich wissen.“

„Ich danke Ihnen, Sir. Wahrscheinlich werde ich nicht oft Gebrauch davon machen. Aber es ist eine Beruhigung.“

Der Staatsanwalt hob den Kopf. „Sind Sie sich im klaren, daß Sie im ganzen Land bekannt sind und noch darüber hinaus? Nicht nur weil Sie den Behörden kräftig einheizen, sondern auch wegen des Vergleichs in dem Mammutprozeß zwischen Abdulla Seth und Tyeb Sheth. Das hätten nicht viele gemacht. Die meisten hätten darin eine sichere Lebensrente gesehen. Am stärksten haben Sie mir jedoch mit den Ratenzahlungen imponiert.“

„Sie waren auch der schwierigste Teil der Verhandlungen. Aber ohne die langfristigen Ratenzahlungen wäre Tyeb Sheth ruiniert gewesen.“

„So hätten nicht viele Anwälte an Ihrer Stelle gehandelt. Schließlich war das ein fetter Bissen.“

„Ein solcher Vergleich ist leider nicht immer möglich. Aber ich bin der festen Überzeugung, daß es die wichtigste Aufgabe eines Anwalts sein sollte, die zerstrittenen Parteien wieder zusammenzuführen. Und da die Schuld nur selten allein auf einer Seite liegt, scheint mir der Vergleich das angemessene Mittel zu sein, Frieden einkehren zu lassen.“

Der Staatsanwalt nickte. „Trinken Sie einen Tee mit mir?“ Und als Gandhi zustimmte, bestellte er zwei Tassen indischen Tees. „Wie kamen Sie in London mit den Menschen zurecht?“

„Gut“, sagte Gandhi. „Meine Zimmerwirtin kochte sogar vegetarisch für mich, als sie erfuhr, daß ich kein Fleisch esse.“

„Und dann kommt man hierher, und plötzlich stellt man fest, daß es so gut wie unmöglich ist, mit einem Engländer befreundet zu sein. Ist es nicht so?“

Gandhi zögerte. „Ich glaube, ich bin noch nicht lange genug in Südafrika, um so ein hartes Urteil fällen zu können.“

„Nur ein Beispiel für die Art Irrtümer, die man sich hier leistet, wenn man die Menschen nicht kennt: Kurz nachdem ich aus England hierhergekommen war, lud ich einmal einen indischen Rechtsanwalt zu einer Partie Schach ein – bitte schön, ein einziges Spiel. Später kam ich dann dahinter, daß er seine Gehilfen in der Stadt verbreiten ließ: ‚Geht nur zu meinem Herrn, er ist mit dem Staatsanwalt gut Freund. Sie spielen sogar Schach zusammen.‘ Seit dieser Zeit habe ich ihn mir bei Verhandlungen immer besonders scharf vorgenommen. Jedenfalls war das Ganze eine Lektion für mich – und für ihn hoffentlich auch.“

Gandhi nippte an dem Tee. „Besteht die Lektion nicht vielleicht auch darin, daß Sie Inder häufiger einmal einladen sollten?“

„Möglicherweise. Aber ich fürchte, meine Zeit hätte früher dazu kaum ausgereicht. Und jetzt bin ich einfach zu alt für solche Experimente.“ Der Staatsanwalt zeigte ein melancholisches Lächeln.

„Heute haben Sie immerhin eine Ausnahme gemacht.“

„Vollkommen richtig. Dabei wird es aber auch bleiben.“

Gandhi war niemals gezwungen, von dem Erlaubnisschreiben Gebrauch zu machen. Doch dafür wartete eine andere Überraschung auf ihn.

Indern wie Schwarzen war es verboten, den Bürgersteig zu benutzen. Allerdings hielten sich nur die wenigsten daran, und die Engländer sahen darüber hinweg. Als Gandhi eines Abends durch die Präsidentenstraße ging, deren Name vom Haus des Präsidenten Ohm Krüger herrührte, der hier wohnte, schlug der Polizeiposten plötzlich auf ihn ein und versetzte ihm einen so brutalen Fußtritt, daß Gandhi zu Boden stürzte. Noch ehe er wieder auf die Füße kam, hörte er eine bekannte Stimme hinter sich. Es war der britische Staatsanwalt.

„Mr. Gandhi, ich habe alles gesehen. Mit Vergnügen werde ich Ihnen als Zeuge zur Verfügung stehen, wenn Sie den Mann verklagen.“

Gandhi klopfte sich den Schmutz von den Hosen. „Lassen

wir ihn. Er macht nur, was man ihn gelehrt hat. Außerdem ist es mein Grundsatz, nie wegen eines Angriffs auf meine Person vor Gericht zu gehen."

Der Staatsanwalt zögerte. „Überlegen Sie es sich noch einmal. Jedenfalls können Sie auf mich zählen. Solchen Schlägern muß man zeigen, daß sie nicht ungestraft tun können, was sie wollen." Er wandte sich dem Posten zu und redete auf den Mann ein.

Gandhi konnte nicht hören, was er sagte. Jedenfalls kam der Mann wenig später heran und entschuldigte sich, schwitzend vor Verlegenheit.

Gandhi winkte ab. Doch er ging später niemals wieder durch die Präsidentenstraße, wie er in seiner Autobiographie bekennt.

Ende Juni 1894 wollte Gandhi nach Indien zurückkehren. Das Jahr war abgelaufen und der Vertrag erfüllt.

Abdulla Seth gab dem jungen Anwalt ein Abschiedsessen. Es wurde ein großartiger Abend mit allen Delikatessen der indischen Küche. Kein Redner versäumte es, die Verdienste hervorzuheben, die sich der Ehrengast erworben habe. Ein Sänger ließ sich dann hören. Seine dünne Stimme verstärkte die allgemeine Ermattung, die jeden nach dem reichen Mahl erfaßt hatte.

Gandhi, der wie gewöhnlich nur wenig gegessen hatte, griff nach der Zeitung neben sich auf dem Tisch. Es war die neueste Nummer des „Natal Mercury". Und da im Augenblick alle mit sich selbst beschäftigt schienen, überflog er den Leitartikel und war plötzlich hellwach.

„Darf ich einmal stören", sagte er. „Da ist etwas, das sollten Sie hören. Es heißt hier: ‚Der Asiate entstammt einer Rasse mit abgenutzter Zivilisation, die nicht die geringste Kenntnis von den Prinzipien und Traditionen einer repräsentativen Regierung besitzt. Was seinen Instinkt und seine Erfahrungen betrifft, so ist er ein Kind von politisch rückständigster Art, von dem man gerechterweise nicht erwarten kann, daß es mit unseren politischen Bestrebungen in irgendeiner Weise sympathisiert ...'" Gandhi ließ die Zeitung sinken und blickte in die Gesichter ringsum. „Das soll das neue Wahlgesetz rechtfertigen", sagte er. „Sie stellen uns als Barbaren hin, um uns das Wahlrecht vorzuenthalten. Inder sollen nicht wählen dürfen."

In das betroffene Schweigen fragte Abdulla Seth: „Aber was können wir tun? Besteht für uns überhaupt eine Möglichkeit, dagegen anzugehen? Ich bin nur ein Kaufmann. Ich kann rechnen, doch von Politik verstehe ich nichts."

„Nun rächt es sich, daß wir uns nie um Politik gekümmert haben", murmelte einer der Gäste. Plötzlich hob er den Kopf und sah Gandhi an. „Aber vielleicht wäre es möglich, daß Sie die Heimreise um ein paar Wochen verschieben. Sie sind der einzige, der den Kampf gegen das geplante Wahlgesetz aufnehmen könnte. Wir alle würden Sie unterstützen."

Gandhi zögerte. Er wußte, daß seine Frau, die mit den Söhnen in Indien auf ihn wartete, kein Verständnis dafür haben würde. Andererseits wußte er auch, daß diese Menschen hier ohne ihn völlig hilflos waren. „Gut", sagte er schließlich. „Einige Wochen bleibe ich noch in Natal. In dieser Zeit will ich tun, was möglich ist. Wunder kann ich nicht wirken."

Drei Tage später lag dem Parlament von Natal eine Bittschrift vor, in der fünfhundert Inder die Rücknahme des neuen Wahlgesetzes forderten. Vergeblich. Am 3. Juli 1894 verabschiedete das Parlament die Gesetzesvorlage. Doch noch war nicht alles verloren. Das Gesetz bedurfte der Zustimmung der englischen Königin Victoria, bevor es rechtskräftig werden konnte. Gandhi schickte junge Leute aus, die den Landsleuten in Versammlungen den Sinn des Gesetzestextes erklärten und Unterschriften sammelten. Kaufleute stellten Geld und Fahrzeuge zur Verfügung. Innerhalb von zwei Wochen kamen zehntausend Unterschriften zusammen. Gandhi verschickte die Petition an die Presse und an Persönlichkeiten des öffentlichen Lebens in England und Indien.

Doch alle diese Maßnahmen reichten nicht aus. Das Gesetz trat in Kraft. Gandhi erkannte, daß die Inder eine politische Kraft werden mußten. – Ende August gründete er den Natal Indian Congress. Die Organisation sollte das Verständnis zwischen Indern und Europäern in den Kolonien fördern, Informationen über Indien und seine Menschen verbreiten und vor allem die Inder politisch schulen.

Er packte seine Landsleute bei ihrer Ehre. Sie waren nicht der „Schmutz Asiens". Kurse für Hygiene und Hauswirtschaft wurden eingerichtet. Gandhi forderte Disziplin und Pünktlichkeit. Schluß mit dem Schlendrian! Und erstmals lernten die Inder durch ihn Solidarität.

Am Gericht in Durban hatte sich Gandhi schon bald hohes Ansehen erworben. Seine Sorgfalt, vor allem seine Objektivität machten ihn zu einem gesuchten Rechtsanwalt.

Eines Tages erschien ein völlig verängstigter Inder in seinem Büro. Die Kleidung des Mannes war zerrissen. Er hielt den Turban in der Hand, weil er befürchtet hatte, ihn auf der Flucht zu verlieren. Es war ein Tamile aus Südindien, wie seine dunkle Gesichtsfarbe zeigte. Gandhi hatte Mühe, ihn zu überreden, die Kopfbedeckung wieder aufzusetzen.

Er sei Kontraktarbeiter auf einer Teeplantage, erklärte er, aber er könne die unmenschliche Behandlung nicht länger ertragen. Er zeigte Gandhi die Narben der Mißhandlungen. Jetzt wisse er nicht, wohin er solle.

Gandhi versprach, ihm zu helfen, und setzte bei Gericht durch, daß der Mann die Plantage wechseln durfte.

Die Nachricht wanderte in kurzer Zeit durch das Land. Ungläubig lauschten die Inder der Geschichte. Nie zuvor hatte sich jemand ihrer angenommen. Ein schier endloser Strom von Menschen ergoß sich nun in Gandhis Büro. Was er dabei hörte, klang unglaublich.

Berufsmäßige Werber zogen durch die Dörfer Südindiens und lockten ihre Opfer durch Versprechungen auf ein besseres Leben in die Rekrutierungsbüros von Plantagenbesitzern. Dort bekamen die Schlepper für jeden Mann drei Pfund, für jede Frau drei Pfund sechzehn Shilling. Flucht war danach unmöglich. Die Opfer wurden auf Schiffe gebracht und unter Deck auf engstem Raum zusammengepfercht. Die Lebensmittel waren knapp, es gab wenig Trinkwasser. Fieber, Ruhr und

Mangelkrankheiten waren die Folge. Die Toten warf man kurzerhand ins Meer.

Der Vertrag, den sie mit ihren Fingerabdrücken besiegelt hatten, lieferte sie auf Gnade und Ungnade den Plantagenbesitzern aus. Sie mußten von Tagesanbruch bis zur Dunkelheit auf den Zuckerrohrfeldern und Teeplantagen arbeiten. Selbst die geringsten Vergehen wurden hart bestraft. Wer einem flüchtigen Arbeiter Unterkunft gewährte, mußte mit einer Strafe bis zu zehn Pfund rechnen, außerdem acht Shilling für jeden Tag bezahlen, an dem der Mann seiner Arbeit ferngeblieben war.

Gandhi nahm sich der Sache dieser Menschen an, die hilflos der Willkür ihrer Arbeitgeber ausgesetzt waren. So wurden aus den wenigen Wochen, die er zusätzlich in Südafrika hatte bleiben wollen, drei Jahre. Diese Menschen brauchten ihn. Er konnte sie nicht einfach im Stich lassen. Das verbot ihm das Gewissen. So beschloß er, für kurze Zeit nach Indien zurückzukehren, um dann Frau und Kinder nach Südafrika zu holen. Am 5. Juni 1896 fuhr er mit der „Pongola“ von Durban nach Kalkutta und erreichte am 9. Juli seine Heimat Rajkot.

Kasturba Gandhi war so alt wie ihr Ehemann. Man hatte sie mit sieben Jahren verlobt und mit dreizehn verheiratet.

Kasturba konnte weder lesen noch schreiben. Obwohl es in der zweiten Hälfte des vorigen Jahrhunderts in Indien längst Schulen und Universitäten gab, hatten die Eltern an der traditionellen Erziehung ihrer Tochter festgehalten. – Der Vater war ein reicher Kaufmann aus der Händlerkaste wie auch Gandhis Eltern.

Gleiche Kastenzugehörigkeit ist nach Hinduvorstellung die wichtigste Voraussetzung für eine gute Ehe.

Dennoch waren die Beziehungen der jungen Eheleute nicht ohne Probleme geblieben. Erfolglos hatte sich Gandhi von Anfang an der Verbindung mit einem Mädchen widersetzt, das er nie zuvor gesehen hatte. Hinzu kam, daß er enttäuscht war, als er seine Frau nach der Trauungszeremonie zum erstenmal erblickte. Erst nach der Geburt eines Kindes besserten sich ihre Beziehungen. Als Gandhi nach dem Studium aus England heimkehrte, wurde dem Paar ein zweiter Sohn geboren.

Auch jetzt, als Gandhi aus Durban zurück war, bekam die junge Frau ihren Mann nur selten zu Gesicht. Noch ganz mit den Problemen seiner Landsleute in Südafrika beschäftigt, schrieb er eine Broschüre über die Zustände dort und verschickte sie an alle Persönlichkeiten, Ämter und Zeitungen, von denen er sich Hilfe versprach. Da erreichte ihn ein Telegramm, in dem man ihn bat, nach Afrika zurückzukommen. Bereits am 30. November ging er mit der Familie an Bord der „Courland". Am gleichen Tag stach ein zweites Schiff mit indischen Aussiedlern an Bord nach Durban in See.

Noch immer empfand sich Gandhi nicht als Revolutionär, sondern als Reformer. Das Britische Empire war in seinen Augen eine durchaus segensreiche Einrichtung. Immerhin brachte die britische Herrschaft beachtenswerte Vorteile – die Pax Britannica*, dazu rechtliche, administrative und kulturelle Einrichtungen, wie sie in England bestanden. Vor allem aber brachte sie ein Geschenk, das zum Band zwischen den so verschiedenartigen Völkern geworden war: die englische Sprache.

Gandhi fühlte sich darum trotz der bitteren Erfahrungen, die er hatte machen müssen, auch jetzt noch als loyaler Bürger Ihrer Britischen Majestät. Er kleidete sich wie ein Europäer, trug zum Turban Kragen und Schlips. Auch die Familie sollte perfekt gekleidet sein. Kasturba mußte ihren Sari nach Art der persischen Frauen tragen, die beiden Söhne parsische Hemden und Hosen. Daß die Jungen in der ungewohnten Kleidung, vor allem in den Schuhen und Strümpfen litten, nahm er hin. Die Mahlzeiten wurden mit Messer und Gabel eingenommen und nicht, wie es in Indien üblich war, mit den Fingern. Er sah auch darauf, daß die Familie Englisch lernte, ja selbst die britische Nationalhymne auswendig singen konnte.

Doch als in Durban die beiden Schiffe kurz nacheinander

*Pax Britannica: Wörtlich „britischer Friede"; Bezeichnung für die demokratische Weltreichpolitik der Briten.

anlegten, erwartete Gandhi eine Überraschung. Der englische Gesundheitsoffizier erschien an Bord und stellte alle Passagiere unter Quarantäne, obwohl sich auf beiden Schiffen kein Pestkranker befand. Sechsundzwanzig Tage wehte die gelbe Flagge an den Masten.

Mit Unbehagen sah Gandhi, wie sich Tag um Tag mehr Menschen am Kai versammelten und immer lauter die Rückkehr der Schiffe nach Indien forderten. Man werde alle Kulis ins Meer werfen, schrie die Menge, und dann hörte er seinen Namen. „Gandhi muß brennen", tönte es im Sprechchor. „Hängt Gandhi auf! Zurück übers Meer mit dem Unruhestifter!" Auch die Zeitungen taten kräftig mit und heizten die Stimmung an.

Gandhi hatte alle Hände voll zu tun, um die Menschen an Bord zu beruhigen. Er ging durch die Reihen, sprach mit den Ängstlichen, streichelte die Kinder und teilte Lebensmittel aus.

Als dann endlich die Erlaubnis zum Verlassen der Schiffe kam, nahm ihn der Erste Offizier beiseite. Es sei besser für ihn, bis zum Abend zu warten. Mehr als zweitausend Menschen seien auf den Beinen und bereit, ihn zu lynchen.

Gandhi lächelte. „Was kann mir schon geschehen? Die Leute kennen mich doch gar nicht persönlich. Sie haben keine Ahnung, wie ich aussehe."

„Man wird Sie sehr wohl erkennen", sagte der Offizier. „Die Zeitungen sind nicht nur voller Berichte über Sie. Sie haben auch Bilder von Ihnen gebracht. Aber wenn Sie schon nicht auf mich hören wollen, dann sorgen Sie wenigstens dafür, daß Ihre Familie nicht mit Ihnen gemeinsam von Bord geht."

Gandhi schickte die Familie voraus und verließ das Schiff eine Stunde später. Er hatte kaum die ersten Häuser erreicht, als man ihn erkannte und verfolgte.

„Du schmutziger Kuli", hörte er Stimmen hinter sich. „Jetzt wirst du dafür bezahlen, daß du uns in der ganzen Welt schlechtmachst."

Die Zahl der Verfolger nahm zu. Ein Hagel von Steinen und Ziegelbrocken ging um ihn nieder. Ein vierschrötiger Bursche holte ihn ein, packte ihn an den Schultern und riß ihn herum. Gandhi sah die Faust, wich mit dem Kopf aus, und der Schlag traf sein Ohr. Es schmerzte, als habe er sich mit kochendem Wasser verbrüht; die eine Gesichtshälfte war taub. Er spürte, wie ihn die Kräfte verließen und die Knie nachgaben. Dann war er plötzlich allein.

Die Frau des Polizeichefs von Durban stand vor ihm. „O Gott, Sie bluten ja“, sagte sie. „Kommen Sie mit mir. Wir sind direkt vor unserem Haus.“

Mühsam kämpfte er seine Schwäche nieder. „Verzeihen Sie, aber meine Familie wartet bei Mr. Rustomji auf mich.“

„Gut, dann werde ich Sie begleiten. In meiner Nähe sind Sie sicher.“ Sie spannte ihren Sonnenschirm auf, um mögliche Wurfgeschosse abzuwehren.

Hundert Meter weiter kam ihnen ein Trupp Polizisten im Laufschritt entgegen. Der Polizeipräsident, der sich bei dem Beamten Rustomji befand, hatte sie zu Gandhis Schutz ausgeschickt. Sie nahmen ihn in die Mitte. Ohne weitere Belästigungen erreichte er Rustomjis Haus. Inzwischen war es fast dunkel.

Alle hatten ihn mit Sorge erwartet. Als sie sein blutverschmiertes Gesicht sahen, drängten sie sich um ihn. Auch der Stabsarzt der „Courland“ befand sich im Haus. Er untersuchte die Wunde. Sie war schmerzhaft, aber nicht gefährlich. Kasturba wusch ihm das Blut ab. Sie sagte in Gegenwart so vieler Menschen zwar nichts, aber er spürte ihre Liebe und Besorgnis.

Sie wurden abgelenkt. Auf der Straße vor dem Haus wurden Rufe laut, Drohungen und Verwünschungen.

Rustomji lauschte. „Sie rufen, daß wir Gandhi ausliefern sollen. Wenn wir es tun, werden sie alle anderen in Ruhe lassen.“

„Konnten Sie hören, was sie mit ihm vorhaben?“ fragte der Polizeipräsident.

„Sie wollen ihn verbrennen.“

Der Polizeipräsident dachte nach. „Sie haben doch sicher einen Hinterausgang, durch den man in die Parallelstraße gelangt?“ fragte er dann. „Zwanzig Häuser weiter warten meine Leute. Schicken Sie einen Ihrer Diener zu ihnen. Sie sollen Mr. Gandhi aus der Gefahrenzone bringen.“ Und zu Gandhi gewandt, sagte er: „Sie gehen mit. Aber ziehen Sie vorher die Uniform eines meiner Männer an, dann wird Sie niemand erkennen.“

Gandhi wechselte die Kleidung und verließ mit zwei Beamten das Haus durch die Hintertür. Niemand erkannte ihn in der Dunkelheit, und niemand belästigte ihn.

„So, und jetzt werde ich mich meinen Mitmenschen draußen widmen. Lassen Sie doch bitte eine Bank vor das Haus bringen“, sagte der Polizeipräsident zu Mr. Rustomji. „Ich möchte, daß sie mich auch sehen.“ Er verließ das Haus.

Die Menge hatte inzwischen zu singen begonnen, und der Präsident stimmte von seiner Bank herab kräftig ein, um Gandhi genügend Zeit zur Flucht zu lassen.

Dann wandte er sich an die Rädelsführer in der vordersten Reihe. „Das war sehr schön, was ihr da gezeigt habt. Aber ich denke, ihr seid nicht nur zum Singen gekommen. Jetzt im Ernst – was wollt ihr?“ rief er der Menge zu.

„Gandhi! Wir wollen Gandhi!“ antworteten zwei Dutzend Stimmen.

„Und warum? Was wollt ihr mit ihm machen?“

„Er soll brennen. Brennen muß er! Er hat uns verleumdet. Er hat uns in Indien schlechtgemacht. Alle Zeitungen sind voll davon.“

„Dann wißt ihr mehr als ich.“

„Außerdem will er unser Land mit Kulis überschwemmen“, rief eine einzelne Stimme. „Jeden Monat kommen einige hundert hinzu.“

„Und wenn Gandhi vielleicht keine Lust hat, euch zu sehen?“

„Dann stecken wir das Haus in Brand. Brennen muß er.“

Der Präsident wischte sich den Schweiß aus dem Gesicht. „Wißt ihr, daß auch seine Frau und seine Kinder in dem Haus sind? Außerdem noch andere Menschen – Frauen und Männer. Sollen die auch brennen?“

„Wenn Gandhi kommt, passiert ihnen nichts."

„Meint ihr? Er kann gar nicht kommen, weil er nicht mehr in dem Haus ist. Er ist längst fort."

Einen Augenblick lang war die Menge ratlos. Dann rief eine Stimme: „Gelogen! Das ist eine verdammte Lüge."

„Wenn ihr mir nicht glaubt, kann ich es auch nicht ändern. Bis heute dachte ich eigentlich, daß ihr keinen Grund hättet, an meinem Wort zu zweifeln." Er hatte den letzten Satz mit deutlicher Resignation gesprochen. Nun hob er wie unter einem plötzlichen Einfall den Kopf. „Aber hört, ich mache euch einen Vorschlag. Drei oder vier Mann, die ihr selbst bestimmt, kommen mit mir in das Haus. Sie können es bis unter das Dach durchsuchen, wenn ihr versprecht, euch friedlich zu verhalten. Finden sie nichts, geht ihr nach Haus, und wir wollen uns bemühen, das Ganze schleunigst zu vergessen. Schön war das nämlich nicht."

Er beobachtete, wie die Menge diskutierte. Namen wurden genannt und wieder verworfen. Schließlich wurden vier Männer bestimmt. Sie räumten die Bank beiseite, und der Präsident begleitete sie bis in den Flur. Eine Viertelstunde verging. Der Zorn der meisten war verraucht, das war deutlich zu sehen. Einige wanderten ab. Als die Abordnung schließlich wieder erschien, warteten nur noch wenige.

„Nichts", verkündete ihr Sprecher. „Er ist tatsächlich nicht im Haus."

Einige Tage später lud der britische Kronanwalt bei der Regierung von Natal Gandhi in sein Büro.

Mr. Escombe saß hinter einem schweren Schreibtisch und deutete auf den Sessel davor. Dann drückte er sein Bedauern darüber aus, daß es zu einem so unangenehmen Vorfall gekommen war. „Aber was kann man tun? Solche Hitzköpfe gibt es überall. Ich hoffe sehr, Ihre Verletzungen sind nicht ernster Natur."

„Ich danke Ihnen für Ihr Interesse", sagte Gandhi. „Der Schreck war schlimmer als der Schmerz."

Der Kronanwalt zögerte. „Sie werden sich natürlich fragen,

was ich wirklich will. Ich möchte darum auch keine lange Einleitung machen. Vor mir liegt ein Telegramm des Staatssekretärs für Kolonialfragen aus London. Mr. Chamberlain ersucht mich darin, dafür Sorge zu tragen, daß die Angreifer ermittelt und zur Rechenschaft gezogen werden. Ich kann Ihnen versichern, daß sich das ohne Einschränkung mit meinen Absichten deckt. Auch die Regierung von Natal hat diesen Wunsch. Wir alle möchten, daß diese Leute ihre verdiente Strafe erhalten. Meine Frage darum: Können Sie Ihre Angreifer identifizieren?"

„Zunächst einmal möchte ich sagen, daß ich sehr froh bin über die Anteilnahme der britischen Regierung."

Der Kronanwalt lächelte schwach. „Sie sind eben ein bekannter Mann, wie man sieht."

„Ich würde es bedauern, wenn allein dies der Grund wäre. Aber nun zu dem Vorfall selbst. Die Betroffenen haben hoffentlich erkannt, daß sie im Irrtum waren, daß ich mit keinem Satz die Ehre Natals angegriffen habe. Man muß mir schon gestatten, daß ich die Zustände realistisch schildere."

„Selbstverständlich, Mr. Gandhi. Schließlich leben wir in einem Rechtsstaat. Und nun noch einmal meine Frage: Würden Sie einige Ihrer Angreifer wiedererkennen?"

„Ganz sicher."

„Vielleicht können Sie sogar ein paar Namen nennen."

Gandhi schwieg und blickte vor sich nieder. „Ich habe es mir schon vor einiger Zeit zum Grundsatz gemacht, niemand verfolgen zu lassen, weil er mich persönlich angegriffen hat. Außerdem sind die Leute, die ich nennen könnte, keineswegs die Hauptschuldigen. Sie haben nur getan, was ihnen andere eingeredet haben."

„Sie denken an die Presse?"

„Ja. Aber auch sie war es nicht allein."

Der Kronanwalt nickte. „Ich verstehe und würdige Ihren Grundsatz. Es ehrt Sie, wenn Sie keine Namen nennen wollen. Dabei wäre ich keineswegs dagegen gewesen, wenn Sie auf einer Bestrafung bestanden hätten. Aber so ist es mir selbstverständlich lieber, denn Sie bewahren die Regierung von Natal vor einer höchst peinlichen Situation." Ein Unterton von Humor kam in seine Stimme. „Und mir ersparen Sie eine Menge Arbeit ... Ich habe dann nur noch eine Bitte. Schreiben Sie mir ein paar Zeilen, in denen Sie Ihren Entschluß festhalten und vielleicht auch begründen. Ich muß nämlich ein Protokoll über unsere Unterredung nach London schicken und könnte dann gleich Ihre Niederschrift beilegen. Doch ziehen Sie ruhig erst Ihre Freunde zu Rate."

„Das wird nicht nötig sein. Ich habe vorher niemand zu Rate gezogen und werde es jetzt auch nicht tun. Wenn Sie mir ein Blatt Papier und Schreibzeug geben, erledige ich es sofort."

## *Vom Bürger zum Rebellen*

1899 erfüllte sich der Wunsch vieler Engländer, die ein britisches Imperium wollten, das von Kairo bis zum Kap reichen sollte.

Die Auseinandersetzungen begannen mit einzelnen Vorstößen britischer Truppen. Sie fielen in den Burenstaat Transvaal ein, brannten Farmen und Dörfer nieder, trieben das Vieh weg und zerstörten die Ernten. Die Buren setzten sich nach Kräften zur Wehr und erklärten am 11. Oktober 1899 Großbritannien den Krieg. Inder wurden von beiden Seiten nicht zur Armee eingezogen; doch sie standen unter starkem Druck, denn die Engländer erklärten, sie führten den Krieg vor allem, um die indische Bevölkerung vor der demütigenden Behandlung durch die Buren zu schützen.

Es kam zu geheimen Treffen der indischen Führer, und Gandhi faßte die Situation zusammen: „Die entscheidende Frage ist: Wie sollen wir uns in diesem Krieg verhalten? Die Briten erklären, sie hätten zweierlei Last zu tragen: Einmal müßten sie sich selbst verteidigen, dann hätten sie auch noch die Inder zu schützen. Wir müssen diese Argumente ernst nehmen. Was sagt ihr?"

Die Diskussionen gingen hin und her. Viele Inder waren der Meinung, das Recht sei auf seiten der Buren. „Wenn sie siegen, werden sie sich bitter an uns rächen, falls wir die Engländer unterstützen."

Gandhi gab zu, daß er diese Befürchtung teile. „Trotzdem muß unser Platz an der Seite der Engländer sein", erklärte er immer wieder. „Wir sind britische Staatsbürger. Unsere Existenz in Südafrika beruht ganz allein darauf. In jeder Bittschrift, die wir einreichen, berufen wir uns auf unsere Rechte als britische Untertanen. Wir können uns aber nicht ständig auf britisches Recht berufen und nun gegen englische Truppen kämpfen. Außerdem ist es eine wunderbare Gelegenheit, aller Welt zu beweisen, daß wir loyal zu England stehen, wenn wir jetzt einen Teil der Lasten mittragen."

„Ich verstehe nicht, warum wir gegen die Buren kämpfen sollen?" wandte ein Händler ein. „Sie sind weder schlechter noch besser als die Briten. Wenn erst der Krieg vorüber ist, haben wir von beiden nichts zu erwarten."

Ein zustimmendes Gemurmel ließ sich in den Reihen der Zuhörer vernehmen.

Gandhi erhob sich. „Ich sage nicht, daß wir aktiv in die Kämpfe eingreifen sollen. Wir sind nicht an der Waffe ausgebildet. Die meisten von uns können nicht einmal in Reih und Glied marschieren – und mit Gepäck auf dem Rücken schon gar nicht. Wir wären immer die letzten und schwächsten unter allen Soldaten." Er machte eine Pause und blickte in die Runde. „Trotzdem können wir helfen und unseren Mut zeigen. Wir können Verwundeten Erste Hilfe leisten, können sie verbinden und aus dem Feuer tragen."

Die Wortführer stimmten schließlich zu.

Einige hundert Inder nahmen in den nächsten Wochen Kurse in Krankenpflege und erwarben das Zeugnis eines ausgebildeten Pflegers. Zusammen mit einem Attest, das ihre körperliche Tauglichkeit bestätigte, meldeten sie sich bei den britischen Behörden. Die Verantwortlichen zeigten sich überrascht, ja erfreut und dankten den Indern. Aber sie lehnten deren Hilfe ab.

Schließlich zwang der Kriegsverlauf die Engländer doch dazu, das Angebot anzunehmen. Sie erlitten Niederlage um Niederlage und brauchten jede Hand. Es wurde eine indische Sanitätstruppe gebildet, und etwa elfhundert Männer, darunter viele Kontraktarbeiter, marschierten von Durban zur Front. Sie kamen schon bald zum Einsatz, und es war härter, als alle erwartet hatten. Wenn sie die Verwundeten sieben oder acht Meilen zu tragen hatten, so gehörte das zu ihrem normalen Dienst. Doch nicht selten mußten sie schwerverwundete Offiziere und Soldaten sehr viel weiter schleppen, bis zu fünfunddreißig Meilen. Der Marsch begann jeweils am Morgen, unterwegs wurden Arzneien verabreicht. Um fünf Uhr nachmittags mußten alle im Hauptlazarett sein.

Als dann die Kriegslage immer ernster wurde, setzten die britischen Offiziere ihre indischen Sanitäter auch in vorderster Front ein. Die Teilnahme am Kampf war zwar freiwillig und durch den Vertrag nicht gedeckt, dennoch beteiligten sich viele daran, auch Gandhi.

Die britische Öffentlichkeit war überrascht und beeindruckt. Im „Illustrated Star“, einer Johannesburger Zeitung, schrieb der englische Journalist Vere Stent: „Gandhi führte seine Männer zum Schlachtfeld. Tagelang trugen sie trotz des feindlichen Feuers die Verletzten ins Lazarett. Nach einer ganzen Nacht Arbeit, die selbst hartgesottene Männer mitgenommen hatte, traf ich zufällig auf Gandhi. Er saß am Straßenrand und aß einen Keks aus der Armeeverpflegung. Die Engländer waren deprimiert und niedergeschlagen, ohne echte Hoffnung. Gandhi jedoch verbreitete einen gelassenen Gleichmut. Er war ausgeglichen, hatte für jeden ein ermunterndes Wort, er tat einem einfach gut. Er trug eine khakifarbene Uniform, einen flotten breitrandigen Cowboyhut aus Filz, eine Rote-Kreuz-Armbinde und einen nach unten gezwirbelten Bart.“

Auch die anderen Tageszeitungen brachten lange Frontberichte, und was sie früher sorgfältig vermieden hatten und was sie später auch wieder vergessen sollten, beherrschte in diesen schwierigen Monaten die Schlagzeilen: Wir alle, auch die Inder, sind Bürger des Britischen Empire.

1902 kapitulierten die Buren. Am Schicksal der Inder änderte sich wenig, dennoch hatte der Krieg ihr Selbstbewußtsein entscheidend gestärkt. Erstmals fühlten sie sich als gleichberechtigte Bürger des Empire. Siebenunddreißig Inder wurden mit der Kriegsmedaille ausgezeichnet, unter ihnen Gandhi.

Zehn Jahre nach seiner Ankunft in Südafrika war es wiederum ein Erlebnis in einem Eisenbahnzug, das eine Wende in Gandhis Leben brachte. Als er eines Abends im Jahre 1904 den Johannesburg-Durban-Expreß bestieg, hatte er in seinem Gepäck ein Buch, das ihm über die Langeweile der Bahnfahrt hinweghelfen sollte. Es war John Ruskins „Unto this Last".

Während der Zug durch das südafrikanische Veldt rollte, las Gandhi das Buch, und als er am nächsten Morgen in Durban ankam, war er nicht mehr der gleiche Mann. Jahrzehnte später, im Oktober 1946, bekannte er rückblickend: „Dieses Buch hat einen Wendepunkt meines Lebens herbeigeführt." Ruskin stellt darin der entwürdigenden Jagd nach Geld und Gewinn andere Ideale entgegen. Nicht der Gewinn ist das Ziel aller Arbeit, sondern der Dienst an der Gesellschaft. Reichtümer sind nur Werkzeuge, um sich Macht über andere Menschen zu sichern. Der Taglöhner mit seinem Spaten dient den Menschen mehr als viele Angehörige geistiger Berufe. Der geistigen Verarmung des Menschen kann man nur mit körperlicher Arbeit entgegentreten.

Obwohl das Buch keine grundsätzlich neuen Erkenntnisse enthielt und sich auf jahrhundertealte Denkmodelle stützte, hatte Gandhi es mit wachsender Erregung gelesen. Das wäre sicher nicht möglich gewesen, hätte er hier nicht Gedanken gefunden, die ihn selbst schon lange beschäftigten. Spontan beschloß er, sich als Bauer niederzulassen und künftig ein einfaches Leben zu führen. Er beabsichtigte, eine Farm zu gründen, auf der jeder körperliche Arbeit verrichten und sich außerdem an der Herausgabe einer indischen Zeitung beteiligen sollte, für die er schon einen Namen hatte. Sie würde „Indian Opinion" heißen.

Dabei wollte er keine Zeit verlieren.

Kaum eine Woche später fand er ein geeignetes Stück Land und kaufte es für tausend Pfund. Mit einigen Freunden und der Familie ließ er sich auf der „Phoenixfarm" in der Nähe von Phoenix nieder, zwanzig Kilometer von Durban entfernt. Fortan lebte er entweder in Johannesburg, wo er eine Rechtsanwaltskanzlei betrieb, oder auf der Phoenixfarm. Obstbäume und eine Quelle sicherten fürs erste ein bescheidenes Auskommen. Es kümmerte die Bewohner wenig, daß das Land verwildert war und Tag um Tag riesige Mückenschwärme über sie herfielen. Auf diesem traurigen, verwahrlosten Gehöft, das aus einem verfallenen Schuppen, ein paar Orangen-, Maulbeer- und Mangobäumen und einem Gewimmel von Schlangen bestand, nahm Gandhis Leben nun jene Formen an, die es bis zu seinem Tod bestimmen sollten: Verzicht auf materielle Bedürfnisse, ein Leben auf schlichteste Art, eingebettet in eine Gemeinschaft, die alle Güter teilt und in der jede Arbeit gleich hoch geschätzt wird.

Nach einem halben Jahr harter Arbeit erschien dann am 24. Dezember 1904 auch die erste Ausgabe der „Indian Opinion". Sie bestand nur aus einem einzigen Blatt, doch die Wirkung war nicht vom Umfang abhängig. Sie sollte, wie Gandhi es formulierte, „die europäischen und indischen Untertanen von König Eduard einander näherbringen, zur öffentlichen Meinungsbildung beitragen, Mißverständnisse ausräumen, den indischen Lesern Fehler bewußtmachen und sie auf ihre Rechte und Pflichten hinweisen".

Doch da war noch ein Weiteres zu leisten: das Gelöbnis der Brahmacharya. Das war die Beherrschung alles Sinnlichen, eine Beschränkung im Gefühlsleben, in Speise und Sprache, die Unterdrückung von Zorn und Haß, die Erreichung eines wunschlosen Zustands.

Zwanzig Jahre später schrieb Gandhi: „Brahmacharya, wenn sie voll und richtig verstanden wird, bedeutet Suche nach Brahma – also die Suche nach Gott. Sie bedeutet Kontrolle über die Sinne zu jeder Zeit und überall – Kontrolle der Gedanken, der Worte und Taten. Vollkommene Brahmacharis sind frei von Sünde und deshalb Gott nahe."

Das Gelübde brachte ihm schwere Kämpfe. Es war ein Ringen, das ihn bis an sein Lebensende begleitete.

Auch die Bibel hatte Einfluß auf sein Handeln. Hier war es die Mahnung Jesu an seine Jünger, dem Angreifer, der sie auf eine Backe schlägt, auch die andere hinzuhalten. Gandhi nahm diese Weisung immer wieder wörtlich und setzte sich widerstandslos den Brutalitäten seiner weißen Angreifer aus. Den Grundsatz „Auge um Auge" hielt er für verhängnisvoll. Man ändert einen Menschen nicht dadurch, daß man ihm den Schädel einschlägt oder eine Kugel in den Leib schießt. Gewalt wird die Gewalttätigen nur immer mehr anstacheln. Sein ganzes Leben lang suchte Gandhi durch das Beispiel der Güte, Veränderungen zu erreichen. So hat er auch nie versucht, die Weißen in Südafrika oder später auch die Briten in Indien zu demütigen oder zu besiegen. Er wollte sie umstimmen und überzeugen.

Er nannte diese Haltung „Satyagrah". „Satya" bedeutet Wahrheit und Liebe. „Agraha" ist Stärke oder Kraft. „Satyagrah" ist also Stärke, die aus Wahrheit, Liebe und Gewaltlosigkeit kommt. „Sie ist Verteidigung der Wahrheit – nicht indem man dem Gegner Leid zufügt, sondern es sich selbst aufbürdet", schrieb er.

Schon bald zwang ihn die südafrikanische Regierung dazu, seine Grundsätze in der Praxis zu erproben.

Am 22. August 1906 druckte die „Transvaal Government Gazette" eine Gesetzesvorlage ab, nach der alle Inder, die älter als acht Jahre waren, sich staatlich registrieren lassen mußten, wobei auch Fingerabdrücke genommen werden sollten. Bei Zuwiderhandlungen drohten Bußgelder, Gefängnisstrafen oder die Abschiebung in eine andere Provinz. Ähnliche Strafen waren für Inder vorgesehen, die man ohne Personalausweis antraf.

Gandhi berief eine Massenversammlung für den 11. September in das „Imperial Theatre" nach Johannesburg ein. Vor dreitausend aufgebrachten Menschen, die sich wie Verbrecher behandelt fühlten, griff er das Gesetz an. „Für mich gibt es nur eine Entscheidung", rief er den Massen zu. „Lieber sterben wir, als daß wir uns diesem Gesetz unterwerfen."

Er erreichte, daß die Anwesenden öffentlich vor Gott das Gelöbnis ablegten, sich diesem ungerechten Gesetz ohne Rücksicht auf die Folgen zu widersetzen, ins Gefängnis zu gehen und – wenn es nötig sein sollte – auch zu sterben. „Ich kann euch mit Gewißheit versichern", rief er den Menschen zu, „wenn auch nur ein Dutzend von euch zu dem Versprechen steht, werden wir siegen." Doch als Voraussetzung forderte er: der Widerstand mußte ohne Gewalt erfolgen.

Das Gesetz wurde am 3. Juli 1907 erlassen, und Gandhi weigerte sich mit vielen seiner Landsleute, es zu beachten. Er wurde zu drei Monaten Gefängnis verurteilt. Es sollte die erste von vielen Haftstrafen sein. Manche Inder wurden bis zu achtmal hintereinander ins Gefängnis eingeliefert. Nach jeder Entlassung hatten sie absichtlich eine neue Verurteilung herbeigeführt. Von dreizehntausend in Transvaal lebenden Indern waren einmal zweitausendfünfhundert im Gefängnis.

Die Wirkung ließ nicht auf sich warten. Ein Abgesandter von General Smuts bot Gandhi ein Gespräch mit dem Präsidenten an. In Anstaltskleidern ging Gandhi zu dem Treffen. Smuts versprach, das Gesetz aufzuheben, wenn die Inder bereit wären, sich freiwillig registrieren zu lassen, und Gandhi erklärte sein Einverständnis. Smuts ordnete daraufhin die Freilassung aller inhaftierten Inder an. Doch die Inder im Lande blieben mißtrauisch. Viele waren mit Gandhis Entscheidung nicht einverstanden. Ihrer Meinung nach hätte zuerst das Gesetz zurückgenommen werden müssen.

„Was ist, wenn Smuts sein Wort nicht hält?" fragten sie in den Versammlungen.

„Ein Satyagrahi kennt keine Furcht", antwortete Gandhi. „Selbst wenn ihn der Gegner zehnmal betrügt, ist er bereit, ihm auch zum elften Male zu trauen. Unerschütterliches Vertrauen ist die Grundlage seines Handelns."

Dann erläuterte er die Gründe, die ihn dazu veranlaßt hatten, auf den Kompromiß einzugehen. Die Regierung stand unter dem starken Druck rassebewußter Weißer. Der Sinn ihres

Gesetzes war es, Inder davon abzuhalten, illegal neue Einwanderer ins Land zu bringen. Warum solle man sich da nicht registrieren lassen? Ein solches Zugeständnis, das freiwillig gemacht werde, sei großmütig und schaffe Vertrauen.

In einer Versammlung sprang ein riesiger Pathane aus den wilden Bergen Nordwestindiens auf und schrie: „Wir werden niemals unsere Fingerabdrücke geben noch anderen erlauben, es zu tun. Ich schwöre bei Allah, daß ich jeden töten werde, der sich als erster registrieren läßt."

Gandhi erklärte, daß er selbst der erste sein wolle. „Der Tod ist das vorbestimmte Ende allen Lebens. Durch die Hand eines Bruders zu sterben, statt durch Krankheit oder Altersschwäche bereitet mir keine Sorge. Ich werde dabei weder Haß noch Zorn gegen meinen Widersacher hegen. Ich bin sogar sicher, daß selbst mein Angreifer einmal erkennen wird, daß ich unschuldig war und daß er unrecht getan hat."

Als er dann zum Registrieren ging, stürzte sich der Pathane auf ihn und schlug ihn bewußtlos. Der Angreifer wurde mit einigen anderen festgenommen, aber Gandhi erwirkte ihre Freilassung. „Sie dachten, sie wären im Recht", erklärte er den Behörden, „und ich will nicht, daß sie dafür bestraft werden."

Viele Inder folgten Gandhis Beispiel. Doch dann weigerte sich Smuts, das Gesetz zurückzunehmen. Daraufhin warfen mehr als zweitausend Inder ihre Registrierungsurkunden in einen riesigen mit brennendem Paraffin gefüllten Kessel. Gandhi tat noch ein übriges. Er wählte eine Gruppe von Indern aus, die in Natal wohnten, darunter auch seinen Sohn, und schickte sie über die Grenze nach Transvaal. Er wollte prüfen, wie die Behörden das Einwanderungsverbot handhabten. Alle wurden festgenommen und zu drei Monaten Haft verurteilt. Gandhi begab sich nun auf den gleichen Weg und mit ihm Hunderte. Auch sie wurden verhaftet und mit Gefängnisstrafen belegt. Gandhi selbst wurde zu Zwangsarbeit verurteilt. In Sträflingskleidern führte man ihn durch die belebten Straßen von Johannesburg und sperrte ihn für zwei Monate mit Verbrechern zusammen in eine Zelle.

Im März 1913 fällte der Oberste Gerichtshof der Südafrikanischen Union ein folgenreiches Urteil.

Ein Inder hatte 1908 in Indien geheiratet. Als er 1912 seine Frau nach Südafrika nachkommen lassen wollte, verweigerten ihr die Einwanderungsbehörden die Einreise. Er rief das Oberste Gericht an, und dort erklärte man die Maßnahme für rechtens und wies die Klage ab.

Gandhi versuchte zunächst zu vermitteln, aber als seine Verhandlungen kein Ergebnis zeigten, rüstete er zu einem neuen Feldzug des passiven Widerstandes. Aber würden ihm die Menschen noch folgen? Die vorausgegangenen Aktionen hatten hohe finanzielle und persönliche Opfer gefordert. Vor allem die wohlhabenden Kaufleute fürchteten um ihre Geschäfte. Kleinhändler und Handwerker mußten sogar damit rechnen, daß man sie nach Indien abschob, wo sie bittere Armut erwartete. Gandhi wußte sehr wohl um diese Schwierigkeiten. Durfte er den Menschen nun schon wieder neue zumuten? Die Auseinandersetzungen gingen bis in die eigene Familie.

„Ist es richtig, daß wir nach südafrikanischem Recht gar nicht verheiratet sind?“ fragte Kasturba.

„So ist es.“

„Dann sind unsere Kinder unehelich?“ forschte sie weiter. Als er nickte, warf sie den Sari entschlossen über die Schulter. „Gut, dann möchte ich mich auch dem Kampf gegen dieses Gesetz anschließen und mich einsperren lassen.“

Gandhi zögerte. Seine Frau war inzwischen Mitte Vierzig und nicht sehr gesund. „Du ahnst nicht, worauf du dich da einläßt. Gefängnisse sind kein Erholungsort. Außerdem werden die Wärter alles tun, damit gerade du dich nicht wohl fühlst.“

Kasturba schwieg, aber sie setzte ihren Willen durch, und die Frauen von Phoenix unterstützten sie. Noch im September machten sich zwölf Männer und vier Frauen, unter ihnen Kasturba, auf den Weg zur Grenze. Man verhaftete sie und verurteilte sie zu ein bis drei Monaten Gefängnishaft, verbunden mit Zwangsarbeit.

Danach setzten sie ihren Marsch zu den Kohlengruben von Newcastle fort. Mehr als dreitausend Bergleute legten die Arbeit nieder. Wieder wurde die Gruppe verhaftet und erneut zu drei Monaten Gefängnis verurteilt. Doch die Strafen schreckten niemand mehr. Immer mehr schlossen sich dem Streik an. Die Unternehmer ließen nun in den Unterkünften der Streikenden Licht und Wasser abdrehen.

Alle waren in Hochstimmung und schienen den Streik als eine Art Urlaub zu sehen. Gandhi teilte diese Begeisterung nicht. Er ahnte, daß hier keine raschen Erfolge zu erwarten waren, und riet den Arbeitern, ihre Unterkünfte zu verlassen, Decken, Lebensmittel und Kleider mitzunehmen und sich unter freiem Himmel zu lagern. Bald schon waren es fünftausend Menschen, die ohne ein festes Dach über dem Kopf Widerstand leisteten.

Aber wie sollte es weitergehen? Wie sollte er eine so große Zahl von Menschen ernähren?

Die Regierung wußte selbstverständlich um Gandhis Schwierigkeiten und wartete ab. Der Hunger würde die Bergleute wieder an ihre Arbeitsplätze zurücktreiben. Doch die Beamten irrten sich. In diesen Wochen wuchs Gandhi über sich selbst hinaus. Er sah keine andere Lösung, als die Streikenden nach Transvaal zu führen und sie dort „sicher in den Gefängnissen unterzubringen“, wie er später gestand. Er befahl also den Marsch von Natal nach Transvaal. Wenn die Leute täglich zwanzig Meilen zurücklegten, mußten sie nach acht Tagen die Farm eines Freundes erreichen.

Am 6. November formierten sich mehr als zweitausend Männer, hundertsiebenundzwanzig Frauen und siebenundfünfzig Kinder zum Abmarsch. An der Grenze erwartete sie Polizei. Es gelang ihr zwar, die Inder einzukreisen, aber da sie keinen Haftbefehl hatten, konnte der Marsch fortgesetzt werden.

Schon bald erstreckte sich der Zug über eine Länge von vier Kilometern. Alle waren barfuß, dazu abgemagert. Einige Frauen trugen Kleinkinder mit sich. Es war eine Elendsschar, die soviel verschiedene Dialekte sprach und so unterschiedliche Kleider trug, wie es indische Stämme gab. Gemeinsam war allen nur das Vertrauen in den kleinen, hageren Anführer, der an der Spitze schritt und die Weisung ausgegeben hatte: „Widersetzt euch keiner Verhaftung, erduldet die Schikane der Polizei! Bewahrt eure moralische Haltung, und vergeßt nie unser großes Ziel!“

Gegen fünf Uhr nachmittags erreichte der Zug Palmford. Einige Frauen waren so erschöpft, daß Gandhi beschloß, sie bei indischen Freunden zurückzulassen. Die kärgliche Ration, ein Brot und dreißig Gramm Zucker, wurde ausgegeben. Inzwischen war die Sonne untergegangen. Gandhi hockte abseits in der Dunkelheit und grübelte über die nächsten Schritte, als eine einsame Laterne aufleuchtete und ihr spärliches Licht in die Steppe streute.

Ein Polizist zu Pferd kam heran, der einen Haftbefehl brachte. Gandhi prüfte das Schriftstück sorgfältig, ehe er dem Polizisten folgte. Zuvor gab er noch die Weisung aus, daß der Zug am nächsten Morgen unter allen Umständen den Weg fortsetzen müsse.

Gandhi kam während der Nacht zurück. Man hatte ihn wieder freigelassen, wahrscheinlich weil die Behörden wollten, daß die Menschen einen verantwortlichen Führer behielten. Erneut setzte sich der Treck in Marsch. In Standerton wurde Gandhi wiederum inhaftiert, dem Richter vorgeführt und Stunden später doch entlassen. Als er am vierten Tag noch einmal eingesperrt wurde, mußte er im Gefängnis bleiben. Der Zug marschierte ohne ihn weiter.

Als die Inder Balfour erreichten, erwartete sie eine Überraschung. Ein großes Polizeiaufgebot stand bereit, um sie in Eisenbahnwaggons zu treiben. Der Zug sollte sie zu den Bergwerken von Natal zurückbringen. Unruhe kam auf. Die Menschen, die so viel erduldet hatten, weigerten sich. Sie würden die Wagen nur besteigen, wenn Gandhi selbst sie dazu auffordere. Die Polizeioffiziere zögerten. Zwar war die Anweisung eindeutig und lautete: Deportation. Aber schloß das auch Gewaltanwendung ein?

Die Lage war gespannt. Drohend standen der Polizei zweitausend Menschen gegenüber. Sie waren halb verhungert, aber gerade darum auch zu allem entschlossen. Eine Auseinandersetzung schien unvermeidlich. Die indischen Unterführer zögerten. Aber Gandhis Worte waren unmißverständlich: keine Gewalt!

Nur mit Mühe konnten sie die Menschen beruhigen und dazu überreden, in den Zug zu klettern. Eingesperrt und zusammengepfercht wie Vieh, wurden sie nach Natal zurückgebracht. Doch der Streikwille blieb ungebrochen. Man drängte sie in drahtumzäunte Lager; aber niemand war bereit, die Arbeit wiederaufzunehmen. Weitere Tausende von Kontraktarbeitern legten die Arbeit nieder. Schließlich befanden sich fünfzigtausend Bergleute im Ausstand, mehrere tausend davon im Gefängnis.

Gandhi kam vor Gericht und erhielt eine Gefängnisstrafe von neun Monaten. Noch während der Verhandlung hatte er seinen Freunden zugerufen: „Kein Ende des Streiks!“

Man schaffte ihn in das Gefängnis von Bloemfontain. Er war dort der einzige Inder. Man wollte es ihm unmöglich machen, weiter politisch zu wirken.

An manchen Orten kam es in der Folge zu Übergriffen des Militärs. Soldaten schossen in die Menge. Es gab Tote und Verletzte. Da die Gefängnisse überfüllt waren, sperrte man die Leute in stillgelegte Bergwerke. Doch ihr Mut war ungebrochen.

Die Nachrichten über den Aufstand blieben nicht auf Südafrika beschränkt. In Indien berichtete die Presse ausführlich über die Brutalität, mit der die Behörden vielerorts vorgingen, und löste einen Sturm der Entrüstung aus. Lord Harding, der britische Vizekönig in Indien, hielt eine leidenschaftliche Rede gegen die Auswüchse in Südafrika und forderte eine Untersuchungskommission, die nach den Gründen des Streiks forschen sollte. Er beschwor den britischen Staatssekretär für die Kolonien in London, Druck auf die südafrikanische Regierung in Pretoria auszuüben. Andernfalls, so stellte er fest, könne er nicht länger für Ruhe und Ordnung in Indien garantieren. Depeschen gingen hin und her. London reagierte schließlich und drohte Pretoria mit Sanktionen, falls es seine inderfeindliche Politik nicht aufgebe.

Mitte Dezember 1913 ernannte die südafrikanische Regierung eine Kommission, wie sie Lord Harding gefordert hatte. Wenige Tage später entließ man Gandhi aus dem Gefängnis. Doch der war keineswegs optimistisch. Er rechnete mit weiteren Schwierigkeiten und war bereit zu kämpfen. Wenn die Regierung nicht einlenke, ließ er wissen, werde er Anfang des neuen Jahres erneut einen Protestmarsch von Durban nach Natal organisieren.

Doch es kam nicht dazu. Zu Jahresbeginn streikten die Arbeiter aller südafrikanischen Eisenbahngesellschaften. Die Regierung mußte den Notstand ausrufen, und Gandhi sagte den Protestmarsch ab. Er wolle den Gegner nicht in eine ausweglose Situation bringen, sondern für seine Ziele gewinnen, ließ er erklären. Er brauche Einsicht und Überzeugung, aber nicht die Erniedrigung des Gegners.

Seine Haltung fand weltweit Anerkennung, auch in Südafrika. Der Sekretär von General Smuts sagte zu Gandhi: „Ich liebe Ihr Volk nicht und habe absolut keine Lust, es zu unterstützen. Aber was soll ich tun? Sie halfen uns in den Tagen der Not. Ich wünschte mir oft, Sie würden Gewalt anwenden, wie es die englischen Streikenden tun. Dann wüßten wir sofort, wie wir mit Ihnen zu verfahren hätten."

Auch General Smuts war zu Verhandlungen bereit. Im Januar 1914 unterzeichneten beide eine vorläufige Übereinkunft, nach der alle indischen Gefangenen aus den Gefängnissen zu entlassen waren. Die Untersuchungskommission empfahl der Regierung, die Kopfsteuer aufzuheben und die nach indischem Ritus geschlossenen Ehen anzuerkennen. Das Parlament folgte den Vorschlägen und beschloß Ende Juli mit sechzig gegen vier Stimmen die „Indian's Relief Bill". Auch das diskriminierende Meldegesetz wurde aufgehoben.

Gandhis Mission war damit beendet. Vierzehn Tage dauerten die Abschiedsfeierlichkeiten. Aus dem schüchternen Rechtsanwalt war in Südafrika ein weltweit geachteter Politiker geworden.

Vor seiner Abreise schickte Gandhi General Smuts als Geschenk ein Paar Ledersandalen, das er im Gefängnis angefertigt hatte. Smuts trug die Sandalen bis 1939 auf seiner Farm in Pretoria, dann schickte er sie als Freundschaftsgeste zurück und schrieb: „Ich habe diese Sandalen seit vielen Jahren getragen, obgleich ich das Gefühl habe, es nicht zu verdienen, in den Schuhen eines so großen Mannes zu stehen."

Gandhi hatte Smuts nicht besiegt, sondern überzeugt. Doch Südafrika war für ihn kaum mehr als eine Vorbereitung auf seinen politischen Kampf in Indien gewesen. Was damals wie der Abschluß einer politischen Laufbahn aussah, war in Wirklichkeit erst ihr Anfang.

# *Mahatma – die Große Seele*

„Mahatmaji! Mahatmaji!“*

Eine riesige Menschenmenge bereitete Gandhi einen jubelnden Empfang, als er am 9. Januar 1915 in Bombay eintraf und den „Gateway of India“ durchschritt. Er war jetzt fünfundvierzig Jahre alt, ein schmächtiger Mann mit einem Turban auf dem glattrasierten Schädel.

„Mahatmaji! Mahatmaji!“ riefen die Menschen. Die Endung „ji“ drückte dabei ihre besondere Hochachtung aus.

Den Heimkehrer erwarteten zahlreiche Empfänge und Festessen, darunter auch eine Einladung in den Gouverneurspalast. Gandhi hatte zunächst ablehnen wollen, aber die Freunde ließen ihn wissen, daß es ratsam sei, den hohen britischen Beamten nicht zu brüskieren.

Prachtvoll gekleidete Diener und Wachen standen auf den Treppenabsätzen und in den Fluren. Ein Sekretär geleitete ihn in das leicht abgedunkelte Zimmer des Gouverneurs. Sie nahmen an einem Seitentisch Platz, um dem Gespräch etwas von seiner Förmlichkeit zu nehmen, und nach den üblichen Eröffnungshöflichkeiten kam Lord Willingdon zur Sache.

„Ich bitte Sie um eins, Mr. Gandhi. Ich möchte, daß Sie zu mir kommen und mit mir sprechen, wann immer Sie irgendwelche Schritte planen, die die Regierung angehen.“

Gandhi nickte. „Das kann ich sehr leicht versprechen. Ich habe es mir zum Grundsatz gemacht, den Standpunkt meines Gegners kennenzulernen und eine Verständigung mit ihm zu suchen, soweit das möglich ist. Sie werden es vielleicht nicht

*Mahatma: wörtlich „eine erhabene Seele besitzend; große Seele“. In Indien Ehrentitel.

glauben, aber ich bin kein Feind der Engländer. Mir ist es sogar gleich, wer regiert. Ein indischer Herrscher ist möglicherweise nicht besser als ein englischer, ein indischer Rockefeller wäre mir nicht lieber als ein amerikanischer. Das ist keine neue Erkenntnis. Ich habe das schon 1909 dem früheren Gouverneur von Madras, Lord Amphill, geschrieben. Mich interessiert nicht die Nationalität der Verwaltung, sondern allein ihre Methoden und ihre Moral."

„Ich kenne diesen Brief", sagte Lord Willingdon, „und da Sie Ihre Einstellung offensichtlich nicht geändert haben, läßt uns das alle hoffen."

Sehr rasch erkannte Gandhi, wo er seine Arbeit beginnen mußte. Indien war ein Agrarland. Mehr als achtzig Prozent der Menschen lebten auf dem Lande. Sie konnten weder lesen noch schreiben und waren praktisch allen Übergriffen hilflos ausgeliefert. Viele waren krank und die meisten mutlos.

Mit fünfundzwanzig Männern und Frauen gründete er in der Nähe der Industriestadt Ahmedabad am Ufer des Sabarmati einen Ashram, eine Siedlung nach dem Vorbild seiner Phoenixfarm, und wie schon in Afrika legte er das Hauptgewicht auf körperliche Arbeit. Die Bewohner des Ashrams verpflichteten sich zu Wahrheit, Gewaltlosigkeit, Besitzlosigkeit und zum Zölibat. Ashrams hatten in Indien eine lange Tradition. Sie waren religiöse Zufluchtsorte für Mönche gewesen, die sich von den Menschen zurückgezogen hatten und bei Arbeit und Gebet auf ihr Ende warteten. Gandhis Ashram blieb jedoch stets mit der übrigen Welt eng verbunden.

Das Anwesen bestand aus einer Reihe von Hütten unter schattenspendenden Bäumen. Unterhalb der Siedlung befand sich ein Fluß, aus dem die Frauen das Trinkwasser holten und an dem sie die Wäsche auf Steine schlugen. In den seichten Ufergewässern wateten Kühe und trotteten Büffel gemächlich dahin – eine zeitlose Idylle, so konnte man meinen, doch das Bild trog.

Die Bewohner kultivierten Obstbäume, pflanzten Getreide, webten und spannen, studierten und unterrichteten die Kinder in den umliegenden Dörfern. Aber damit erschöpfte sich ihre Arbeit nicht. Das Leben in den Dörfern war ungesund, die Straßen lagen voller Unrat, selbst die Brunnen stanken, weil niemand sie jemals reinigte. Es galt, die Erwachsenen zur Sauberkeit anzuhalten. Viele litten an Furunkeln, Krätze, eiternden Beinen und Hautkrankheiten.

Mit der Gesundheitspflege kamen Gandhis Helfer nur langsam voran, doch sie gaben nicht auf. Sie fegten die Straßen und Höfe, räumten die Brunnen aus, schütteten die Lachen um die Wasserstellen zu und redeten auf die Leute ein, sich doch an den Arbeiten zu beteiligen.

In einem Dorf sah Gandhi eine Frau, die außerordentlich schmutzig gekleidet war. Da er den Dialekt nicht verstand, bat er seine Frau, ihm doch zu dolmetschen.

„Frage sie, warum sie ihre Kleider nicht wäscht."

Kasturba sprach mit der Frau, die beide dann in ihre Hütte zog.

„Schauen Sie sich um", sagte sie. „Es gibt hier keinen Ort, keine Kiste, keine Truhe für andere Kleider. Der Sari, den ich trage, ist der einzige, den ich besitze. Wie soll ich ihn da waschen! Sagen Sie dem Mahatmaji, er möchte mir einen anderen Sari beschaffen, dann verspreche ich, zu baden und jeden Tag ein sauberes Gewand zu tragen."

Am Nachmittag beobachtete er, wie Kasturba einen Sari aus ihrer Kleiderkiste zog und der Frau brachte, obwohl sie sicher wußte, daß sie mit ihrem Geschenk keine Wunder bewirken konnte.

Ein Jahr lang hatte sich Gandhi weder zum Weltkrieg noch zur politischen Situation geäußert. Als er dann 1916 eingeladen wurde, zur Eröffnung der Hindu-Universität in Benares eine der Festreden zu halten, sagte er zu. Sie sollte ihn über Nacht in der Öffentlichkeit bekannt machen.

Auf einer stufenweise ansteigenden Balustrade hinter dem Rednerpult saßen die einheimischen Fürsten, hochmütige Gestalten in seidenen Gewändern, Ringe an den Fingern, dazu diamantenbesetzte Turbane. Neben ihnen hatten die britischen

Offiziere und indischen Politiker Platz genommen, vor ihm in dem weiten Festsaal die übrigen Gäste, handverlesene Persönlichkeiten der verschiedenen Glaubensgemeinschaften, dazu Professoren und Studenten.

Gandhi stach von ihnen ab wie eine Krähe zwischen Paradiesvögeln. In einem weißen Lendentuch, einem Umhang aus grobem Gewebe und einem Turban trat er vor die Anwesenden und ging sofort zum Angriff über. Er sehe so viele wertvolle Steine, jeder ein Vermögen wert, dazu die prachtvollen Gewänder. „Und woher stammen sie? Wurden sie durch eigenen Fleiß erworben? Sie stammen von dem Schweiß und Blut der ausgebeuteten Bauern. Durch ihren Hunger wurde der Reichtum ermöglicht."

Den indischen Intellektuellen warf er vor, sie verstünden es zwar, geistvolle Reden zu halten und Hoffnungen zu wecken.

„Doch wo sind die Ergebnisse? Sie reden zwar davon, die Briten aus dem Land zu weisen, doch dabei bleibt es auch. Zuerst einmal müssen wir im eigenen Land Ordnung schaffen, ehe wir an weiterführende Ziele denken können." Er tadelte ihre Abneigung, sich der heimischen Sprachen zu bedienen. „Sie verstehen das Volk nicht mehr, und das Volk kann sie nicht verstehen!" rief er unter dem Beifall der Studenten.

Unruhe entstand. Die Fürsten waren dabei, den Saal zu verlassen, da hob er die Hand und brachte noch einmal alle zum Verstummen.

„Sollte ich es zum Wohle Indiens für notwendig erachten, daß sich die Briten zurückziehen, daß wir sie des Landes verweisen, dann werde ich nicht zögern, das laut zu sagen. Ich wäre auch bereit, für diese Überzeugung zu sterben, denn es wäre ein ehrenhafter Tod. Glaubt mir, wenn wir die Selbstregierung erreichen wollen, müssen wir sie uns nehmen. Sie wird uns niemals geschenkt werden. Aber noch braucht es Zeit und Geduld."

Viele der Ehrengäste, vor allem britische Offiziere und indische Würdenträger, hatten den Raum verlassen. Nur die Studenten und ihre Lehrer harrten aus. Ihre Begeisterung ließ sich nicht mehr steigern.

Die Rede, die er in dem allgemeinen Tumult nicht zu Ende führen konnte, gilt heute als Klassiker in der Geschichte Indiens. Einfach, aufrichtig, ohne Beschönigung und jedem verständlich, so wurde sie später bezeichnet – ein Meisterwerk, das den zunehmenden Verfall Indiens geißelt. Doch in dieser Stunde sahen viele in ihr nichts weiter als einen Skandal. Für die meisten Politiker waren es unbequeme Worte, die auch die indischen Nationalisten befremdeten. Sie schätzten Gandhi wegen seiner Erfolge in Südafrika. In Indien jedoch, so meinten sie jetzt, sei dieser Mann fehl am Platze.

Einige Zeit später nannte ihn der indische Nobelpreisträger Rabindranath Tagore „Mahatma" – Große Seele – eine Auszeichnung, die ihm zuvor schon das Volk gegeben hatte und die ihm nun zeitlebens bleiben sollte.

Im Dezember 1916 nahm Gandhi an der Versammlung des indischen Nationalkongresses in Lucknow teil. Dabei vereinigten sich die beiden Kongreßflügel. Die Moslems, in der Allindischen Moslemliga organisiert, schlossen sich mit den Hindus zum historischen Lucknow-Pakt zusammen. Beide stellten damit den nationalen Freiheitskampf über alle religiösen Unterschiede.

Dabei hatte Gandhi eine folgenschwere Begegnung. „Ein Bauer kam auf mich zu", berichtet er in seinen Memoiren. „Er sah aus wie alle indischen Bauern, arm und ausgemergelt. Er sagte zu mir: ‚Ich bin Raykumar Shukla. Ich komme aus Champaran, und ich möchte gern, daß Sie mit mir in meinen Bezirk reisen.'

‚Das ist leider nicht möglich. Gerade in der nächsten Zeit wartet viel Arbeit auf mich, die ich nicht verschieben kann.'

‚Ich habe Ihre Rede über die Lage der indischen Kontraktarbeiter gehört. Die Lage in Champaran ist noch schlechter.'

‚Wo liegt das? Ich kenne den Ort nicht.'

‚Im Norden, weit im Norden ...' Der Bauer machte eine unbestimmte Handbewegung in Richtung Himalaja. ‚Im Staate Bihar, nicht sehr weit vom Königreich Nepal entfernt, am Fuße der Schneeberge.'

‚Ich glaube dir, Bruder, aber es ist nicht zu machen.'

‚Sie sollten wirklich kommen, Mahatmaji. Die Menschen dort verhungern, wenn sie keine Hilfe finden.'"

Sie wurden unterbrochen. Einer der Kongreßteilnehmer sprach Gandhi an, und der Bauer trat bescheiden zurück. Doch am nächsten Tag war er wieder da und auch am übernächsten und in den folgenden Wochen. In seinen Augen spiegelte sich etwas von dem Schmerz eines geprügelten Hundes, der dennoch bereit ist, seinem Herrn überallhin zu folgen, weil er keinen Ausweg weiß. Nachdem Gandhi in den Ashram zurückgekehrt war, erschien der Bauer zwei Tage später auch dort.

„Wenn Sie ein Freund unserer Brüder in Südafrika sind, dann können Sie sich der Lage der Indigobauern in Bihar nicht verschließen, Mahatmaji. Lange vor dem Eindringen der Engländer bauten unsere Vorfahren schon Indigo an, um aus diesen Pflanzen einen Farbstoff zu gewinnen. Die Engländer erkannten rasch, daß man damit vorteilhafte Geschäfte machen kann, und zwangen uns, so gut wie alle Felder damit zu bepflanzen. Nun wird aber der Farbstoff künstlich hergestellt. Die Engländer können darum unsere Indigoernten nicht mehr verkaufen und verlangen von uns, daß wir unsere Pacht in barem Geld bezahlen. Zunächst liehen sich die Bauern das Geld auf ihre Felder, dann auf ihren restlichen Besitz. Doch das hat jetzt ein Ende. Alle sind so hoch verschuldet, daß ihr gesamtes Eigentum versteigert wird."

Gandhi versprach schließlich zu kommen. „Es wird aber noch einige Wochen dauern, ehe ich hier fortkann."

Zum erstenmal lächelte der Bauer. „Das macht nichts, wenn Sie nur kommen, Mahatmaji. Ich werde auf Sie warten und mit Ihnen reisen. Aber keine Sorge, ich werde hier arbeiten und mich nützlich machen."

Im April 1917 reisten beide nach Champaran. Die Nachricht eilte ihnen voraus, und Hunderte verzweifelter Bauern liefen ihnen entgegen und begleiteten sie zu den Hauptorten. Dann suchte Gandhi die britische Pflanzervereinigung auf. Doch der Sekretär der Gesellschaft erklärte, er könne Außenstehenden keine Informationen geben. Gandhi machte deutlich, daß er nicht als Privatmann da sei, sondern als Vertreter der Bauern von Bihar. Der Sekretär blieb bei seiner Weigerung. Nun sprach Gandhi beim britischen Distriktkommissar vor.

Der Beamte musterte seinen indischen Besucher mit britischer Kühle. „Wir haben hier schon genug Ärger", sagte er. „Wenn ich Ihnen einen Rat geben darf, sehen Sie zu, daß Sie Champaran rasch wieder verlassen, Sie könnten sonst leicht in Schwierigkeiten geraten. Wir sind hier nicht in Südafrika."

Gandhi lächelte. „Ich bin nicht Hunderte von Kilometern gereist, um nach zwei Stunden wieder umzukehren. Das werden Sie verstehen, Sir."

„Nun, dann ruhen Sie sich zwei Tage aus. Es ist sehr schön hier, wenn man einen Blick dafür hat. Wunderbare Mangohaine –"

„– und Indigopflanzungen. Dafür interessiere ich mich. Man sagt, mehr als eine Million Menschen leben davon – oder versuchen es zumindest."

„Eine Million?" sagte der Distriktkommissar. „Nun, ich habe sie nicht gezählt. Vielleicht sind es mehr, vielleicht auch weniger. Aber alles, was hier geschieht, ist streng legal. Da kann ich Sie beruhigen. Hier gibt es keine Übergriffe – von keiner Seite. Die britischen Plantagenbesitzer, von denen viele seit Generationen hier wohnen, kauften einst das Land und haben es nun verpachtet. Dabei war es den indischen Pächtern freigestellt, was sie anbauten – Reis, Weizen, Mais, Gerste oder auch, was sie sonst wollten. Nur fünfzehn Prozent der Felder mußten mit Indigo bepflanzt werden. So ist das. Die Indigoernte galt als Pacht."

Gandhi nickte. „Aber jetzt stellt man synthetische Indigofarbe her. Sie ist von gleicher Qualität und dabei noch billiger. Damit gerieten die Preise von Bihar unter Druck, und die britischen Pflanzer wiesen die Bauern an, künftig keine Indigofelder mehr anzulegen."

„So ist es", bestätigte der Distriktkommissar. „Ich sehe, Sie sind gut informiert. Warum belassen Sie es nicht dabei und reisen nach Hause zurück?"

„Leider ist das noch nicht alles", wandte Gandhi ein. „Die Konsequenzen für die Bauern sind lebensbedrohend. Die Verträge enthalten nämlich noch eine Klausel: Wenn ein Pächter den Indigoanbau aufgibt – in diesem Fall aufgeben muß, weil er seine Ernte nicht absetzen kann –, dann erhöht sich die Pacht. Und diese Pachterhöhung empfinden die Menschen hier als ungerecht. Und nicht nur das: Sie können die Pacht auch gar nicht aufbringen. Sie haben nicht das Geld dafür."

„Ich bin kein Jurist", erklärte der Beamte abweisend. „Über die Rechtslage kann ich kein Urteil fällen. Ich weiß nur, daß die Verträge rechtsgültig sind und eine Erhöhung der Pacht vorsehen, ob mir das nun paßt oder nicht."

Gandhi verabschiedete sich. „Ich nehme an, darüber wird noch zu sprechen sein."

Nun suchte er die Rechtsanwälte von Bihar auf. Es kam zu einem gemeinsamen Treffen, und Gandhi berichtete über die verzweifelte Lage der Menschen in diesem Staat.

„Die Aufgabe, die uns hier gestellt ist, ist weniger eine Rechtsfrage als ein moralisches Problem", sagte er. „Wir müssen zuerst einmal den Bauern die Furcht nehmen. Dabei brauche ich Ihre Hilfe, vor allem auch als Dolmetscher und vielleicht sogar als Zeugen. Ich dachte anfangs, ich könnte in zwei Tagen wieder abreisen; aber nun sehe ich, daß es leicht zwei Jahre werden können. Ich bin bereit, diese Zeit zu opfern. Es ist sogar möglich, daß man uns alle gefangensetzt. Damit muß man eben rechnen."

Gandhi gelang es schließlich, die Juristen zu überzeugen. Sie sagten ihm ihre Hilfe zu. „Wir werden tun, was Sie für notwendig erachten. Einer von uns wird Sie begleiten. Der Gedanke an Gefangenschaft ist für uns allerdings neu. Aber wir werden versuchen, uns damit vertraut zu machen."

Wenig später hörte Gandhi, daß ein Bauer in einem der Dörfer mißhandelt worden war, und er beschloß, mit diesem Fall den Anfang zu machen. Auf dem Rücken eines Elefanten, begleitet von einem Dolmetscher und einem Schreiber, begab er sich auf den Weg. Doch schon auf halber Strecke erschien ein Polizist. Er erklärte, er habe eine Empfehlung des Polizeikommissars zu bestellen. Gleichzeitig händigte er Gandhi die schriftliche Aufforderung aus, Champaran sofort zu verlassen. Gandhi bestätigte die Zustellung und schrieb auf die Rückseite, daß er der Ausweisung nicht Folge leisten werde.

Der Polizeikommissar reagierte prompt. Nur wenige Stunden später erhielt Gandhi eine Vorladung für den nächsten Tag, um sich wegen Ungehorsams gegen eine Regierungsanweisung zu verantworten.

Die Nachricht verbreitete sich mit Windeseile, und Tausende von Bauern strömten in die Stadt. Sie versammelten sich vor Gandhis Unterkunft und füllten die Straße bis zum Gerichtsgebäude. Er kannte keinen dieser Menschen, und auch sie kannten nur seinen Namen. Dennoch jubelten sie ihm zu, als habe er bereits einen Sieg für sie errungen. Offensichtlich hatte es sich unter ihnen herumgesprochen, daß hier einer gekommen war, um ihnen zu helfen.

Gandhi erschien pünktlich im Gerichtsgebäude, obwohl er die ganze Nacht bis in den Morgen hinein Briefe geschrieben und Depeschen vorbereitet hatte. Schon nach wenigen Minuten wurde es jedem klar, daß hier niemand wußte, was jetzt geschehen sollte. Man hielt Gandhis Personalien fest, rekonstruierte seine Reiseroute nach Champaran und befragte ihn nach seinen Absichten bei dem Elefantenausritt. Schließlich beantragte der Staatsanwalt eine Vertagung der Verhandlung. Eine ordentliche Gerichtssitzung könne nicht unter dem Druck der Straße erfolgen.

Gandhi erhob sich und widersprach. Von einem Druck der Straße sei hier nicht das geringste zu verspüren. Er bitte darum, die Verhandlung jetzt fortzusetzen. Außerdem bekenne er sich schuldig, denn er habe den Befehl zum Verlassen Champarans nicht befolgt. Ohne sich zu setzen und ohne eine Pause einzulegen, trug er folgende Erklärung vor: „Mit Erlaubnis des Gerichts möchte ich kurz darlegen, weshalb ich hier bin. Ich bin nach Bihar gekommen, um mich den Menschen nützlich zu erweisen, und zwar auf den dringenden Ruf der Bauern hier, die behaupten, von den Indigopflanzern nicht gerecht behandelt zu werden. Ich kann mir jedoch kein objektives Urteil erlauben, ohne die Verhältnisse zu kennen. Einen anderen Beweggrund habe ich nicht, und ich kann nicht glauben, daß ich mit meiner Anwesenheit hier den öffentlichen Frieden stören und Menschenverluste verursachen könnte. Ich bin im Gegenteil zutiefst davon überzeugt, daß ich diesen Menschen hier nur helfen kann, wenn ich in ihrer Mitte bleibe. Meine erste Regung war, als ich die mir zugestellte Anweisung erhielt, ihr zu folgen. Aber ich konnte es nicht tun, ohne gegen mein Pflichtgefühl zu handeln. Ich bin darum entschlossen, mich widerspruchslos der Strafe zu unterwerfen, die auf Ungehorsam steht."

Es folgte eine lange Stille. Weder Richter noch Staatsanwalt hatten mit einer solchen Wendung gerechnet. Das war ihren Gesichtern anzusehen.

Eine kurze Beratung schloß sich an, dann vertagte der Richter die Verhandlung.

Doch es kam niemals zu einem Urteil. Einige Tage später schickte der Richter eine Nachricht, daß Seine Exzellenz der Vizegouverneur angeordnet habe, das Verfahren einzustellen. Selbstverständlich stehe es Mr. Gandhi frei, alle Untersuchungen durchzuführen, die er für notwendig erachte. Dabei könne er auch mit der Unterstützung der Behörden rechnen.

Das war ein rascher Sieg, mit dem niemand gerechnet hatte. Nun zeigte sich Gandhis diplomatisches Geschick. Er tat alles, um die britischen Behörden nicht ihr Gesicht verlieren zu lassen. Er schrieb sogar an die großen indischen Zeitungen und beschwor die Verantwortlichen, keine Reporter ins Land zu schicken und alle Berichte über das Geschehen zu vermeiden. Er verzichtete auch darauf, andere indische Politiker nach Bihar zu rufen. Sein Einsatz für die Indigobauern sollte keinesfalls landesweite Schlagzeilen auslösen.

Die Pflanzer jedoch reagierten gereizt. Sie waren unzufrieden mit den Behörden und fühlten sich von der Regierung im Stich gelassen. Gandhi besuchte sie. Viele haßten ihn. Sie boten ihm nicht einmal einen Stuhl an. Andere nahmen die Entwicklung gelassen hin, einige behandelten ihn sogar mit ausgesuchter Höflichkeit. Auch den Pflanzerbund suchte er wieder auf und legte ihm die Beschwerden der Bauern dar. Geduldig hörte er sich die Gegenargumente an. Dabei gewann er die Überzeugung, daß er nur dann dauerhafte Verbesserungen erreichen konnte, wenn es auch gelang, die Verhältnisse in den Dörfern zu verändern. Die Unwissenheit dieser Menschen war erschütternd. Die Kinder genossen keinerlei Erziehung. Sie lungerten entweder müßig umher, oder die Eltern zwangen sie, bis zur Erschöpfung auf den Feldern zu arbeiten.

Als erste Maßnahme wollte Gandhi in sechs Dörfern so etwas wie Elementarschulen einrichten. Die Bauern sollten die Lehrer mit Kost und Wohnung versorgen. Die restlichen Auslagen wollte er selbst tragen. Er ließ Anzeigen in den großen indischen Tageszeitungen veröffentlichen, und es meldeten sich genügend Männer und Frauen, die bereit waren, in Bihar zu unterrichten. Auch Kasturba, die Gandhi nachgereist war, wollte helfen. Doch da war das Sprachproblem: Die meisten von ihnen besaßen nur dürftige Kenntnisse des Gujarati-Dialekts.

„Ich will deine Arbeit unterstützen", sagte Kasturba. „Aber wie kann ich den Kindern helfen, wenn ich nicht einmal verstehe, was sie sagen?"

„Es kommt hier im Anfangsunterricht nicht auf Sprachregeln an", erklärte er. „Was die Kinder vor allem lernen sollen, sind Sauberkeit und ordentliches Benehmen. Außerdem ist der Unterschied zwischen den Dialekten Gujarati, Hindi und Marathi nicht groß."

„Nicht groß, sagst du?" Sie schüttelte den Kopf. „Ich sehe doch, daß du selbst einen Dolmetscher brauchst."

„Bei mir geht es oft um komplizierte juristische Sachverhalte. Aber für den Einführungsunterricht etwa im Rechnen oder für das Alphabet braucht man keine besonderen Kenntnisse.

Die Zahlen bis zwanzig und für die Begabten bis fünfzig genügen, dazu das Schreiben der alltäglichen Wörter."

Schon nach wenigen Monaten zeigten sich erste Erfolge, die den jungen Hilfslehrern Mut machten, mit ihrer Arbeit fortzufahren. Gandhi selbst widmete sich in dieser Zeit den Beschwerden der Indigobauern. Geduldig hockten diese Menschen im Staub der Straße und warteten, bis man sie zu ihm ins Haus ließ. Tausende von Aussagen zeichnete er auf. Sie konnten nicht ohne Wirkung bleiben, davon war er überzeugt.

Auch die Pflanzer erkannten, daß hier eine schwerwiegende Gefahr für sie heraufzog, und bedrängten die Regierung, diese Registrierung zu beenden.

Gandhi erhielt schließlich ein Schreiben der Provinzregierung von Bihar, in dem man ihm mitteilte, die Untersuchungen hätten lange genug gedauert und müßten jetzt abgebrochen werden. Er schrieb zurück, seine Aufgabe sei so lange nicht erfüllt, wie er keine Besserung der Zustände sehe. Bis dahin werde er auch Bihar nicht verlassen.

Sir Edward Gait, der britische Vizegouverneur, lud ihn zu sich und erklärte sich bereit, eine Untersuchung anzuordnen und eine Kommission einzusetzen, zu der auch Gandhi gehören könne, wenn er das wünsche. Gandhi nahm den Vorschlag unter der Bedingung an, daß er jederzeit die Kommission wieder verlassen dürfe und dann freie Hand für weitere Maßnahmen habe, falls ihn die Untersuchungsergebnisse nicht zufriedenstellten.

Der Vizegouverneur stimmte zu, die Kommission nahm die Arbeit auf und entschied zugunsten der Indigobauern. Sie schlug vor, daß die Pflanzer einen Teil der bereits erhobenen Abgaben zurückgeben sollten. Außerdem müsse das System abgeschafft werden, das die Bauern verpflichte, einen Teil ihrer fruchtbarsten Grundstücke mit Indigo zu bepflanzen, um die Ernte dann als Pacht abzuführen.

Gegen den Widerstand der britischen Grundbesitzer stimmte die Regierung diesen Empfehlungen zu. Eine Gesetzesvorlage wurde am 29. November 1917 dem Landtag zugeleitet, angenommen und war damit geltendes Recht.

Gandhis erste Aktion in Indien war zum vollen Erfolg geworden. Die Zeitungen schrieben, damit habe er nicht nur das Selbstbewußtsein der Bauern von Bihar gestärkt, sondern darüber hinaus ganz Indien ein Beispiel dafür gegeben, wie man sich auf unblutige und gewaltfreie Weise gegen Ungerechtigkeit zur Wehr setzen könne. Sieben Monate hatte sein Aufenthalt in Champaran gedauert. Später kam er noch zweimal zurück und konnte dabei feststellen, daß seine Reformansätze ausgebaut worden waren und zu einer echten Verbesserung der Lebensverhältnisse geführt hatten.

## *Streikführer in Ahmedabad*

Dicht bei dem Ashram, in dem Gandhi lebte, befanden sich die Elendsquartiere der großen Stadt Ahmedabad, ein Chaos von niedrigen, schmutzigen Hütten, über die sich Tag um Tag der Rauch aus den Schornsteinen der Textilfabriken legte.

Eines Nachmittags erschien im Ashram eine junge Inderin aus wohlhabendem Haus. Gandhi kannte sie. Sie war die Schwester eines der größten Textilfabrikanten der Stadt. Ohne sich um den Staub zu kümmern, kauerte sie sich vor ihm nieder, den kostbaren Sari um die Schultern geschlungen.

„Was gibt es, Schwester? Kann ich dir helfen?“ fragte Gandhi.

Die Augen der jungen Frau füllten sich plötzlich mit Tränen. „Ich weiß, ich habe kein Recht, Sie zu belästigen, Mahatmaji, besonders nicht nach den anstrengenden Monaten, die Sie gerade hinter sich haben. Aber die Zustände hier sind unerträglich.“ Sie zögerte und sprach dann weiter. „Wie Sie vielleicht wissen, brach hier im vorigen Jahr die Pest aus. Es gab zahllose Opfer, und die Menschen verkrochen sich vor Angst. Niemand mehr schien – aus Furcht vor einer Ansteckkung – bereit, einer Tätigkeit nachzugehen. Die Textilfabrikanten beschlossen darum, den Arbeitern einen Lohnzuschlag zu gewähren, wenn sie nur weiterarbeiten würden. In Europa war Krieg, und die britische Armee brauchte dringend Uniformen. Das war im letzten Jahr. Nun aber hat die Nachfrage nachgelassen –“

„– und jetzt wollen die Fabrikanten den Zuschlag nicht mehr zahlen“, ergänzte Gandhi. „Von ihrem Standpunkt aus sogar verständlich.“

„Aber die Lebensmittelpreise sind durch den Krieg enorm gestiegen“, sagte die junge Frau. „Die Menschen kommen mit den früheren Löhnen nicht mehr zurecht. Sie hungern und weigern sich darum, die Arbeit zu den früheren Bedingungen fortzusetzen.“

„Waren da nicht schon kleinere Streiks?“

„Ja, sie streikten. Daraufhin sperrten die Fabrikanten alle Arbeiter für drei Wochen aus. Können Sie sich vorstellen, was das für diese Menschen bedeutete? Drei Wochen ohne Lohn! Und Ersparnisse besitzen sie nicht. Nun steht ein neuer Streik vor der Tür. Sie werden verhungern, wenn sie keine Hilfe erhalten. Nur Sie können ihnen helfen, Mahatmaji.“

Die junge Frau brachte ihn in eine schwierige Lage. Ambalal Sarabhai, der bedeutendste Textilfabrikant der Stadt, war sein Freund. Außerdem hatte dieser den Ashram schon wiederholt finanziell unterstützt. Auch die anderen Fabrikbesitzer kannte Gandhi gut. Mehrmals schon war er Gast in ihren Häusern gewesen. Was konnte er tun? Er versuchte es zunächst mit einem Kompromiß. Beide Parteien sollten einander entgegenkommen. Die Arbeiter zeigten sich einverstanden, die Unternehmer lehnten ab. So entschloß er sich schweren Herzens, die Arbeiter zu führen. Er berief eine Versammlung unter freiem Himmel ein. Hunderte von Menschen saßen im Halbkreis um ihn; erwartungsvolle Gesichter, wohin er auch blickte. Alle hatten ihre Hoffnungen auf ihn gesetzt.

„Das Recht ist auf eurer Seite“, rief er. „Was man euch zumutet, ist unmenschlich. Darum will ich euch helfen. Doch ich tue es nur unter folgenden Voraussetzungen: Unter keinen Umständen – ganz gleich, was geschieht – dürft ihr Gewalt anwenden. Keine Gewalt! Es wird sicher Streikbrecher geben, also Leute, die unter den Bedingungen der Unternehmer weiterarbeiten wollen. Ihr sollt sie nicht belästigen. Ihr dürft aber auch keine Almosen von den Fabrikbesitzern annehmen – auch nicht von deren Freunden oder anderen. Bleibt fest! Wir nehmen nur gemeinsam die Arbeit wieder auf. Wer sein Brot auf andere Art ehrlich verdienen kann, der soll es tun."

Ein Geraune lief durch die Menge. Mit solchen Forderungen hatte niemand gerechnet. Nicht jeder stimmte zu, sah Gandhi.

„Ich will nicht nur, daß ihr mir jetzt zuhört und versprecht, euch an das zu halten, was ich fordere", fuhr er fort. „Ich verlange, daß ihr mir schwört, euch an meine Bedingungen zu halten, und zwar an alle. Auswählen könnt ihr nicht."

Nach einer erregten Aussprache schworen alle Anwesenden bedingungslose Treue.

Fortan versammelten sich die Streikenden jeden Morgen am Ufer des Sabarmati. Gandhi sprach ihnen Mut zu und bestärkte sie in ihrem Durchhaltewillen. Tatsächlich zeigten die Arbeiter in den ersten beiden Wochen ein erstaunliches Maß an Selbstdisziplin. Doch als sich in der dritten Woche noch immer keine Einigung abzeichnete, flaute die Entschlossenheit ab. Eine kleine Gruppe dachte daran, Gewalt anzuwenden. Aber die meisten wollten die Arbeit zu den alten Bedingungen wiederaufnehmen und in die Textilfabriken zurückkehren, auch wenn sie keine ihrer Forderungen hatten durchsetzen können.

„Wir sind am Ende", riefen sie Gandhi zu. „Unsere Familien verhungern. Wir müssen aufgeben."

Dutzende von Menschen meldeten sich täglich zu Wort und schilderten ihre Not. Er hörte ihnen geduldig zu, doch das war für die Hungernden kein echter Trost. Was konnte er tun? Er wußte, wenn er jetzt den Streik abbrach, war alles umsonst gewesen. Sogar schlimmer noch, ihr Los würde sich entscheidend verschlechtern.

Später bekannte er, daß ihm während einer dieser Aussprachen der rettende Einfall kam: Er würde mit den Menschen hungern.

„Hört!“ rief er. „Ich gehöre zu euch, und ich werde mit euch hungern. Wenn ihr verhungert, werde ich mit euch verhungern. Ich werde von dieser Stunde an keine Nahrung mehr zu mir nehmen, bis wir ein Abkommen erreicht haben.“

Die Wirkung war verblüffend. Die Ankündigung gab den verzweifelten Menschen wieder Zuversicht. „Der Mahatmaji hungert mit uns!“ Die Nachricht lief durch die Dörfer. Einige hundert, die schon hatten aufgeben wollen, entschlossen sich, jetzt doch weiterzumachen. Die Spinnereibesitzer schreckten auf. Sie alle kannten Gandhi und schätzten ihn. Sollte er ihretwegen sterben? Es kam zu einer erregten Auseinandersetzung. Schließlich ließen sie Gandhi wissen, daß sie zu Verhandlungen bereit seien.

Der Streit wurde durch einen Vergleich beigelegt.

## *Das Blutbad von Amritsar*

Aus dem Ersten Weltkrieg war Großbritannien neben Frankreich und den USA als Sieger hervorgegangen. Doch die Menschen kamen nicht zur Ruhe. Der indische Subkontinent glich einem Pulverfaß, als die Inder erkennen mußten, daß der im Krieg verhängte Ausnahmezustand nicht aufgehoben würde, ja daß man erwog, ihn noch zu verschärfen. Eine britische Kommission unter Richter Rowlatt empfahl, schwerste Strafen gegen all jene zu verhängen, die man des Aufruhrs verdächtigte. Geheime Gerichtsverfahren, gegen die es keine Berufung geben sollte, wurden denen angedroht, die man des Terrorismus verdächtigte. Selbst der Besitz von Druckschriften oder Büchern, die als antibritisch gelten konnten, sollte bestraft werden.

Wie schon im Krieg zwischen Engländern und Buren in Südafrika hatte sich Gandhi auch im Ersten Weltkrieg loyal verhalten. Er war zutiefst überzeugt gewesen, daß England sich nach dem Krieg aufgeschlossen zeigen werde gegenüber

Indiens Wunsch nach mehr Selbstverwaltung. Doch jetzt mußte er erkennen, daß die englischen Kolonialherren nicht daran dachten, auch nur einen Zipfel ihrer Macht aufzugeben. Die indischen Politiker waren wie er enttäuscht. Was ließ sich tun?

Lange Wochen schwieg er, grübelte und suchte nach einer geeigneten Taktik. Er fand sie schließlich – in einem Traum, wie er später gestand. Es war eine glänzende, weil erstaunlich einfache Antwort. Indien würde durch ein Schweigen, entschied er, ein unheimliches Schweigen eigener Art protestieren. Er wollte einen Hartal ausrufen, einen Trauertag, der Indien in eisiges Schweigen hüllen sollte. Niemand vorher hatte etwas dieser Art jemals versucht. An diesem Tag sollten alle Geschäfte schließen, auch die Arbeit der indischen Angestellten in den Behörden sollte ruhen, die Schulen würden geschlossen bleiben.

Gandhi plante nichts weniger als ein vollständiges Aussetzen aller wirtschaftlichen Aktivität: geschlossene Läden, stillstehende Fabriken, Schiffe, deren Ladung niemand löschte, leere Basare, Banken ohne indische Kunden – wer würde sich dem entziehen können?

Wie bei so vielen seiner Ideen zeigte sich auch hier das Gespür für eine Taktik, die sich mit ein paar Worten ausdrükken ließ und darum von allen, Arbeitern wie Bauern, verstanden werden konnte. Noch dazu war sie leicht zu verwirklichen. Niemand brauchte sich den Schlagstöcken der Polizei auszusetzen. Niemand mußte gegen Gesetze verstoßen. Was er von den Millionen forderte, war – nichts. Indem die Lehrer ihre Klassenzimmer verließen, die Kaufleute zum Beten in die Tempel gingen, Postämter und Telegrafenstationen geschlossen blieben, konnten die enttäuschten Menschen ihren Protest gegen die Rowlatt-Gesetze demonstrieren. Es würde Gandhis erste offene Aktion gegen die britische Herrschaft sein.

Als Tag seines Hartal wählte er den 7. April 1919.

Ein solcher Tag brauchte natürlich eine intensive Vorbereitung. So reiste Gandhi durch das Land bis tief nach Südindien und gewann die Menschen auf zahllosen Versammlungen für diesen „Tag des bürgerlichen Ungehorsams“. Oft sprach er drei- oder viermal täglich. Schließlich war er so erschöpft, daß er nicht einmal mehr imstande war, sich auf den Beinen zu halten. Dann mußten die Begleiter seine Rede vortragen.

Der Hartal in Delhi, der durch ein Mißverständnis schon am 30. März stattfand, wurde ein voller Erfolg. Die Menschen, Hindus wie Moslems, strömten zu einem gewaltigen Protestmarsch auf die Straßen. Zum erstenmal wurden dabei auch Rufe nach völliger Unabhängigkeit laut.

In der Nacht zum 7. April reiste Gandhi mit dem Zug in den Pandschab. Unterwegs erhielt er einen schriftlichen Befehl der Polizei, der es ihm verbot, weiterzureisen, weil man Ruhestörungen erwarte. Die Beamten forderten ihn auf auszusteigen, doch er weigerte sich.

„Ich fahre nicht in den Pandschab, um Unruhe zu stiften, sondern um sie zu verhindern“, erklärte er.

Während des nächsten Halts holte man ihn aus dem Abteil und brachte ihn zum Gegenzug, der nach Bombay fuhr. Als sich der Expreß den Außenbezirken der Millionenstadt näherte, sagte der Beamte: „Sie sind jetzt frei. Es wäre allerdings besser, wenn Sie gleich hier aussteigen würden. In der Innenstadt wartet eine riesige Menschenmenge auf Sie. Da kann es leicht zu Ausschreitungen kommen. Wenn Sie wollen, lasse ich den Zug an den ‚Marine Lines‘ anhalten.“

Zur Überraschung des Briten war Gandhi einverstanden. Ein Freund, der ihn offensichtlich schon erwartet hatte, nahm ihn im Auto mit in die Innenstadt.

„Die gesamte Polizei ist alarmiert“, erfuhr Gandhi vom Fahrer. „Die Nachricht von Ihrer Verhaftung vor zwei Tagen ging wie ein Lauffeuer durch die Stadt und das ganze Land. Es müssen Zehntausende allein hier in Bombay sein, die auf den Beinen sind. Man fürchtet, daß es jederzeit zu schweren Unruhen kommen könnte. Niemand außer Ihnen kann sie noch beruhigen.“

Sie erreichten das Pydhuni-Viertel, und Gandhi stieg aus. Schon von weitem sah er die Menge. Als ihn die Menschen erkannten, stürzten sie ihm entgegen, lachten, jubelten und sangen. Jeder wollte ihn berühren, Hunderte von Händen reckten sich, packten ihn an den Schultern, den Armen, strichen ihm über die Wangen. Sie nahmen ihn in die Mitte, ein langer Zug formierte sich. Als sie die Abdur-Rahman-Straße verließen, um in Richtung des Cawford-Marktes zu marschieren, sahen sie sich einem Trupp berittener Polizei gegenüber, der die ganze Breite zwischen den Häusern einnahm. Gandhi war hoffnungslos von der Menge eingeschlossen, hilflos in dem ungeheuren Lärm.

Da hob der Offizier, der das Kommando hatte, den Arm, und die Reiter stürmten, ihre Lanzen schwingend, gegen die Demonstranten. Die Menschen hatten zwischen den Häuserwänden nicht Raum genug, um auszuweichen. Die Reiter galoppierten rücksichtslos durch die Massen. Ein Chaos entstand. Die noch fliehen konnten, flohen. Andere wurden zu Boden gerissen, schwer mißhandelt, verletzt und gequetscht. Minutenlang waren Reiter und Demonstranten ein unentwirrbares Durcheinander.

Die Menge wurde zersprengt und ihr Marsch aufgehalten.

Gandhi ließ sich zum Amtsgebäude des Kommissars fahren. Überall auf den Treppen und Gängen standen Polizisten und Soldaten, die schwer bewaffnet waren. Im Amtszimmer des Distriktkommissars saß auch der Polizeioffizier. Beide zeigten sich nicht wenig überrascht, ihn zu sehen, und Gandhi schilderte die Vorkommnisse während des Polizeiangriffs.

„Ich wollte nicht, daß die Demonstranten weiter vorrükken", erklärte der Offizier, „ein Aufruhr wäre dann unvermeidlich gewesen. Und da ich annahm, daß die Leute nicht mehr auf gute Worte hören würden, mußte ich notgedrungen den Befehl geben, gegen sie vorzugehen."

„Aber Sie wußten doch, wozu das führen würde", hielt ihm Gandhi entgegen. „Es war vorauszusehen, daß die Pferde auf dem engen Raum die Leute zu Boden trampeln würden. Meiner Meinung nach war es ganz unnötig, eine so starke Abteilung Berittener loszuschicken."

„Das können Sie nicht beurteilen."

„Wir wissen sehr wohl, was Ihre Lehren beim Volk anrichten", warf der Kommissar ein. „Darum müssen wir scharf durchgreifen. Andernfalls wird uns bald alles aus der Hand gleiten. Auflehnung gegen das Gesetz – gut, das gefällt den Leuten. Das begreifen sie auch. Aber daß es dabei friedlich bleiben muß, das geht über ihren Horizont. Dabei bezweifle ich nicht, daß Sie persönlich die Gewalt nicht wollen."

„Das Volk ist von Natur aus nicht gewalttätig", sagte Gandhi. „Im Gegenteil, es ist friedlich."

Der Distriktkommissar starrte ihn an. „Einmal angenommen, Sie gelangen zu der Überzeugung, daß Ihre Lehre von der Gewaltlosigkeit bei den Leuten nicht ankommt und nur in den Wind geredet ist. Was würden Sie dann tun?"

„Ich würde sie aufgeben", sagte Gandhi.

Der Offizier nahm mehrere Meldungen vom Schreibtisch. „Wissen Sie eigentlich, was in Ahmedabad vorgeht? Und was in Amritsar passiert ist? Überall ist das Volk wie toll. Und dabei sind wir noch nicht einmal im Besitz aller Nachrichten. Die Telegrafendrähte sind an einigen Orten durchgeschnitten worden. Das alles geht auf Sie zurück", sagte er mit Nachdruck. „Ganz allein auf Sie."

„Wenn das, was ich getan habe, eine Schuld ist, dann nehme ich sie auf mich", antwortete Gandhi. „Aber ich wäre sehr überrascht, wenn die Leute in Ahmedabad Gewalt angewandt hätten. Zu Amritsar kann ich nichts sagen. Ich bin nie dort gewesen. Aber das eine weiß ich sicher: Hätte man mir die Einreise in den Pandschab nicht verweigert, hätte ich viel tun können, um die Unruhen zu verhindern." Er schwieg und blickte vor sich nieder. „Irgendwie muß es ja jetzt weitergehen", sagte er dann. „Ich würde gern eine Versammlung am Chowpati-Strand einberufen und die Menschen bitten, ruhig zu bleiben. Wie denken Sie darüber?"

Die beiden tauschten einen Blick, dann nickten sie.

Gandhi sprach zu Tausenden am Flußufer. Geduldig lauschten sie, während er sie wieder und wieder zur Gewaltlosigkeit ermahnte. „Wenn ihr diesen Grundsatz nicht wahrt, kann ich mich dieses Mittels in der Zukunft nicht mehr bedienen", rief er.

Inzwischen hatte er auch von den Unruhen in Ahmedabad erfahren. Irgendwer hatte dort das Gerücht verbreitet, Gandhi sei verhaftet worden. Die Nachricht hatte die Spinnereiarbeiter so erregt, daß sie die Arbeit niederlegten und es zu Ausschreitungen kam. Ein Unteroffizier hatte dabei das Leben verloren.

Noch am gleichen Abend wollte Gandhi nach Ahmedabad reisen; doch der Zug wurde unterwegs angehalten. Die Baumwollarbeiter hatten die Schienen aufgerissen und einen Regierungsbeamten getötet. Daraufhin war das Standrecht erklärt worden.

Ein Polizeibeamter erwartete Gandhi am Bahnhof Nadiad und brachte ihn im Auto zum Distriktkommissar, der ihn in hellem Zorn empfing. Gandhi nahm die Anschuldigungen mit gelassener Ruhe entgegen. Dann drückte er sein Bedauern aus und erklärte sich bereit, bei allen Bemühungen der Behörden mitzuwirken, wenn sie darauf zielten, die Ruhe wiederherzustellen. Es verlief ganz ähnlich wie in Bombay. Es kam zu einer öffentlichen Versammlung. Am Tag danach wurde das Standrecht aufgehoben.

Das Massaker von Amritsar überschattete alle anderen Ereignisse. Wie war es dazu gekommen, und was war wirklich geschehen? Die großen indischen Zeitungen brachten Tag um Tag lange Berichte, die sich widersprachen.

Nur allmählich schälte sich das tatsächliche Geschehen heraus. Es war zu Krawallen und Ausschreitungen der empörten Menschen gekommen. Daraufhin erließen die britischen Behörden eine Ausgangssperre und ein Versammlungsverbot. Trotzdem trafen sich die Bewohner von Amritsar am 13. April 1919 auf dem mit Steinen und Unrat übersäten Platz Jallianwalla Bagh zu einer friedlichen, aber nicht genehmigten Demonstration.

Der Platz besaß nur einen einzigen Zugang, eine schmale Gasse zwischen zwei Gebäuden. Durch diese Gasse marschierte Brigadegeneral Reginald Edward Dyer an der Spitze von fünfzig Soldaten, entschlossen, die Menschen auseinanderzutreiben. Er ließ seine Leute Aufstellung nehmen und erteilte dann ohne Vorwarnung den Befehl, auf die wehrlosen Inder mit Maschinengewehren zu schießen. Volle zehn Minuten lang schossen die Soldaten auf die Menschen, die vergebens um Schonung und Hilfe schrien. Die Soldaten verfeuerten 1650 Schuß Munition. Die Kugeln töteten oder verwundeten 1516 Menschen.

In der festen Überzeugung, daß er „recht gute Arbeit" geleistet habe, wie er sich später ausdrückte, führte der General seine Männer dann wieder vom Platz.

Die „recht gute Arbeit" General Dyers in Amritsar, der heiligen Stadt der Sikhs*, wurde zum Wendepunkt in der Geschichte der britisch-indischen Beziehungen. Gandhi sah darin jenen endgültigen Vertrauensbruch, nach dem es keine Zusammenarbeit mehr geben konnte. Doch die Gefahr, daß Indien nun in ein Chaos von Gewalt geraten könnte, aus dem die Briten mit ihrer disziplinierten Armee als Sieger hervorgehen würden, stand riesengroß vor ihm. Was konnte er tun?

Er brach sofort die Bewegung des gewaltfreien Widerstandes ab und sprach von einem „himalajagroßen Fehler". „Ich hatte das Volk aufgerufen, friedlichen Widerstand zu leisten, bevor es diesen wirklich leisten konnte", bekannte er. Früher als alle seine indischen Kritiker sah er, daß es den Menschen noch an Disziplin und organisatorischer Geschlossenheit fehlte.

Doch das Feuer schwelte weiter. Rastlos reiste er durch das Riesenland. In Hunderten von Versammlungen stellte er den Menschen immer wieder zwei Ziele vor: einmal die Einheit von Hindus und Moslems, ihr friedliches Nebeneinander, und dann die „noncooperation" – keine Zusammenarbeit mit der Kolonialmacht. Die Inder sollten alles boykottieren, was englisch war. Indische Schüler sollten britische Schulen, indische Rechtsanwälte sollten englische Gerichte boykottieren, indische Arbeiter sollten in britischen Fabriken keine Stelle annehmen, indische Soldaten sollten Auszeichnungen durch

*Sikhs: mohammedanisch-hinduistische Religionsgemeinschaft, die das Kastenwesen und die Vielgötterei ablehnt.

die Engländer ablehnen. Gandhi selbst sandte seine beiden Kriegsauszeichnungen, die ihm in Südafrika verliehen worden waren, an den Vizekönig zurück und schrieb dazu: „Ich kann einer Regierung, die Unrecht um Unrecht tut, um ihre Unmoral zu verteidigen, weder Achtung noch Zuneigung entgegenbringen."

Auch die britische Regierung hatte aus dem Massaker Konsequenzen gezogen. Sie setzte einen Untersuchungsausschuß ein, der die Vorgänge auf dem Jallianwalla-Bagh-Platz klären sollte. General Dyer wurde vorgeladen. Die Einzelheiten wurden 1920 im Hunter-Bericht veröffentlicht. Danach schätzte Dyer die Zahl der anwesenden Menschen auf zehn- bis zwanzigtausend. Feuerwaffen seien nicht zu sehen gewesen, aber möglicherweise hätten einige Leute Stöcke bei sich getragen. „Ich war entschlossen", bekannte der General, „alle Rebellen zu erschießen."

Frage: „Wenn die Einfahrt auf den Platz breit genug gewesen wäre, Ihre Panzerwagen durchzulassen, hätten Sie dann das Feuer auch mit ihnen eröffnet?"

Dyer: „Ich denke, ja. Wahrscheinlich."

Frage: „Von Zeit zu Zeit änderten Sie die Schußrichtung und ließen auf die Orte zielen, wo die Menge am dichtesten stand?"

Dyer: „Das ist richtig ... Es ging nicht mehr einfach darum, die Menge zu zerstreuen, sondern eine moralische Wirkung nicht nur auf die Anwesenden, sondern auf die gesamte Provinz Pandschab auszuüben."

Der Ausschuß kam zu dem Entschluß: „Dies war unglücklicherweise eine verfehlte Pflichtauffassung." Doch General Dyer wurde nicht angeklagt und vor Gericht gestellt. Die Regierung in Delhi legte ihm lediglich nahe, den aktiven Dienst aufzugeben, und versetzte ihn in den Ruhestand.

Insgesamt sieben Monate reiste Gandhi mit dem Zug bei meist schattenloser Sonne und drückend heißer Luft durch die indischen Provinzen, um die Leute für sein Ziel „keine Zusammenarbeit" zu gewinnen. Er mußte seine Reden ohne Mikrophon und Verstärker halten. Doch es kam den Menschen auch weniger auf seine Worte an. Sie waren schon zufrieden, wenn sie ihn nur sahen. Die Begegnungen trugen Zeichen einer religiösen Erweckung. Die Bewohner eines kleinen Dorfes ließen ihn wissen, daß sie sich auf die Schienen legen und überfahren lassen würden, wenn sein Zug nicht an ihrer Station halte. Während dieser ganzen Zeit bestand Gandhis tägliche Mahlzeit aus einem knappen Liter Ziegenmilch, drei Scheiben Toast, zwei Orangen und einigen Trauben oder Rosinen.

Die Kampagne für die Nichtzusammenarbeit traf die Briten an einer empfindlichen Stelle – dem Handel. Englische Kaufleute erwarben die indische Rohbaumwolle zu lächerlich niedrigen Preisen und schafften sie nach England, wo sie in den Webereien von Lancashire zu Textilien verarbeitet wurde. Die Fertigwaren wurden dann nach Indien verschifft und dort mit ansehnlichen Gewinnen verkauft.

Wo immer Gandhi eine Gelegenheit fand, beschwor er seine Zuhörer, auf fremdländische Kleidung zu verzichten. Wenn sie Beifall spendeten, forderte er sie auf, ihre ausländischen Kleidungsstücke auszuziehen und auf einen Haufen zu werfen. Schuhe, Strümpfe, Hosen, Hemden, Krawatten türmten sich auf, bis einige Männer splitternackt vor ihm standen. Dann setzte er mit einem Streichholz den Stapel in Brand – ein bizarres Feuer aus Kleidern „made in England“. Während die Flammen hoch aufschlugen, beschwor er seine Zuhörer, ihre Kleidung nun wieder selbst zu spinnen und zu weben.

1921 streikten eine halbe Million Arbeiter. In Bombay und anderen Städten vernichtete man öffentlich die in England hergestellten Textilien und bekannte sich feierlich zu Swadeshi, zur Selbstherstellung. Gandhi gab auch hier das Beispiel. Jeden Tag verbrachte er eine Stunde am Spinnrad und bewog seine Anhänger, das gleiche zu tun. „Wenn Indien sich selbst regieren will, müssen seine Menschen auf Kleidung aus dem Ausland verzichten“, erklärte er.

Mit handgewebtem Tuch warb er für Swadeshi und zeigte, daß er sich mit den Armen eins fühlte. Nicht alle hießen gut, was er tat. Manche Politiker meinten: ein Mann mit Sinn für Massenwirkungen, nichts weiter. Hatte er nicht manches mit einem Clown gemeinsam? Er hörte davon und lächelte darüber. Denn wo immer er auftauchte, gewann er die Herzen der Menschen. Millionen sahen in ihm einen Heiligen, nicht wenige auch einen Mensch gewordenen Gott.

Ende des Jahres 1921 gab er seinem Feldzug einen neuen Schwung. Feierlich verzichtete er für den Rest seines Lebens auf jede Bekleidung außer einem Dhoti, einem selbstgewebten Lendentuch, und einem Schal, wie sie die armen Bauern überall in Indien als einzige Kleidungsstücke trugen.

Durch knöcheltiefen Schlamm und durch Flüsse, auf gefährlichen, vom Steinschlag bedrohten Pfaden, auf den harten Holzbrettern der Dritte-Klasse-Wagen schlafend, so reiste Gandhi in die entlegensten Winkel Indiens und warb für seine Ideale. Wohin er auch kam, die Massen strömten herbei, um ihn zu sehen, den Mahatma, die Große Seele. Seine Armut, seine Bescheidenheit, nicht zuletzt auch die asketische Erscheinung, sie machten ihn in den Augen vieler Menschen zu einem Heiligen, der aus dem fernen, alten Indien zu ihnen gekommen war, um einem neuen Indien die Freiheit zu bringen.

Die Engländer sahen seinen Reisen mit wachsender Besorgnis zu. Sie spürten, welche Gefahr ihnen da entstanden war. Zwar zögerten sie, ihn zu verhaften, weil sie ihn nicht zum Märtyrer machen wollten. Aber dafür gingen sie um so härter mit seinen Anhängern um. Dreißigtausend Menschen wurden festgenommen, Versammlungen und Protestmärsche gesprengt.

Im Februar 1922 schrieb Gandhi einen Brief an den Britischen Vizekönig und teilte ihm mit, daß er jetzt weitergehende Maßnahmen plane.

In Bardoli bei Bombay, einem kleinen Bezirk von nur knapp neunzigtausend Einwohnern, rief er zur Steuerverweigerung auf. Er hatte seine Aktion auf Bardoli beschränkt, weil er bei größeren Kampagnen nicht sicher war, ob er sie auch friedlich durchführen könne. Doch der Streik hatte noch gar nicht begonnen, als es in einem Dorf achthundert Meilen von Bardoli einen blutigen Zwischenfall gab. Dort hatte eine genehmigte Prozession stattgefunden. „Aber“, so berichtete Gandhi später, „als die Prozession bereits vorbeigezogen war, gerieten die Nachzügler mit der Polizei in Streit. Auf deren Hilferufe kehrten die übrigen Teilnehmer um und kamen ihnen zu Hilfe. Die Polizisten eröffneten das Feuer. Als ihnen die Munition ausging, flüchteten sie sich in das Rathaus. Daraufhin steckte der Mob das Gebäude in Brand. Die Polizisten mußten ihr Versteck verlassen. Sie wurden abgefangen und von der aufgebrachten Menge in Stücke zerhackt.

Der brutale Mord an zweiundzwanzig Polizisten war ein böses Vorzeichen. Nehmen wir einmal an, dem gewaltlosen Ungehorsam in Bardoli wäre Erfolg beschieden gewesen und die Regierung hätte zugunsten der Sieger abgedankt, wer würde dann die aufrührerischen Elemente noch kontrollieren können, die auf jede Provokation mit unmenschlicher Grausamkeit reagieren?“

Er nahm die Anweisung zum bürgerlichen Ungehorsam zurück und verbot alle Feindseligkeiten. „Laßt unsere Widersacher ruhig über unsere Niederlage triumphieren“, erklärte er. „Es ist besser, daß sie uns Feigheit und Schwäche vorwerfen, als daß wir uns selbst untreu werden.“

Ein Wort von ihm hätte genügt, und Indien wäre zum Aufstand bereit gewesen. Es gab viele Extremisten, die den Menschen einredeten, sie könnten die Briten ins Meer treiben, denn England stecke in weiten Teilen der Welt in größten Schwierigkeiten. Aber Gandhi lehnte ab. Er wollte Indiens Unabhängigkeit nicht mit dem Blut Zehntausender erringen.

Doch damit hatte er sich selbst ins Abseits gestellt. Sein Verhalten enttäuschte die Politiker, vor allem die jungen wie Nehru. Im Unterschied zu Gandhi hatte Gewaltlosigkeit für sie nichts mit Gott oder dem Glauben zu tun. Gewaltlosigkeit war für sie nichts weiter als ein Mittel im politischen Kampf. Allein das Ergebnis entschied. Doch Gandhi sah weiter als alle Heißsporne. Er argumentierte zwar nicht religiös, aber er überblickte auch die politischen Konsequenzen. Die wichtigsten indischen Führer, jene Männer, auf die es ankommen würde, saßen im Gefängnis, und die anderen waren nicht geschult genug, um einen so schwierigen Kampf zu führen.

Am 10. März wurde Gandhi auf Weisung des britischen Vizekönigs Lord Reading festgenommen. Die Anklage lautete auf Aufwiegelung. „Alter: 52 Jahre; Beruf: Bauer und Weber; Wohnung: Sabarmati-Ashram", stand im Protokoll des Untersuchungsrichters. Am 18. März war der kleine Gerichtsraum in Ahmedabad überfüllt.

Nachdem die Anklage verlesen worden war und der Generalstaatsanwalt Gandhi für schuldig bezeichnet hatte, erhob sich der Mahatma und erklärte: „Ich bin hier, um die höchste Strafe auf mich zu nehmen, die mir auferlegt wird, für das, was dem Buchstaben des Gesetzes nach ein vorsätzliches Verbrechen ist, das gleiche, was mir aber als die höchste Pflicht erscheint." Er erläuterte, wie er vom überzeugten Freund und loyalen Untertan des Empire zu einem leidenschaftlichen Gegner wurde, und berichtete von seinen Erfahrungen in Afrika und in Indien. „Ich kämpfte für Zusammenarbeit, aber dann kam ich widerstrebend zu dem Schluß, daß Indien durch die Verbindung mit England politisch und wirtschaftlich hilfloser geworden ist, als es je zuvor war. Heute hat es kaum mehr die Kraft, sich gegen eine Hungersnot zur Wehr zu setzen."

Gandhi hatte auf einen Verteidiger verzichtet. Er erklärte sich in allen Punkten für schuldig und forderte für sich die Höchststrafe.

Gegen Ende der Verhandlung tat Richter Broomfield etwas, was in der Rechtsgeschichte wahrscheinlich bis heute einmalig blieb. Er verbeugte sich vor dem Angeklagten und sagte: „Das Gesetz sieht die Person nicht an. Doch es läßt sich nicht übersehen, daß Sie eine andere Art Mensch sind als die, über die ich je geurteilt habe oder zu urteilen haben werde. Ich kann nicht vergessen, daß Sie in den Augen von Millionen Menschen ein großer Patriot und Führer sind. Auch diejenigen, die politisch anders denken als Sie, erkennen Ihre hohen und edlen Ideale an und wissen um Ihre heilige Lebensführung."

Nach dieser Erklärung verurteilte er Gandhi zu sechs Jahren Haft, und Gandhi wurde in das Yeravda-Gefängnis bei Poona eingeliefert. Dort war allerdings von der Hochachtung eines Richter Broomfield nichts mehr zu spüren. Die Gefängnisbehörde behandelte ihn wie einen Schwerverbrecher. Sie hielt ihn in strenger Einzelhaft. Täglich durchsuchte man seine Zelle. Besuche mußte er stehend empfangen. Nur vier Briefe im Jahr waren ihm erlaubt.

Doch es scheint, als habe ihm die übertriebene Härte wenig bedeutet. Mit gelassener Freundlichkeit nahm er die Mißlichkeiten hin. Nach den hektischen Monaten genoß er geradezu die Stille und Abgeschiedenheit. Unter allen Benutzern der Gefängnisbibliothek war er der eifrigste. Dabei bevorzugte er Bücher über Religion, Literatur und die Naturwissenschaften.

Anfang 1924 erkrankte er an einer Blinddarmentzündung. Sein Zustand verschlechterte sich rasch, und man brachte ihn in das Krankenhaus in Poona. Noch am gleichen Abend operierte ihn ein britischer Chirurg. Draußen tobte ein heftiges Gewitter. Plötzlich verlosch das Licht, ein Blitz hatte die Leitung getroffen. Man behalf sich mit einer Taschenlampe. Als auch sie versagte, leuchtete eine Operationsschwester mit einer eilig herbeigeschafften Stallaterne.

Nach einer endlosen Stunde konnte die Operation erfolgreich beendet werden.

## *Der Salzmarsch*

Am 5. Februar 1924 wurde Gandhi vorzeitig aus dem Gefängnis entlassen. Zwar war die Operation gelungen, aber es hatte sich ein Abszeß gebildet, der die Genesung verzögerte. Den britischen Behörden war nicht an einem Märtyrer gelegen, darum begnügten sie sich mit zweiundzwanzig Monaten Haft. Gandhi erholte sich zunächst am Meer und kehrte dann in seinen Ashram zurück.

Die politische Lage hatte sich inzwischen entscheidend verschlechtert. Schwung und Begeisterung der Inder waren dahin, der Idealismus verbraucht. Viele Rechtsanwälte hatten wieder ihre Kanzleien eröffnet und arbeiteten mit den britischen Gerichten zusammen. Hunderte von Jungen und Mädchen aus den wohlhabenden Familien, die die Regierungsschulen boykottiert hatten, waren zurückgekehrt. Auch sonst waren die Menschen dabei, sich mit den gewohnten Verhältnissen abzufinden. Viele waren nicht mehr fähig, weitere Opfer zu bringen.

Die Kongreßpartei, einst die Hoffnung des Landes, hatte die Orientierung verloren. Nun, da Gandhi in die Freiheit zurückgekehrt war, bedrängten ihn alle, die Führung zu übernehmen. Er stimmte zu, doch schon Ende 1925 gab er das Amt des Präsidenten wieder ab. Die Zeit war für politische Aktionen nicht reif.

Er erklärte das kommende Jahr für sich zum „Jahr des Schweigens". Er widmete sich seinem Ashram, kümmerte sich um die Armen und begann seine Memoiren zu schreiben.

Nur einmal mischte er sich mit einer Warnung in das politische Geschehen. Der Kongreß hatte einstimmig die völlige Unabhängigkeit von den Briten gefordert.

„Der Kongreß macht sich lächerlich", stellte er fest. „Wenn er Jahr um Jahr solche Entschließungen faßt, obwohl er weiß, daß es unmöglich ist, sie in die Wirklichkeit umzusetzen. Mit solchen Forderungen machen wir nur unsere Unfähigkeit deutlich, gleichzeitig werden wir zur Zielscheibe des Spotts und fordern die Verachtung unseres politischen Gegners heraus. So wird der Kongreß niemals zu der Kraft werden, die er sein möchte, denn seine Ziele sind schlecht durchdacht und müssen darum Papier bleiben."

1928 rief Gandhi dann den Steuerstreik in Bardoli aus, den er bereits acht Jahre zuvor geplant, aber wegen der Grausamkeiten an zweiundzwanzig Polizisten wieder abgesagt hatte. Die Aktion war erfolgreich. Einmütig widersetzten sich die Bauern der Steuererhöhung. Die Auseinandersetzungen dauerten sechs Monate. Zweihundertfünfzig Menschen wurden verhaftet, viele Bauern vertrieben. Dann gab die Provinzregierung nach, entließ die Gefangenen und leistete Entschädigung. Bei der Steuererhöhung einigte man sich. Statt der geforderten 22,7 Prozent brauchten die Bauern nur 5,7 Prozent zu zahlen.

Mitte Januar 1930 kam der indische Nobelpreisträger Tagore zu Besuch in den Ashram.

Was er denn für dieses Jahr plane, fragte er.

Gandhi zögerte mit der Antwort. „Ich denke Tag und Nacht darüber nach", sagte er schließlich. „Aber ich sehe noch immer keinen Lichtschimmer in der Dunkelheit, die mich umgibt."

Mit zu den größten Problemen, die auf den Ärmeren unter den Indern lastete, gehörte die Salzsteuer. Die Regierung hatte das Salzmonopol; und es war verboten, Salz aus dem Meer zu gewinnen.

Sechs Wochen suchte Gandhi nach einer Lösung, dann wußte er, was zu tun war. Bevor er jedoch seinen Plan in die Tat umsetzte, schrieb er an den Vizekönig. Es dürfte wohl der seltsamste Brief gewesen sein, den je ein Regierungschef erhielt.

„Lieber Freund", schrieb Gandhi, „bevor das Land mit dem bürgerlichen Ungehorsam beginnt und ich damit die Gefahr auf mich nehme, vor der ich mich all die Jahre gefürchtet habe, möchte ich mich noch einmal an Sie wenden und mit Ihnen zusammen nach einem Ausweg suchen."

Doch der weitere Inhalt war wenig geeignet, den Vizekönig freundlich zu stimmen. „Obwohl ich die englische Herrschaft über mein Land für einen Fluch halte, habe ich nicht vor, einem einzigen Engländer auch nur geringsten Schaden zuzufügen." Gandhi ging dann in Einzelheiten und schrieb, die englische Politik treffe gerade die Bauern am härtesten. „Sogar das Salz belegen Sie mit Steuern. Aber gerade diese Steuer trifft den Armen am meisten, denn es ist das einzige Nahrungsmittel, von dem er mehr braucht als der Reiche. Diese Ungerechtigkeit wird aufrechterhalten, um eine Fremdverwaltung zu finanzieren, die nachweislich die teuerste der Welt ist."

Er führte aus, daß die Salzsteuer, die der Bauer zu entrichten habe, im Jahr drei Tagelöhne ausmache, denn er habe einen großen Salzbedarf, da er unter der dörrenden Tropensonne arbeiten müsse.

„Nehmen Sie Ihr eigenes Gehalt“, schrieb er weiter. „Sie bekommen über fünftausendmal mehr, als Indiens Durchschnittseinkommen beträgt, nämlich 21 000 Rupien im Monat. Selbst der englische Premierminister erhält nur neunzigmal mehr als das englische Durchschnittseinkommen. Ich weiß, daß Sie Ihr Gehalt nicht brauchen. Wahrscheinlich verwenden Sie es zur Gänze für wohltätige Zwecke. Aber ein System, das solche Einrichtungen vorsieht, verdient es, insgesamt verschrottet zu werden.

Mein Ehrgeiz geht nun dahin, das englische Volk durch Gewaltlosigkeit davon zu überzeugen, daß man dem indischen Volk Unrecht antut. Ich weiß, es liegt bei Ihnen, meinen Plan zu vereiteln, indem Sie mich verhaften lassen. Ich hoffe, daß dann Zehntausende bereit sein werden, in aller Diszipliniertheit meinem Beispiel zu folgen.“

Gandhi erhielt auf diesen Brief keine Antwort. Der Sekretär des Vizekönigs schickte ihm lediglich eine Empfangsbestätigung.

Das Echo in Indien und der Welt war groß. Wieder einmal staunte man über die Phantasie und das Einfühlungsvermögen Gandhis, vor allem auch über seinen Sinn für dramatische Effekte. Indische und ausländische Journalisten belagerten seinen Ashram. Wie würde er vorgehen? Tausende hatten in der unmittelbaren Umgebung ihr Lager aufgeschlagen. Was würde er tun, wie sich verhalten?

Am Morgen des 12. März 1930 war es dann soweit. Um halb sieben Uhr in der Frühe verließ Gandhi, leicht gebeugt, einen Bambusstab in der Hand und den Dhoti um die Hüften geschlungen, an der Spitze von achtundsiebzig Anhängern und Vertrauten den Ashram. Sie gingen südwärts, dem Meer entgegen, das vierhundert Kilometer entfernt war.

Die Filmkameras der Wochenschauen hielten jede Einzelheit fest, Trupps von Reportern aus aller Welt folgten in Pulks, dazu säumten Tausende von Menschen den mit Blättern bestreuten Weg. Westliche Beobachter konnten sich in biblische Zeiten versetzt fühlen. Wie einst Jesus von Nazareth an der Spitze seiner Jünger, so schritt Gandhi dahin, um dem Volk ein Zeichen zu geben.

Auf staubigen Straßen, unter glühender Sonne, über Bäche und durch Dickichte, durch knöcheltiefen Sand und über Geröllflächen zog der einundsechzigjährige Mann los, um das Britische Empire herauszufordern. Er war der älteste, aber seine Kraft schien unerschöpflich zu sein. Jeden Tag legte der Zug etwa sechzehn Kilometer zurück. Die Dörfer, durch die sich der Zug bewegte, waren festlich geschmückt, und die Bauern, die aus der ganzen Umgebung zusammengekommen waren, fielen auf die Knie und suchten Gandhis Füße zu berühren. Manche seiner Begleiter, obwohl viel jünger, zeigten sich den Strapazen nicht gewachsen und mußten zurückbleiben. Zwei- bis dreimal täglich machte er halt und sprach zu den Menschen, forderte sie auf, nur selbstgefertigte Kleider zu tragen, ermahnte sie zu Disziplin und Opferbereitschaft und ermutigte sie, das Salzmonopol der Engländer zu brechen. Gegenüber einem korrupten Staat und dessen Gesetzen könne es keine Loyalität geben.

Die kleine Schar wuchs, je näher sie dem Meer kam. Die Reporter und Kameras machten den Marsch zu einem Weltereignis, das die britische Regierung in London ebenso verfolgen konnte wie die Menschen überall in Europa und in den USA. In dem Gebiet, durch das der Zug kam, gaben dreihundert Dorfvorsitzende ihr Amt auf. Manchmal begleiteten sämtliche Ortsbewohner den Mahatma als Ehreneskorte bis zum nächsten Dorf. Immer mehr junge Frauen und Männer aus ganz Indien schlossen sich den Salzpilgern an.

Am 5. April um sechs Uhr abends erreichten Gandhi und seine auf mehrere tausend angewachsenen Begleiter bei der kleinen Stadt Bandi endlich die Küste des Indischen Ozeans. Nach einer im Gebet verbrachten Nacht begleitete man den Mahatma zum Meer. Gandhi tauchte zu einem rituellen Bad ins Meer, ging zum Strand zurück und hob dort ein Stück abgelagertes Salz auf, das er in der Hand verwahrte. Dann öffnete er die Faust und zeigte die weißen Kristalle, das verbotene Geschenk des Meeres, das er zum Symbol des Kampfes für die Unabhängigkeit Indiens gemacht hatte.

Hätte Gandhi den Weg zum Meer im Auto oder mit der Eisenbahn zurückgelegt, die Wirkung wäre nicht entfernt so groß gewesen. So aber ging seine Demonstration nicht nur den einfachen Bauern ans Herz, auch die indischen Politiker überall im Lande sahen darin eine Ermutigung.

An Indiens langer Meeresküste und in den zahllosen Buchten wateten die Bauern mit Pfannen in das Wasser und gewannen entgegen dem Regierungsverbot Salz. Das Salz wurde gesammelt und verteilt. Kongreßmitglieder verkauften in den Städten demonstrativ unversteuertes Salz. Flugblätter wurden verbreitet, in denen erläutert war, wie man Salz aus Meerwasser gewinnen kann. Das von Gandhi aufgenommene Salz wurde später versteigert und erbrachte 1600 Rupien, die für einen wohltätigen Zweck verwendet wurden.

Die Engländer antworteten mit der umfassendsten Verhaftungswelle, die das Land je erlebt hatte. Hunderte wurden mit Handschellen oder mit Stricken gefesselt abgeführt und inhaftiert. Auch Nehru, der Generalsekretär des Kongresses, der neben Gandhi zu einer der führenden Gestalten des indischen Freiheitskampfes geworden war, wurde wegen Mißachtung des Salzgesetzes zu sechs Monaten Gefängnis verurteilt. Die Polizei stürmte selbst das Kongreßgebäude in Bombay, weil Salzpfannen auf dem Dach aufgestellt worden waren. Sechzigtausend Menschen protestierten dagegen.

In der Grenzprovinz zu Afghanistan, in Peschawar, weigerten sich die Soldaten des 18. Royal-Garhwali-Regiments, auf unbewaffnete Demonstranten zu schießen. Zehn Tage lang befand sich die Stadt in den Händen der Bewohner, die Polizei und Militär davongejagt hatten. Dann stürmten Kampftruppen die Stadt, töteten dabei siebzig Menschen und verwundeten mehr als hundert.

Das Land schien für die Briten unregierbar geworden zu sein. Ganz Indien war beherrscht von der zornigen, aber friedlichen Revolte. Die ersehnte Freiheit schien für einige Wochen zum Greifen nahe.

Ende April schrieb Gandhi einen zweiten Brief an den Vizekönig und teilte ihm mit, daß er, „so Gott will", die Dharsana-Salzwerke mit seinen Anhängern besetzen werde. Doch am 4. Mai, kurz nach Mitternacht, umstellten dreißig bewaffnete Polizisten Gandhis Lager, wo er in einem Zelt, wenige Meilen vom Meer entfernt, schlief, und verhafteten ihn. Sie brachten ihn in das Yeravda-Gefängnis. Um ihn bei eventuellen späteren Festnahmen besser identifizieren zu können, stellte man auch seine Größe fest: 1,64 Meter.

Gandhi nahm seine Verhaftung mit Gleichmut hin. „Jetzt kann ich endlich einmal ausschlafen", erklärte er den Polizisten.

Schon am nächsten Tag wußte ganz Indien und darüber hinaus die Welt, was geschehen war. Landauf, landab legten die Menschen die Arbeit nieder, schlossen Schulen, Banken und Geschäfte, verzichteten die Händler in den Basaren auf den Verkauf. Allein in Bombay streikten fünfzigtausend Textilarbeiter.

Doch Gandhis Vorhaben war mit seiner Verhaftung nicht vereitelt worden. Am 21. Mai 1930 marschierte eine Gruppe von zweitausendfünfhundert Menschen auf die Salzwerke von Dharsana zu, angeführt von Manilal, Gandhis zweitältestem Sohn. Vor dem mit Stacheldrahtzäunen und einer Polizeikette gesicherten Werk machten sie halt.

Manilals Ruf lief durch die Reihen: „Indiens Ansehen liegt in unseren Händen. Wir dürfen unter keinen Umständen Gewalt anwenden. Wir werden geschlagen werden, aber wir dürfen keinen Widerstand leisten – nicht einmal die Hand heben, um uns vor den Schlägen zu schützen."

Der amerikanische Journalist Webb Miller lieferte einen Bericht der Szene: „In vollständigem Schweigen marschierten die Gandhi-Leute auf und blieben etwa neunzig Meter von der Einfriedung entfernt stehen. Eine ausgewählte Gruppe löste sich aus der Menge, watete durch den Graben und näherte sich dem Stacheldrahtzaun. Plötzlich ein Kommando, Dutzende von indischen Polizisten stürzten sich auf die herandrängenden Demonstranten und hieben mit eisenbeschlagenen Bambusstöcken auf die Köpfe der Menschen. Nicht einer der Demonstranten hob auch nur den Arm, um die Schläge abzufangen. Sie fielen um wie die Kegel. Dort, wo ich stand, hörte ich die entnervenden Schläge der Keulen auf ungeschützte Schädel. Die wartende Menge stöhnte in leidendem Mitgefühl. Die Getroffenen fielen mit ausgebreiteten Armen hin, bewußtlos oder sich krümmend, mit gebrochenen Schädeln oder Schultern. Da gab es keinen Kampf, kein Handgemenge, die Demonstranten marschierten einfach vorwärts, bis sie niedergeschlagen wurden." Das dauerte Stunden und Tage. Der Journalist hatte während seiner achtzehnjährigen Reporterzeit nichts ähnlich Schreckliches gesehen.

Es gab dreihundertzwanzig Verletzte und zwei Tote. Manilal Gandhi wurde verhaftet.

Das Geschehen blieb kein Einzelfall. Ähnliche Vorkommnisse spielten sich auch in anderen Küstenorten ab. Währenddessen dauerte der Boykott englischer Waren an. Gegenüber dem Vorjahr sank die Einfuhr von Wollstoffen auf ein Viertel. Die Gefängnisse konnten die politischen Gefangenen nicht mehr aufnehmen. Man entließ Kriminelle, um für die politischen Häftlinge Platz zu schaffen. Doch der Widerstandswille der Inder konnte nicht gebrochen werden.

Im britischen Parlament spottete Winston Churchill: „Die Regierung von Indien hat Gandhi eingesperrt und sitzt nun vor seiner Zellentür und bettelt, er möge ihr doch aus den Schwierigkeiten heraushelfen."

Tatsächlich suchten die Briten immer dringender das Gespräch mit den Vertretern des indischen Volkes. Am 25. Januar 1931 entließ der britische Vizekönig Lord Irwin den inhaftierten Gandhi, die beiden Nehrus, Vater und Sohn, sowie zwanzig andere Kongreßmitglieder.

Gandhi bedankte sich schriftlich und bat um eine Unterredung.

# *Begegnungen und Gespräche*

Am 17. Februar 1931 um 14.30 Uhr fand das erste Treffen zwischen Gandhi und dem britischen Vizekönig in dessen Amtssitz in Neu-Delhi statt.

In der einen Hand seinen Bambusstab, mit der anderen den weißen Schal haltend, so schlurfte er die rote Sandsteintreppe zum Palast empor. Er war noch geschwächt durch den wochenlangen Gefängnisaufenthalt. Doch er trat nicht als Bittsteller auf, er verkörperte Indien und kam, um, gleichgestellt mit dem Vertreter des englischen Königs, Verhandlungen zu führen.

Churchill wetterte damals im Unterhaus gegen „das widerliche und erniedrigende Schauspiel, wie dieser ehemalige Anwalt, jetzt ein aufrührerischer Fakir, halbnackt die Stufen zum vizeköniglichen Palast hinaufschreitet, um dort mit dem Vertreter des König-Kaisers auf gleichem Fuß zu unterhandeln".

Es folgten weitere Treffen, insgesamt acht, die am 5. März mit dem Gandhi-Irwin-Pakt endeten.

Der Text las sich wie ein Abkommen zwischen zwei souveränen Mächten. Der Vizekönig erklärte sich einverstanden, die Tausende von Gandhi-Anhängern freizulassen, die ihrem Führer ins Gefängnis gefolgt waren. Zudem wurde die private Salzgewinnung an der Meeresküste erlaubt. Gandhi seinerseits fand sich bereit, die Bewegung des bürgerlichen Ungehorsams einzustellen und an einer Konferenz in London teilzunehmen, bei der Indiens Zukunft erörtert werden sollte.

Gandhis Hauptziele wurden jedoch nicht erwähnt: weder Indiens Unabhängigkeit noch der Dominionstatus, der den Ländern des Britischen Empire eine selbständige Verwaltung zubilligte.

Das war kein glanzvolles Ergebnis. Gandhi mußte denn auch die Kritik von einigen Kongreßabgeordneten hinnehmen, die der Meinung waren, er habe für Indien nichts erreicht. Gandhi ertrug diese Vorwürfe, war ihm doch das Wesentliche gelungen: Er hatte eine neue Basis für das Verhältnis zwischen England und Indien geschaffen. Der Vertrag war ein Schritt auf dem Weg zum Ziel, nicht das Ziel selbst. Das sollte Indien erst siebzehn Jahre später erreichen.

Ende August 1931 reiste Gandhi mit seinem jüngsten Sohn Devadas und einigen Anhängern nach London. Doch die Konferenz endete ergebnislos. Rasch mußte er erkennen, daß die englischen Vertreter kein echtes Interesse an den Problemen Indiens hatten. Von Anfang an war er isoliert. Die Konferenz endete am 11. Dezember.

Vor der Abreise gab König Georg V. einen Empfang im Buckingham-Palast. Der Glanz des englischen Königshauses sollte Gandhi und ganz Indien über das ergebnislose Ende hinwegtrösten. Die Inder zu Hause konnten dann wenigstens voll Freude lesen, daß ihr Abgesandter dem König von England und Kaiser von Indien die Hand gereicht hatte. Der Hof gab ihm diskret zu verstehen, daß er die vorgeschriebene Kleidung zu tragen habe, andernfalls müsse er auf den Empfang verzichten.

Zum ungläubigen Staunen der englischen Nation schritt Gandhi dann in den Palast: Er erschien zum Tee beim König im Lendentuch und mit Sandalen. Inmitten von glanzvollen Roben, seidenen Fräcken, langen Kleidern und kostbarem Geschmeide leuchtete der weiße Dhoti. So trat Gandhi vor den König des mächtigsten Kolonialreichs der Welt. König Georg war erfahren genug, den skandalösen Aufzug des kleinen, dürren Mannes zu übersehen.

Als dieser den Palast verließ, drängten die Journalisten heran. Einer fragte, ob er denn seine Kleidung für angemessen halte. Gandhi lächelte. „Der König hatte genug für uns beide an."

Die Bemerkung entsprach offensichtlich dem Humor der Briten, denn alle Zeitungen druckten sie ab.

Durch die Wochenschauaufnahmen seines Salzmarsches war er längst zu einer berühmten Persönlichkeit geworden, und eine riesige Menschenmenge verabschiedete ihn auf dem Victoria-Bahnhof. In der Schweiz machte er einen Zwischenaufenthalt und besuchte den französischen Dichter Romain Rolland, der eine vielbeachtete Gandhi-Biographie verfaßt hatte.

Rolland beschrieb die Begegnung: „Der kleine Mann, bebrillt und zahnlos, war in einen weißen Burnus gehüllt, aber seine Beine, dünn wie Reiherstelzen, waren nackt. Sein rasierter Kopf mit den wenigen Haaren war unbedeckt und naß vom Regen. Er trat mit einem trockenen Lachen ein, den Mund geöffnet wie ein guter Hund, der außer Atem geraten ist. Seinen Arm um mich legend, lehnte er seine Wange gegen meine Schulter. Ich fühlte einen grauhaarigen Kopf an meiner Wange. Es war, der Gedanke belustigte mich, der Kuß des heiligen Dominikus und des heiligen Franziskus."

Romain Rolland spielte dabei auf die Begegnung des italienischen Bettelmönchs Franz von Assisi mit dem spanischen Ordensgründer Dominikus von Osma im Jahre 1218 in Rom an. Als die beiden sich trennten, umarmten sie sich, und Dominikus sagte zu den Umstehenden: „Es ist die Wahrheit und meine Überzeugung, daß alle diesem heiligen Menschen nacheifern sollten, denn er ist vollkommen in seiner Heiligkeit."

In den Gesprächen zeigten sich auch gegensätzliche Standpunkte. Rolland vermochte Gandhis Glauben an die Gewaltlosigkeit nicht zu teilen. Für das, was in Indien möglich schien, sah er in Europa keine Chance.

Von der Schweiz fuhr Gandhi nach Italien. In Rom traf er mit Mussolini zusammen. Das Gespräch dauerte nur zehn Minuten. Auf Mussolinis Frage, welchen Eindruck er von seinem faschistischen Staat habe, antwortete Gandhi: „Sie bauen ein Kartenhaus." Der Diktator wirkte keineswegs imponierend. „Seine Augen stehen niemals still."

Der Papst empfing ihn nicht. Immerhin wurden die vatikanischen Galerien für ihn geöffnet. Die Schönheiten des Petersdoms, vor allem auch die Sixtinische Kapelle, entzückten ihn. Dabei gab er seinen Begleitern gegenüber zu, nichts von Kunst zu verstehen, weil er niemals Zeit für sie gefunden habe. Dennoch liebe er sie und bedaure es, nicht länger in Rom bleiben zu können.

Eine riesige Menschenmenge erwartete ihn in Bombay.

„Ich bin mit leeren Händen zurückgekommen", ließ er die Tausenden wissen. „Und noch etwas – Indien muß zum zivilen Ungehorsam zurückkehren. Ein anderes Mittel sehe ich nicht."

Eine knappe Woche später war der Mann, den der König in London zum Tee gebeten hatte, wiederum „Gast" Seiner Majestät – diesmal im Yeravda-Gefängnis.

Lord Willington, der Nachfolger von Lord Irwin im Amt des Vizekönigs, teilte nicht die Ansichten seines Vorgängers. Er glaubte nicht, Indien durch Verhandlungen und Kompromisse im Britischen Empire halten zu können. Die nationale Bewegung mit Gandhi an der Spitze mußte nach seiner Überzeugung vernichtet, nicht umworben werden. Noch ehe Gandhi an Land gegangen war, hatte er erstmals zugeschlagen und die führenden Kongreßmitglieder verhaften lassen, darunter Nehru und Patel, von denen besondere Gefahren ausgingen. In Bengalen, den Vereinigten Provinzen und der nordwestlichen Grenzprovinz wurden Notstandsgesetze erlassen. Tausende wanderten in die Gefängnisse.

Wie schon bei früheren Inhaftierungen fügte sich Gandhi in die Gefängnisordnung. Er suchte nicht einmal die Verbindung zur Außenwelt und schien sich völlig von der Politik gelöst zu haben.

Zwar rissen die Demonstrationen, Streiks und Boykotte nicht ab, doch es fehlte den Menschen jetzt die Führung. Der Elan des Jahres 1930 zerbrach allmählich unter den Verhaftungswellen der Polizei. Die Menschen hatten auf Gandhi gehofft, nur er hätte ihnen helfen können. Seine Abkehr von der Politik traf auch die Kongreßführer schwer. Sie war ihnen unverständlich und erschien ihnen wie ein Verrat an der gemeinsamen Sache. Nehru formulierte seine Enttäuschung besonders deutlich: „Das Band der Treue, das mich viele Jahre an ihn gebunden hat, ist zerrissen."

Doch Gandhi war keineswegs untätig. Er hatte nur das Schwergewicht von den politischen auf die sozialen Probleme verlegt. In der Rückständigkeit der Massen sah er das entscheidende Hemmnis für Indiens Unabhängigkeit.

Da war zum Beispiel das Kastensystem. Er wußte sehr wohl, daß er es nicht abschaffen konnte, aber es blieb ein Hindernis auf dem Weg zu einem modernen Staat. Ein strenggläubiger Hindu darf weder einen Paria, einen Unberührbaren, noch etwas, was dieser berührt hat, anfassen. Wenn er es versehentlich doch tut, muß er sich durch rituelle Waschungen reinigen. Selbst der Schatten eines Unreinen gilt als unrein.

Damals durften die Parias auch nicht die Tempel besuchen. In den Dörfern wohnten sie an den Rändern, dort, wo die Abwässer flossen. Es war das einzige Wasser, zu dem sie Zugang hatten, denn die Dorfbrunnen wären ihnen verboten. Benutzten sie sie doch, wurden alle unrein, die ihr Wasser dort holten.

Die Unberührbaren sind für die Hindus Ausgestoßene. Sie gehören nicht zu den anerkannten Kasten, den Brahmanen, der Priesterkaste, der Kriegerkaste, der Kaste der Kaufleute und Bauern oder den Shudras, der Kaste der Diener und Lohnarbeiter.

In früheren Jahrhunderten waren die Kasten mit ihren zahlreichen Abstufungen nichts weiter als erbliche Bezeichnungen für Berufsstände oder Zünfte gewesen. So gehörte Gandhi selbst zur Kaste der Händler oder Kaufleute, denn die Vorfahren waren Gewürzhändler gewesen. Der Name Gandhi erinnerte noch daran, er bedeutet Krämer.

Die Behörden wie die Hindupriester überall in Indien achteten auch zu Gandhis Zeiten noch streng darauf, daß jeder in dem Stand blieb, in den er hineingeboren worden war. Die uralte Tradition gab allen Sicherheit, denn sie machte es unmöglich, daß die höheren Kasten von den unteren überschwemmt wurden.

Der Kastenrang ist für den gläubigen Hindu unabänderliches Schicksal, denn er ist für das ganze Leben bindend. Gute Führung in diesem Leben kann jedoch im nächsten einen Aufstieg bringen und umgekehrt. Ein habgieriger Brahmane kann darum im nächsten Leben als Händler wiedergeboren werden, eine Frau als Mann, ein Ehepaar als Bruder und Schwester, ein blutgieriger Hindu sogar als Tier.

Viele Unberührbare hatten in den letzten Jahrhunderten versucht, ihrem elenden Schicksal dadurch zu entgehen, daß sie zum Islam oder zum Christentum übertraten. Doch noch immer beugten sich fünfzig oder sechzig Millionen ihrem Los in der Überzeugung, daß sie in einem späteren Leben dafür belohnt würden.

Gandhi wußte das alles seit langem, und er sah auch die Ungerechtigkeit, die darin steckt. „Wie können wir mit gutem Gewissen unsere Unterdrücker verurteilen, wenn wir unsere eigenen Brüder schamlos unterdrücken. Menschenrechte dürfen nicht mit zweierlei Maß gemessen werden“, hatte er schon vor Jahren seinen Zuhörern immer wieder zugerufen. „Es ist nicht etwas schlecht, weil es die Engländer tun, und etwas gut, weil es von den Indern kommt.“ Er war sogar so weit gegangen, zu erklären, daß er sich offen als einen Rebellen gegen den Hinduismus sehe, solange dieser die Sünde der Unberührbarkeit beibehalte.

Die britischen Indienkenner waren sich dieser Ungerechtigkeiten gleichfalls bewußt und hatten der Regierung in Indien vorgeschlagen, den Unberührbaren bei den Wahlen eine eigene Liste zuzugestehen. Als Gandhi davon im Gefängnis erfuhr, gab er seine Zurückhaltung auf und protestierte heftig. Am 11. März 1932 schrieb er nach London: „Ich muß mit meinem Leben gegen diese Entscheidung Widerstand leisten und bis zum Tode fasten, wenn die Regierung eine gesonderte Liste schaffen sollte.“ Er wußte, sein Tod würde den britischen Behörden, deren Gefangener er war, mehr als unangenehm sein, „aber für mich ist der in Erwägung gezogene Schritt nicht Methode, sondern Teil meines Wesens.“

Der Minister antwortete, es sei noch keine Entscheidung gefallen, aber bevor dies geschehe, würden Gandhis Ansichten sicher in Betracht gezogen. Zunächst geschah nichts. Doch dann, am 17. August 1932, sprach sich Premierminister Ramsay MacDonald für diese gesonderte Liste aus, und Gandhi reagierte sofort. Sein Fasten sollte am 20. September beginnen.

Von allen Seiten kamen Briefe, Botschaften und Telegramme, in denen man versuchte, ihn von seinem Vorhaben abzubringen. Selbst die Freunde konnten nicht verstehen, warum er wegen einer zweitrangigen Sache sterben wolle. Auch Nehru, der gleichfalls im Yeravda-Gefängnis einsaß, zeigte sich enttäuscht und verärgert darüber, „daß er sich etwas eher Nebensächliches für das höchste Opfer ausgesucht habe“, wie er in seiner Autobiographie bekennt. „Ich war zornig über ihn.“

Gandhi blieb bei seiner Entscheidung, und wie schon so oft zeigte sie auch diesmal Wirkung. Im Gegensatz zu den Hinduführern, die nicht bereit waren, ihre bevorzugten Positionen aufzugeben, kam es im Volk zu Verbrüderungen. Hindus und Ausgestoßene setzten sich an einen Tisch. Tempel wurden ihnen geöffnet. Schließlich versammelten sich auch die Hinduführer in Bombay und verhandelten mit Ambedkar, dem Vertreter der Unberührbaren. Gandhis Gesundheitszustand verschlechterte sich täglich und setzte alle unter Druck. Endlich, am fünften Tag, unterzeichneten beide Seiten eine Erklärung, in der sie feierlich feststellten, daß niemand aufgrund seiner Geburt diskriminiert werden dürfe: „Niemand soll mehr aufgrund seiner Abstammung als Unberührbarer gelten.“

Aber noch brauchte das Dokument die Billigung der englischen Regierung. Jetzt zählten Stunden. Gandhi hatte bereits bestimmt, wer seine wenigen Habseligkeiten erhalten sollte. Kasturba saß bei ihm, ratlos, hilflos. Was konnte sie auch tun?

Die Nachrichten liefen durch ganz Indien.

„Der Mahatma fastet.“

„Warum fastet er?“

„Weil noch immer viele Tempel den Unberührbaren verschlossen sind und man sie schlecht behandelt.“

Bauern, die ihre Erzeugnisse in den Städten verkauften, trugen die Nachrichten auf das Land. Alle warteten gespannt auf neue Meldungen.

„Der Mahatma wird immer schwächer ... Er liegt im Sterben. Aber wie können wir ihm helfen?“

Der berühmte Kalighat-Tempel in Kalkutta und der Ram-Mandir-Tempel von Benares, Hochburgen des Hinduglaubens, öffneten zum erstenmal in der langen Geschichte des Hinduismus ihre Tore auch den Unberührbaren. Zwölf Tempel in Allahabad schlossen sich an. In den Staaten Baroda, Kashmir, Bhor und Kolhapur verzichtete man auf alle Diskriminierungen. In Delhi verbrüderten sich Kastenhindus auf den Straßen mit Unberührbaren. In der Benares-Universität aß der Rektor in aller Öffentlichkeit mit Brunnenreinigern und Straßenkehrern.

Selbst in London zeigte man Eile. Einen toten Gandhi konnte sich die britische Regierung nicht leisten. Als man aus Indien das Telegramm mit der Einigungserklärung erhielt, brach der Premierminister seinen Landurlaub ab, und das hastig einberufene Kabinett stimmte zu. Gandhi hatte gesiegt.

Am 26. September beendete er sein Fasten. Aus der Hand seiner Frau nahm er ein Glas Orangensaft entgegen.

Von nun an betrachtete er sich als Kastenloser und nannte die Ausgestoßenen „Harijans" – Kinder Gottes.

Fünf Tage später saß er wieder am Spinnrad.

In den Jahren zwischen 1934 und 1939 beschäftigte sich Gandhi mit den unterschiedlichsten wirtschaftlichen und sozialen Problemen. Er suchte nach Heilmethoden bei Schlangenbissen und Malaria und setzte sich für den Anbau von Erdnüssen ein. Diese Bemühungen waren für ihn ebenso Politik wie Wahlen und Konferenzen. Täglich erhielt er Besuche von Bittstellern. Freunde, Bekannte, politische Verbündete und Fremde suchten ihn auf, um sich Rat zu holen. So wurde er zum Bapu – zum Vater.

In der Öffentlichkeit trat Kasturba nie aus dem Schatten ihres Ehemanns. Sie sprachen wenig miteinander. Bei den Mahlzeiten, die er im Freien einnahm, saß sie hinter ihm, fächelte ihm Luft zu und achtete auf sein Wohlbefinden. Ihr Gesicht verriet Hingabe, aber auch Entschlußkraft. Keineswegs war sie seine Sklavin.

Die vier Söhne besaßen weder die Charakterstärke des Vaters noch die der Mutter. Hinzu kam, daß Gandhi nie ein guter Vater war. Als ihn einmal ein Besucher fragte, wie es seiner Familie gehe, antwortete er: „Ganz Indien ist meine Familie." Seine Söhne warfen ihm vor, daß sie keine westliche Bildung erhalten hatten. Ein guter Charakter sei wichtiger als Lernen und der Dienst an den Menschen wichtiger als ein Beruf, erklärte er. Harilal und Ramdas hätten gern in England studiert; aber die sanfte und doch unwiderstehliche Autorität des Vaters verhinderte das und ließ die beiden nicht zu sich selbst finden.

Bis auf den jüngsten zogen sich die Söhne, inzwischen Männer zwischen vierzig und fünfzig Jahren, von den Eltern zurück und gingen mehr oder weniger eigene Wege. Der älteste Sohn Harilal hatte schon 1911 mit dem Vater gebrochen. Er trank, spielte, machte Schulden und verließ dann Frau und Kinder. Den härtesten Schlag versetzte er den Eltern, als sie aus der Zeitung erfahren mußten, daß er zum Islam übergetreten war und den Namen Abdulla angenommen hatte. Manilal, der Zweitgeborene, ging nach Südafrika zurück und setzte sich für seine Landsleute ein. Sein jüngerer Bruder Ramdas verließ den Ashram des Vaters und leitete die Zweigstelle einer Firma in einer indischen Kleinstadt, wo er es zu bescheidenem Wohlstand brachte. Nur Devadas blieb bei den Eltern und half dem Vater als Sekretär.

## *Der Zweite Weltkrieg*

Am 1. September 1939 marschierten deutsche Truppen in Polen ein. Zwei Tage später erklärte Großbritannien, das mit Polen verbündet war, Deutschland den Krieg und zog auch Indien ohne Rücksprache mit dem Kongreß in den Konflikt. Lord Linlithgow, Vizekönig von Indien, verkündete namens der britischen Krone, daß sich Indien ab sofort als kriegführende Partei zu betrachten habe. Fortan gelte es in gemeinsamer Anstrengung, das Selbstbestimmungsrecht der Völker, dazu Freiheit und Demokratie zu verteidigen.

Die Rede mußte allen indischen Nationalisten wie Hohn in den Ohren klingen. Schon einen Tag später fuhr Gandhi nach Simla, der Sommerresidenz des Vizekönigs.

„Das Hitlertum bedeutet nackte, unbarmherzige Gewalt", sagte er im Verlauf des Gesprächs. „Und ich bin zu der Überzeugung gekommen, daß Hitler für den Krieg verantwortlich ist." Empört auch über die Verfolgung der Juden durch die Nazis, fuhr er fort: „Wenn es je einen gerechten Krieg der Menschheit geben kann, dann ist es ein Krieg gegen Hitlers Armeen. Dennoch bin ich nicht für den Krieg." Außerdem protestierte er gegen den erniedrigenden Beweis von Indiens Ohnmacht, wie er in der Proklamation zum Ausdruck kam.

Auch der Indische Nationalkongreß verurteilte den Überfall Hitlers und bekräftigte seine antifaschistische Haltung. Gleichzeitig erklärte er jedoch, daß sich Indien „nicht einem Krieg anschließen und ihn unterstützen kann, der nach imperialistischen Gesichtspunkten geführt wird und dazu dienen soll, den Imperialismus in Indien und anderswo nur noch zu befestigen." Die Verlautbarung schloß: „Gebt uns Demokratie, dann werden wir sie auch zu verteidigen wissen."

Lord Linlithgow lehnte Verfassungsänderungen zu diesem Zeitpunkt ab. Nach dem Krieg könne man über einen Dominionstatus für Indien verhandeln, ließ er durchblicken – nicht jedoch jetzt.

Die Wirkung blieb gering. Die Inder, allen voran Gandhi, hatten die Taktik der Engländer während des Ersten Weltkriegs nicht vergessen. Öffentlich erklärte Gandhi: „Die Engländer machen deutlich, daß es in Indien keine Demokratie geben wird, solange sie sie verhindern können."

Dabei bleibt festzuhalten, daß Gandhi auch jetzt kein Gegner Englands war. In einer Rede vor dem Allindischen Kongreß am 15. September 1940 verkündete er: „Ich möchte England nicht besiegt und erniedrigt sehen. Ich habe für das Land nur gute Wünsche."

Das war nicht die Meinung der Kongreßpartei, und wieder trennten sich hier die Wege. Doch Gandhi war eher froh darüber. Die Last, als Führer der Nation angesehen zu werden, hatte immer schwer auf ihm gelegen. Außerdem war er jetzt siebzig Jahre. Aber Churchill, der es mit seiner starren Haltung ablehnte, einen Vergleich auch nur zu erwägen, brachte Gandhi und den Kongreß wieder zusammen. „Ich bin nicht Premierminister Seiner Majestät geworden", sagte er im Unterhaus, „um den Vorsitz über die Auflösung des Britischen Empire zu führen."

Das Jahr 1941 brachte die entscheidende Wende. Im März, als die Japaner Rangoon besetzten und vor den Toren Indiens standen, fand sich Churchill zu einem Angebot an Neu-Delhi bereit. Er bot den Indern das Äußerste, was von ihm im Krieg an Zugeständnissen erwartet werden konnte: die feierliche Zusage des Dominionstatus nach dem Sieg über Japan, was letztlich auf die Unabhängigkeit hinauslief. Zugleich enthielt der Vorschlag jedoch eine Klausel, die der Forderung der Moslemanhänger nach einem eigenen Staat entgegenkam.

Als Unterhändler wählte Churchill einen Mann, der seit langem gute Beziehungen zur Kongreßpartei unterhielt, Sir Stafford Cripps.

Doch schon nach der ersten Verhandlung, die nur zwei Stunden dauerte, lehnte Gandhi ab, weil das Angebot auf die Teilung Indiens in einen Hindu- und einen Moslemstaat hinauslaufe. „Wenn Churchill sonst nichts zu bieten hat, können Sie das nächste Flugzeug nach Hause nehmen", sagte er zu Cripps, und am nächsten Tag verkündete er die Kampfparole: „Gebt Indien frei!" Die Engländer sollten die Macht im Lande sofort niederlegen und es Gott oder der Anarchie überlassen. Insgeheim hoffte er auch, wenn erst die Briten abzögen, hätten die Japaner keinen Grund mehr zum Angriff.

Am 8. August rief er seine Anhänger im Allindischen Kongreß zum Widerstand auf. „Ich will die Freiheit", erklärte er, „noch heute nacht – vor Tagesanbruch. Ihr steht jetzt vor der Wahl – handeln oder sterben. Wir werden unsere Versklavung nicht mehr länger hinnehmen."

Aber dann kam alles anders. Gandhi erhielt vor Tagesanbruch nicht die Freiheit Indiens, sondern eine abermalige Hafteinlieferung. In einer sorgfältig vorbereiteten Aktion setzten die Engländer ihn und die gesamte Kongreßführung für die Dauer des Krieges fest. Am 9. August gegen vier Uhr morgens wurde er festgenommen.

Auf dem Victoria-Bahnhof von Bombay erwartete ihn das Verhaftungskommando. Doch aus Erfahrung klug geworden, behandelten die Engländer den Dreiundsiebzigjährigen mit besonderer Rücksicht. Während die anderen Verhafteten mit Lastkraftwagen in die Gefängnisse abtransportiert wurden, brachte man ihn in einem Personenwagen in den Aga-Khan-Palast. Kasturba und einige seiner engsten Mitarbeiter waren bereits benachrichtigt und durften bei ihm wohnen.

Ein doppelter Ring von Wachsoldaten sicherte das mit einem Zaun und Stacheldraht umgebene Gebäude.

Gandhi verlangte, daß man ihn zu den übrigen Gefangenen bringe. Er wollte keine Vorzugsbehandlung. Die Engländer lehnten ab. Dieser alte Mann war zu gefährlich. Nur eine vollkommene Isolierung konnte ihn unschädlich machen.

Doch selbst damit gaben sich die Briten nicht zufrieden. Sie verboten den Kongreß und beschlagnahmten sein Vermögen. Ausnahmegesetze und eine rigorose Pressezensur erstickten jede kritische Stimme. Hinzu kamen Verhaftungswellen, die in unregelmäßigen Abständen über das Land rollten.

Fünf Monate nach seiner Einlieferung kündigte Gandhi an, er werde mit einem Hungerstreik beginnen, der einundzwanzig Tage dauere. Die Gründe drangen niemals nach außen, aber die Briten waren diesmal nicht gesonnen nachzugeben. Churchill ließ wissen, wenn Gandhi freiwillig verhungern wolle, dann solle er es eben tun.

Nach zehn Tagen stellten sich erste Schwächezeichen ein, und die Briten begannen mit diskreten Vorbereitungen für den Fall seines Todes. Bei Nacht wurde heimlich Sandelholz für seinen Scheiterhaufen angefahren. Jedermann war auf seinen Tod vorbereitet, ausgenommen er selbst. Noch vermochten einundzwanzig Fastentage bei Wasser und einem gelegentlichen Tropfen Zitronensaft seinen Lebenswillen nicht zu zerbrechen. Er überlebte die drei Wochen.

Dann erwartete ihn ein schwerer Schlag. Am 22. Februar 1944 starb seine Frau Kasturba.

Ihre Schwäche war ihm nicht verborgen geblieben. Oft stundenlang hatte er in den letzten Monaten mit ihr gesprochen. Zum erstenmal im Leben hatte er die Zeit gefunden, sich ihr zu widmen. Er unterrichtete sie im Englischen, in Poesie und Geschichte. Doch sie war nie recht bei der Sache gewesen, hatte er feststellen müssen. Nichts vermochte sie mehr aus ihrer Müdigkeit, Trauer und Lethargie zu reißen.

Sie hatte eigentlich immer von einem anderen Leben geträumt, von einem normalen Leben mit einem bescheidenen Wohlstand im Kreise der Kinder und Enkel. Oft tage- und wochenlang war sie statt dessen barfuß über staubige Wege gezogen, hatte in Gefängnissen gesessen und unter primitivsten Verhältnissen im Schatten eines Mannes gelebt, der kaum einen Gedanken an sie wandte.

Er hatte sein Leben bewußt gestaltet, für ein großes Ziel gelebt. Sie war ihm oft erst nach schweren inneren Kämpfen gefolgt. Manche seiner Aktionen hatte sie nicht gebilligt. Sie gab ihm auch die Schuld, daß so viele junge Männer und Frauen im Gefängnis ausharren mußten.

Die Zwänge hatten zu Herzanfällen geführt. Dann hatte sie eine schwere Bronchitis bekommen. Sie konnte nur noch im Rollstuhl das Zimmer verlassen. Zum Gehen war sie inzwischen zu schwach. Allen war jetzt klar gewesen, daß sie sehr krank war. Ein Arzt der hinduistischen Naturheilkunde, in die sie immer großes Vertrauen gesetzt hatte, wurde zugelassen, aber auch er konnte ihr nicht mehr helfen. Tage vorher schon hatte sie jede Nahrung verweigert. Nur ein paar Tropfen Wasser aus dem heiligen Fluß Ganges nahm sie noch zu sich.

Sie starb in den Armen ihres Mannes.

Hätte Kasturba Gandhi gerettet werden können? Englische Ärzte hatten das damals noch seltene Penizillin einfliegen lassen. Aber Gandhi war nicht bereit gewesen, einen seiner Grundsätze zu verleugnen, um ihr Leben möglicherweise zu retten: Er glaubte fest an die Heilkraft der Natur und war der Ansicht, daß die Einspritzung von Medikamenten seiner Lehre von der Gewaltlosigkeit widerspreche. Als er sah, wie die indische Ärztin eine Spritze auskochte, fragte er: „Wozu machst du das?"

„Ich muß ihr eine Spritze geben – Penizillin."

Er zögerte plötzlich. „Bist du sicher, daß sie am Leben bleibt, wenn sie die Spritze bekommt?"

„Sicher?" sagte die Ärztin. „Wer kann in einem solchen Fall schon sicher sein!"

„Dann gib sie ihr nicht. Stör sie nicht. Laß sie in Frieden."

Gekleidet in einen weißen Sari, gewebt aus Garn, das er gesponnen hatte, lag Kasturba dann auf der blumenübersäten Bahre. Ein hinduistischer Priester vollzog das Totenzeremoniell. Als der Körper auf den Sandelholzstoß gelegt wurde, der einmal für Gandhi bestimmt gewesen war, weinte er. Die Flammen schlugen empor.

Die wenigen Trauergäste hatten die Stätte längst verlassen, als er noch immer, schwer auf seinen Bambusstock gestützt, in die allmählich verglimmenden Scheite starrte und den Flakkertanz der kleiner und kleiner werdenden Flammen beobachtete. Freunde wollten ihn schließlich wegführen, aber er wehrte sich.

Es war einsam um ihn geworden. Churchills Isolierungshaft wirkte. Er erreichte das Volk nicht mehr.

Sechs Wochen nach dem Tode seiner Frau erlitt er einen schweren Malariaanfall, der bis zum Delirium führte; außerdem zog er sich einen Hakenwurm und eine von Amöben verursachte Ruhr zu. Da es sicher schien, daß er nicht mehr lange leben würde, verfügte Churchill endlich die Haftentlassung. Gandhi sollte nicht in einem englischen Gefängnis sterben.

Am 6. Mai 1944 um acht Uhr morgens erhielten er und seine Freunde die Freiheit. Es sollte Gandhis letzter Gefängnisaufenthalt gewesen sein. Insgesamt hatte er 2 338 Hafttage hinter sich, davon 249 in Südafrika und 2 089 in Indien. Offiziell wurde die Haftentlassung mit dem schlechten Gesundheitszustand des fast Fünfundsiebzigjährigen begründet. Die Regierung konnte sich diese Geste leisten, da die nationale Befreiungsbewegung zerschlagen und damit für die Briten bedeutungslos geworden war.

Doch Gandhi erholte sich wieder, diesmal gegen alle Wahrscheinlichkeit. Ein Freund hatte ihn in sein Haus an der Küste bei Bombay aufgenommen. Churchill hatte ihn nicht vergessen. Er schickte ein Telegramm nach Neu-Dehli. Wieso, fragte er an, sei Gandhi noch nicht gestorben.

## *Hindus und Moslems*

Das Jahr 1945 brachte das Ende des Zweiten Weltkriegs. Das Deutsche Reich kapitulierte im Mai, die Japaner legten die Waffen Mitte August nieder. Clement R. Attlee löste Winston Churchill ab.

Die neue Regierung ließ erklären, daß sie „versuche, die baldige Autonomie Indiens zu erreichen". Lord Wavell, der britische Vizekönig, versprach die Zulassung der selbständigen Provinzregierungen. Außerdem wollte er eine Versammlung einberufen, die eine Bundesverfassung entwerfen sollte. Daneben befürwortete er eine Art Schattenregierung unter britischer Oberaufsicht.

Die politischen Verhandlungen zwischen Hindus, Moslems und Briten entwickelten sich zu einem zähen Ringen um Macht und Einfluß, um Vorteile und Ämter. Aber entscheidender war die Frage: Würde Indien am Ende als Staat in den jetzigen Grenzen bestehenbleiben, oder drohte Spaltung? Führer der Moslemliga war Mohammed Ali Jinnah, ein brillanter Jurist, der sich in den nächsten Monaten mehr und mehr zu Gandhis härtestem Gegenspieler entwickeln sollte.

Dabei hatten die beiden Männer etwas gemeinsam. 1876 in Karatschi geboren, kam Jinnah aus einer moslemischen Kaufmannsfamilie. Wie Gandhi heiratete er sehr früh, studierte in London Rechtswissenschaften und ließ sich dann als Anwalt in Indien nieder. 1906 trat er dem Nationalkongreß bei, doch als dann Gandhis Einfluß wuchs, trennte sich der ehrgeizige Politiker vom Kongreß. Gandhis religiös gefärbte Politik, seine Massenkampagnen, sein Fasten stießen ihn ab. Der Mohammedaner Jinnah hielt wenig von Religion. Die Moscheen besuchte er so gut wie nie, er trank Alkohol, aß Schweinefleisch und heiratete in zweiter Ehe eine Parsin – Verhaltensweisen, die den Mullahs in den Moscheen nicht gefallen konnten. Und gerade er sollte zum fanatischsten Anwalt eines islamischen Staates auf indischem Boden werden.

Im Dezember 1945 erklärte er in Bombay: „Wenn mir Mr. Gandhi sagen würde, ich bin damit einverstanden, daß ein Viertel von Indien den pakistanischen Staat bildet, könnte das indische Problem in zehn Minuten gelöst sein."

Doch Gandhi wehrte sich erbittert gegen eine Teilung. Ein größeres Unglück könnte Indien gar nicht treffen, meinte er. Die Gespräche gingen hin und her. Gandhi widersetzte sich einer Teilung Indiens nicht aus mystischer Hingabe an ein Großreich. Die Jahre, die er in den Dörfern Indiens verbracht hatte, waren mehr als eine sentimentale Erinnerung, sie hatten ihm ein instinktives Wissen um den Charakter seines Landes vermittelt. Die Teilung würde einen grausamen Kampf auslösen. In Tausenden von Dörfern, die er kannte, würde der Freund über den Freund, der Nachbar über den Nachbarn herfallen, nur weil der eine Moslem und der andere Hindu war. Sie würden ihr Leben um eines sinnlosen Traumes hingeben, der niemand ein besseres Leben bringen konnte. Gandhi war davon überzeugt, daß Generationen von Indern den Preis der Teilung bezahlen müßten.

Im Mai 1946 verabschiedete die britische Regierung einen Plan, der die Bildung einer indischen Union vorsah. Die einzelnen Provinzen sollten fast selbständig sein, aber das Recht haben, sich zu Gruppen zusammenzuschließen. Die Frage der endgültigen Machtübernahme sollte dann mit einer indischen Zwischenregierung ausgehandelt werden.

Weiter sah der Plan den stufenweisen Abzug der Briten aus Indien vor, bei dem Provinz nach Provinz geräumt werden sollte. Der Anfang war den Frauen und Kindern vorbehalten, darauf die Zivilisten und zuletzt das Militär.

Doch dann kam das „große Massaker von Kalkutta", wie es später genannt wurde. Es veränderte den Lauf der indischen Geschichte. Im Morgengrauen des 16. August 1946 brachen wie in religiöser Verzückung Zehntausende von Moslems aus ihren Elendsquartieren hervor. Sie waren mit Schaufeln, Eisenstangen, Messern und anderem Gerät bewaffnet und schlugen damit jedem Hindu, den sie auftrieben, den Schädel ein und stopften die blutigen Leichen in die offenen Abflüsse. Die Polizei griff nicht ein, sie fühlte sich diesem Ansturm entfesselter Wut nicht gewachsen und versteckte sich.

Die Antwort der Hindus blieb nicht aus. Bald streiften auch sie durch die Straßen und machten Jagd auf wehrlose Moslems, um sie niederzumetzeln. So reich an schrecklichen Ereignissen auch die Geschichte Kalkuttas war, einen Tag solcher Brutalität, solch schrankenloser Grausamkeiten hatte die Millionenstadt noch nicht erlebt. Die Straßen waren mit Leichen übersät.

Als das Gemetzel endlich vorüber war, gehörte Kalkutta den Geiern. In schmutziggrauen Schwärmen stießen sie vom Himmel herab, um ihre Freßlust an den Toten zu stillen.

Es folgten blutige Ausschreitungen auf dem ganzen Subkontinent, in Noakhali, wo Gandhi sich gerade aufhielt, ebenso wie in Bihar und in Bombay. Auch der Pandschab geriet in den Strudel religiöser Exzesse, die denen in Kalkutta nicht nachstanden.

Ausgelöst hatte diese Ausschreitungen ein Aufruf der Moslemliga, die den 16. August zum „Tag der direkten Aktion" erklärt hatte, um den Engländern und dem Kongreß zu zeigen, daß die indischen Moslems bereit seien, sich ihren Staat notfalls durch Gewalt zu verschaffen. Die schmalen Lippen zu einem grimmigen Lächeln zusammengepreßt und mit Augen, die vor Leidenschaft funkelten, erklärte der Führer der Moslemliga: „Wir werden dafür sorgen, daß Indien geteilt wird, oder wir werden alles tun, daß es zerstört wird."

Gandhi reagierte bestürzt, ja entsetzt, als er von den Massakern in den verschiedenen Landesteilen hörte. Wie konnten Menschen sich so verhalten! In Ostbengalen zogen Moslems noch immer tötend umher, vergewaltigten Frauen, zwangen Hindus, zum Islam überzutreten. So reiste er zunächst dorthin. Die Freunde bemühten sich, ihm den Plan auszureden. Sein Gesundheitszustand sei zu schlecht, warnten sie. Er weigerte sich. „Ich weiß nur, daß ich niemals zur Ruhe kommen werde, wenn ich jetzt aufgebe", erklärte er.

In Kalkutta stieß er auf verlassene Viertel, menschenleere Straßen, in denen sich der Abfall türmte, geplünderte Häuser und geschlossene Läden. In der Stadt erreichte ihn auch die Nachricht von verheerenden Unruhen in der Nachbarprovinz Bihar, wo einunddreißig Millionen Hindus und fünf Millionen Moslems lebten. Von Kalkutta aus beschwor er alle Hindus, von Rache- und Vergeltungsaktionen zu lassen. Sie seien nur Wasser auf die Mühlen Jinnahs, der behaupte, der Kongreß sei nichts weiter als eine hinduistische Bande.

Als es dann wieder ruhiger wurde, nahm er seine Reisepläne erneut auf.

Der Bezirk von Noakhali liegt im Gangesdelta, nordwestlich von Chittagong, einer Hafenstadt im heutigen Staat Bangladesch. Verstreut und durch dichte Dschungel voneinander getrennt, liegen die Dörfer. Ein dichtes Netz von Kanälen und Wasserstraßen durchzieht das Gebiet. Häufige Regenfälle und viel Sonne machen die vom Ganges angeschwemmte fruchtbare Erde zu einem üppigen Garten. Überall und für jeden erreichbar, wachsen Feigen und Ananas, Mango- und Zitrusfrüchte. Kräuter und Gemüse bereiten wenig Arbeit. Die Flüsse sind reich an Fischen.

Während seines Aufenthalts in Noakhali stand Gandhi morgens gegen sechs Uhr auf und legte die drei oder vier Meilen bis zum nächsten Dorf zurück. Dort betete er mit den Bewohnern, sprach über die Ideale der Gewaltlosigkeit und zog dann weiter. Er wohnte in den Hütten der Bauern und ernährte sich von Früchten, Gemüse und Ziegenmilch. Nicht selten waren die Fußmärsche beschwerlich. Gelegentlich warfen seine Gegner auch Dornreisig, Steine und andere Hindernisse auf seinen Pfad. Manche Orte waren durch Schluchten und reißende Wasserläufe voneinander getrennt; aber nichts konnte ihn schrecken.

Zweieinhalb Millionen Menschen lebten hier, von denen achtzig Prozent Moslems waren. In Tippers zwang man zehntausend Hindus, zum Islam überzutreten, in Noakhali war die Zahl noch größer. Tausende von Hindufrauen wurden entführt und zu Eheschließungen mit Moslems gezwungen. Die Männer brachte man mit Gewalt dazu, Kühe zu schlachten und Fleisch zu essen. Sie mußten sich Bärte wachsen lassen, ihr Lendentuch nach Art der Moslems schlingen und den Koran zitieren.

Als man Gandhi aufforderte, er solle die Hindus dazu bringen, in andere Gebiete umzusiedeln, lehnte er leidenschaftlich ab. Eine solche Aktion gäbe nur dem Moslemführer Jinnah recht, denn sie käme dem Eingeständnis gleich, daß ein vereinigtes Indien nicht lebensfähig sei.

Doch die Zeichen standen schlecht für Gandhi.

## *Der letzte Vizekönig*

Um die Jahreswende 1946/47 zog ein neuer Premierminister in Londons Downing Street 10 ein: Clement Attlee, mit dem die Labour Party die Regierung stellte. Nur wenige Tage nach seinem Amtsantritt lud der neue Regierungschef den jungen Admiral aus dem Zweiten Weltkrieg, Lord Louis Mountbatten, zu sich in seinen Amtssitz. Attlee hatte die Absicht, ihn zum Vizekönig von Indien zu machen. Es war der wichtigste Posten innerhalb des Empire, und eine lange Reihe von Engländern hatte unter diesem Titel ein Fünftel der Menschheit beherrscht. Mountbattens Aufgabe sollte aber nicht darin bestehen, Indien auch künftig zu regieren, sondern die britische Herrschaft über den Subkontinent zu beenden.

Der sechsundvierzigjährige Louis Mountbatten, Viscount of Burma, wie einer seiner Titel lautete, im Krieg Oberbefehlshaber der alliierten Streitkräfte in Südostasien, hatte „ein ganz scheußliches, höchst ungutes Gefühl", als ihm der Premierminister seine Absichten eröffnete. Sie überraschten ihn nicht. Auch er wußte, daß die Zeit gekommen war, Indien in die Unabhängigkeit zu entlassen, aber alles in ihm wehrte sich dagegen, daß gerade er es sein sollte, dem man diese Aufgabe übertrug.

Attlee begann damit, daß er seinem Besucher einen kurzen Lagebericht gab. Die Situation verschlechtere sich von Tag zu Tag, deshalb sei der Zeitpunkt für eine rasche Entscheidung gekommen. Indien treibe auf eine Katastrophe zu. Der Punkt, da alles im Chaos ende, sei fast erreicht. Während die hundert Millionen Moslems die Teilung des Landes forderten, widersetzten sich die führenden Politiker der Kongreßpartei und die dreihundert Millionen Hindus mit ebensolcher Entschlossenheit einer Verstümmelung ihrer historischen Heimat.

Nach einem langen beklemmenden Schweigen erklärte Mountbatten, er könne den Posten nur unter zwei Bedingungen annehmen. Erstens müsse sich die Regierung öffentlich und unzweideutig bereit finden, ein genaues Datum zu nennen, an dem sie die Herrschaft über Indien beenden werde. „Nur dies kann Indiens mißtrauische Intelligenz davon überzeugen, daß wir uns wirklich zurückziehen wollen. Außerdem wird das ihren Führern auch das Gefühl der Dringlichkeit geben, das notwendig ist, um sie zu realistischen Verhandlungen zu bewegen."

„Und die zweite Bedingung?" fragte der Premier.

Als zweites stellte Mountbatten eine Forderung, zu der sich noch kein Vizekönig erkühnt hatte. „Ich brauche freie Hand bei meiner Aufgabe – keine Rückfragen und keine Einmischung von London aus."

„Ich nehme doch an", sagte Attlee, „Sie wollen keine Vollmachten über die Regierung Seiner Majestät hinweg verlangen, oder?"

„Tut mir leid, Sir", antwortete Mountbatten. „Aber genau

um das ersuche ich Sie. Ich kann nicht verhandeln, wenn ich ständig das Kabinett im Nacken habe.“

Der Premier blickte auf die Papiere vor sich. Mountbatten beobachtete mit leiser Befriedigung die Wirkung seiner Worte. Würde Attlee nun sein Angebot zurückziehen? Doch dann gab der Premierminister mit einem kaum merklichen Nicken zu erkennen, daß er diese Forderungen annehme.

Im Frühlicht des 20. März 1947 schritt Lord Mountbatten zwischen zwei Offizieren die Startbahn auf und ab, während seine Frau, Lady Edwina Mountbatten, in der Nähe des Flugzeugs wartete, das sie nach Indien bringen sollte. Das persönliche Gepäck war verstaut, längst verstaut waren auch sämtliche Dokumente, Anweisungen und Protokolle der letzten Jahre, insgesamt sechsundsechzig Gepäckstücke, darunter die Diamanttiara, die Lady Edwina bei der Krönung tragen sollte.

Die drei Männer kannten sich seit Jahren. Der eine war Hauptmann Ronald Brockman, Chef des persönlichen Stabes, der andere Korvettenkapitän Peter Howes, sein erster Adjutant. Mountbatten blieb nach seiner Gewohnheit stumm, bis ein Besatzungsmitglied meldete, daß die Maschine startklar sei. Es war das gleiche Flugzeug, ein umgebauter Lancaster-Bomber, das ihn so oft schon von der Dschungelfront in Burma zu wichtigen Konferenzen im Krieg befördert hatte.

„Dann wollen wir jetzt“, sagte Mountbatten. „Alles in allem ist es schon eine kuriose Reise. Ich mag im Grunde gar nicht nach Indien, und ich könnte mir denken, daß die dort mich auch nicht sehen wollen. Aber vergessen wir das jetzt.“

Sie bestiegen die Maschine. Die Triebwerke begannen zu laufen, wurden schneller und schneller, und die MW-102 sauste mit wachsender Schnelligkeit die betonierte Startbahn entlang, drehte über dem Londoner Flughafen eine Schleife und nahm die Richtung nach Osten, der Sonne entgegen. Der Flug sollte eines der größten Abenteuer der Geschichte beenden, das vor dreihundertfünfzig Jahren begonnen hatte, als Kapitän Hawkins auf der Galeone „Hector“ nach Osten in See gestochen war.

In seiner weißen, knapp sitzenden Admiralsuniform wirkte Lord Louis Mountbatten noch wesentlich jünger, als er war, während er neben seiner Frau in dem vergoldeten Landauer zum Viceroy's House, dem vizeköniglichen Palast in Neu-Delhi, fuhr. Im gleichen Moment, da die Eskorte die große Treppe des Palastes erreichte, nahmen die Dudelsäcke des Königlich-Schottischen Füsilierregiments ihre klagende Melodie auf, um Indiens letzten Vizekönig zu empfangen.

Am oberen Ende der Treppe wartete Lord Wavell, sein ziemlich brüsk verabschiedeter Vorgänger. Einen Augenblick standen sich die beiden Männer in den Blitzlichtgewittern der Presse gegenüber, dann geleitete Wavell seinen Nachfolger in das Arbeitszimmer des Vizekönigs. Mountbatten hatte diese Begegnung gewünscht, die durchaus unüblich war. Normalerweise verließ der abreisende Vizekönig vor dem ankommenden das Land. Aber Mountbatten hatte auf dem Bruch der alten Tradition bestanden, weil er mit dem Mann sprechen wollte, der wie kein anderer die Probleme kannte.

Wavell eröffnete das Gespräch. „Ich hoffe, Sie wissen, daß man Sie mit einer Aufgabe betraut hat, die ich für nahezu nicht lösbar halte, und ich fürchte fast, Sie haben keine Chance, was immer Sie auch tun."

„So sieht es tatsächlich aus", sagte Mountbatten.

Lord Wavell zählte seine Bemühungen auf. „Alles war umsonst", schloß er schließlich. „Sobald die Zustimmung einer Seite auch nur möglich schien, lehnte die andere schroff ab." Er zog eine Akte aus der Schublade mit der Aufschrift „Irrenhaus". „Ich habe das Ganze unter dem Titel ‚Irrenhaus' zusammengefaßt, weil es tatsächlich einen Mann ins Irrenhaus bringen kann, was er hier erlebt. Es tut mir schrecklich leid, aber das ist alles, was ich Ihnen hinterlassen kann. Vielleicht fällt Ihnen etwas ein, was mir entgangen ist. Es sollte mich freuen."

„Die Chancen sind nicht groß", sagte Mountbatten, „das weiß ich. Wahrscheinlich werde ich noch einmal alle Möglichkeiten durchspielen. Was dann kommt, weiß Gott allein."

In einer Mischung aus viktorianischem Pomp und dem Zauber der Mogulherrscher bestieg Lord Louis Mountbatten am Vormittag des 24. März 1947 den scharlachroten Thron in der Durbar Hall, dem Prunksaal des Palastes in Neu-Delhi.

Unter der weißen Marmorkuppel wartete die Elite Indiens: die Richter des Obersten Gerichtshofes, die hohe indische Beamtenschaft, eine Abordnung von Maharadschas, die in ihren Seidengewändern und juwelengeschmückten Turbanen wie Märchenfiguren wirkten, dann die Mitglieder der Kongreßpartei, viele in ihren groben, selbstgesponnenen Gewändern, fast nackt, allen voran Nehru. Gandhi fehlte.

Als die Spitze des feierlichen Zuges den Eingang des Saales erreichte, begannen vier Trompeter, die in den Nischen unter der Kuppel standen, ihr getragenes Spiel. Die Beleuchtung, zuerst abgedunkelt, erstrahlte heller und heller, während die Musik anschwoll. Als das vizekönigliche Paar durch die Tür trat, leuchteten alle Lampen auf, und die Trompeter stießen ein triumphales Geschmetter aus. Gemessen, in feierlicher Langsamkeit schritten die Mountbattens über die Teppiche des Mittelgangs den Thronsesseln entgegen, die unter einem dunkelroten Samtbaldachin standen.

Der Oberste Richter trat nach vorn. Mit erhobener rechter Hand sprach Mountbatten feierlich die Eidesformel, die ihn zum letzten Vizekönig Indiens machte. Als er zu den Schlußworten kam, hörte man von draußen dumpf die Kanonenschüsse der Königlichen Berittenen Artillerie. In der gleichen Minute nahm man auf dem ganzen Subkontinent vom Khaiberpaß bis nach Poona, Peschawar und Simla, überall wo britische Garnisonen standen, den Salut auf, und Soldaten, die zur Parade aufmarschiert waren, präsentierten die Gewehre.

Als das Echo des letzten Kanonenschusses verhallt war, trat der neue Vizekönig ans Mikrophon und richtete gegen den Rat seines Stabes einige Worte an die Anwesenden. „Ich gebe mich keinen Illusionen uber die Schwierigkeiten meiner Arbeit hin", sagte er. „Ich weiß, daß ich die größte Unterstützung der größtmöglichen Zahl Menschen brauche, und ich bitte heute alle Inder um diese Unterstützung."

Mountbatten war nun einer der mächtigsten Männer der Erde. In seinen Händen lag das Schicksal von vierhundert Millionen Menschen. Kaum eine Stunde später, nun schon wieder in Zivil, nahm er an seinem Schreibtisch Platz, um die Berichte seiner Berater zu hören und über sie zu diskutieren. Übereinstimmend meinten alle, Indien treibe auf schnellstem Wege in einen Bürgerkrieg. Die Zeit für Diskussionen und Debatten müsse vorbei sein.

Was Mountbatten nun auf den Schreibtisch kam, entsprach den düsteren Voraussagen. Da war der Bericht des britischen Gouverneurs im Pandschab. Warnend hieß es, in der ganzen Provinz herrsche Bürgerkriegsstimmung. Als Beispiel erwähnte er einen Zwischenfall, der für viele stehen konnte. Der Wasserbüffel eines Moslems war auf das Grundstück des Nachbarn geraten, eines Sikhs. Als der Moslem das Tier zurückholen wollte, kam es zum Streit. Zwei Stunden später lagen hundert Leichen in den Feldern; man hatte die Menschen wegen der Wanderlust eines Wasserbüffels mit Sensen und Messern niedergemetzelt.

Fünf Tage nach Mountbattens Amtsantritt forderten Streitigkeiten zwischen Moslems und Hindus hundert Tote in Kalkutta. Dann kam es in Bombay zu einem ähnlichen Blutbad, bei dem mehr als vierzig verstümmelte Leichen in den Straßen zurückblieben.

Er rief den Chef der indischen Polizei zu sich und fragte ihn, ob die Polizei in der Lage sei, Ruhe und Ordnung in Indien aufrechtzuerhalten. „Nein, Euer Exzellenz“, lautete die Antwort, „dazu sind wir nicht in der Lage.“ Als Mountbatten die Frage an Feldmarschall Sir Claude Auchinleck, den Oberkommandierenden der indischen Armee, richtete, erhielt er die gleiche Antwort.

Rasch stellte er fest, daß die Männer, mit denen zusammen er das Land in den nächsten Monaten regieren sollte – eine Koalition aus Vertretern der Kongreßpartei und der Moslemliga –, so erbitterte Feinde waren, daß sie kaum ein Wort miteinander sprachen. Die Koalition würde in Kürze auseinanderbrechen, davon gingen alle aus, und dann mußte er die

Verantwortung allein tragen – mit einer Verwaltung, die kaum noch diesen Namen verdiente.

Für Mountbatten gab es keinen Zweifel über das Ziel. Er wollte die Einheit Indiens. Sie sollte das große Vermächtnis sein, das England den Menschen des Subkontinents hinterließ. Der Forderung der Moslems nachzugeben mußte nach seiner Überzeugung in der Katastrophe enden. Er entschloß sich, das Schicksal Indiens nicht am Konferenztisch, sondern in abgeschirmten Einzelgesprächen einer Lösung näherzubringen. Die vier Inder, mit denen er sprechen wollte, hatten eine lange Zeit damit verbracht, gegen die englische Herrschaft anzukämpfen. Alle waren schon über das mittlere Alter hinaus. Alle waren Rechtsanwälte und hatten in London studiert.

Lord Mountbatten sprach zuerst mit Jawaharlal Nehru. Er war der Sproß eines dreitausend Jahre alten kaschmirischen Geschlechts. Dagegen war Mountbatten, der seine Vorfahren immerhin bis auf Karl den Großen zurückführen konnte, fast ein Emporkömmling. Beide kannten sich seit langem, beide unterhielten sich gern, jeder genoß die Gesellschaft des anderen. Nehru, der abstrakte Denker, bewunderte Mountbattens Blick für das Wesentliche und sein zupackendes Handeln.

In den Gesprächen erkannte Mountbatten, daß Nehru wahrscheinlich als einziger indischer Politiker eine enge Bindung an Großbritannien schätzen würde. Zugleich erkannte er, daß das Verhältnis zwischen Nehru und Gandhi keineswegs mehr so eng war wie früher. Das war für den Vizekönig ein wichtiger Hinweis, denn wenn es ihm nicht gelingen sollte, Indiens Einheit zu bewahren, war Nehru der Mann, mit dem er zusammenarbeiten mußte. Nur Nehru besaß die Autorität, um Gandhi Widerstand leisten zu können.

Der nächste Gesprächspartner war Gandhi. Der alte Mann folgte nur schweren Herzens der Einladung, denn er spürte, daß sich die Gewichte gegen ihn verschoben hatten. Mountbatten hatte ihm sein Privatflugzeug zur Reise nach Delhi angeboten, doch Gandhi hatte abgelehnt und war statt dessen mit der Bahn gekommen. Um der Begegnung etwas mehr Herzlichkeit zu geben, hatte der Vizekönig sogar seine Frau gebeten, an dem Gespräch teilzunehmen.

Doch Gandhi war nicht wie sonst. Etwas schien ihn zu bedrücken. So höflich, wie Mountbatten nur sein konnte, fragte er, ob ihm etwas fehle.

Gandhi lächelte – ein kleines melancholisches Lächeln. „Wissen Sie, seit ich in Südafrika war, habe ich auf alle materiellen Güter verzichtet. Ich besitze so gut wie nichts, ein Eßgeschirr aus Blech, ein paar Kleinigkeiten und eine Uhr für acht Shilling. Ich trage sie seit Jahren an einer Schnur um die Hüften, weil ich stets wissen muß, wieviel Uhr es ist.“ Er suchte den Blick Mountbattens. „Und denken Sie sich“, sagte er, „nun hat man sie mir auf der Fahrt nach Delhi gestohlen.“ Tränen traten in die Augen des Greises.

Der Vizekönig verstand. Es war nicht der Verlust der billigen Uhr, der Gandhi so schmerzte. Der Unbekannte im Eisenbahnabteil hatte ihm ein kleines Stück seines Glaubens an die Menschen genommen.

Die Unterhaltung dauerte zwei Stunden und fand ihren Höhepunkt in einer außerordentlichen Geste. Als sich die drei in einer Gesprächspause in den Park begaben, um sich von der Presse fotografieren zu lassen, legte der Siebenundsiebzigjährige, der sein ganzes Leben gegen die Briten gekämpft hatte, seine Hand auf die Schulter der Vizekönigin.

Als Gandhi zum zweiten Gespräch in den Palast kam, stöhnte ganz Delhi unter der Gluthitze des Sommers. Der einzige kühle Raum in der Stadt war das Arbeitszimmer des Vizekönigs. Die Kühlanlage, die eine für Europäer erträgliche Zimmertemperatur von dreiundzwanzig Grad Celsius schuf, zeigte jedoch bei Gandhi eine unerwartete Wirkung, die fast zur Katastrophe wurde.

Als der Greis, aus der Backofenhitze kommend, sich dem gewaltigen Temperaturabfall aussetzte, begann er zu zittern. Sekundenlang sah es so aus, als breche er zusammen. Mountbatten läutete augenblicklich nach seinem Adjutanten, mit dem zusammen auch die Vizekönigin erschien.

„Großer Gott! Er wird sich bei uns eine Lungenentzündung holen!“ rief Edwina Mountbatten.

Sie lief zur Klimaanlage, schaltete sie aus, riß die Fenster auf und eilte davon, um einen alten Royal-Navy-Pullover ihres Mannes zu holen, den sie dem zitternden Gandhi um die Schultern schlang. Als der Gast sich wieder erholt hatte, geleitete ihn Mountbatten auf die Terrasse. Zwei indische Diener brachten Tee in einem kostbaren Porzellanservice, das mit dem vizeköniglichen Wappen bemalt war. Manu, Gandhis Großnichte, die ihn gelegentlich begleitete, brachte ein karges Mahl, das sie für ihn bereitet hatte: Zitronensuppe, Datteln und Ziegendickmilch. Der zerbeulte Blechteller, von dem er aß, und der Löffel stammten aus dem Gefängnis Yeravda bei Poona.

Lächelnd bot Gandhi seinem Gastgeber von der Ziegendickmilch an. „Sie sollten sie einmal probieren. Sie wird Ihnen vielleicht sogar schmecken“, sagte er.

Mountbatten besah sich den gelblichen Brei ohne Begeisterung. „Ich bin ziemlich sicher, daß ich davon noch nie gekostet habe“, sagte er schließlich und hoffte, damit die Freigebigkeit des alten Mannes abgewehrt zu haben.

Doch Gandhi ließ nicht locker. „Das macht nichts. Mit allem muß man einmal anfangen, Euer Exzellenz. Sie sollten wirklich einen Versuch wagen.“

Mountbatten blieb kein Ausweg. Die Augen von Gandhis Großnichte funkelten. Mit zusammengebissenen Zähnen nahm er eine winzige Löffelspitze und fand den Brei entsetzlich.

Hier auf der Terrasse endete das Vorgeplänkel ihrer Gespräche. Für Mountbatten begann nun die komplizierte Aufgabe, mit Gandhi zu verhandeln, ihn möglicherweise zu einem Vergleich zu bewegen, ein Vorhaben, an dem bisher alle seine Vorgänger gescheitert waren. Hinzu kam die Überzeugung, daß ihm der kleine Greis in dieser schwierigen Mission nicht wirklich helfen könne. Aber bewußt war sich Mountbatten auch, daß der Einfluß des Mahatma weiterhin groß genug war, um eine Lösung zu verhindern, die er nicht billigte.

„Es war immer unser Grundsatz“, begann Mountbatten, „nicht vor Gewalt zurückzuweichen. Wir mußten jedoch feststellen, daß Sie mit Ihrem gewaltlosen Kreuzzug über uns siegten. Nun sind wir dabei, die Folgen auf uns zu nehmen. Wir werden uns, was auch geschieht, aus Ihrem Land zurückziehen."

Gandhi nickte. Er schien nicht beeindruckt. „Das weiß ich", sagte er. „Alle wissen es. Aber nur ein einziger Punkt ist dabei wichtig: Zerreißen Sie unser Land nicht! Teilen Sie Indien nicht", bat er eindringlich, „auch wenn das heißt, daß ‚Ströme von Blut' fließen werden."

Der Vizekönig stimmte zu. „Eine Teilung Indiens ist die letzte Lösung, die ich wünsche. Die Frage ist nur: Welche anderen Wege stehen mir offen?"

Gandhi schwieg und blickte in den offenen Park. Mountbatten kam es vor, als habe er eine Lösung.

„Unterstellen Sie die dreihundert Millionen Hindus der Herrschaft der Moslemliga. Beauftragen Sie Mr. Jinnah und seine islamischen Führer mit der Regierungsbildung."

„Ist das wirklich Ihr Vorschlag?" fragte Mountbatten überrascht.

„Geben Sie ganz Indien in Mr. Jinnahs Hände, nicht nur den Teil, den er will. Wohlgemerkt – ganz Indien."

„Und Sie glauben, daß Ihre Kongreßpartei auf Ihren Vorschlag eingehen wird?"

„Der Kongreß ist mit mir einig, daß wir auf jeden Fall die Teilung vermeiden sollten. Ich bin sicher, er wird alles tun, um sie zu verhindern."

„Und Mr. Jinnah? Wie wird er sich zu diesem Vorschlag stellen?"

„Wenn Sie ihm sagen, daß der Vorschlag von mir kommt, wird er sagen: ‚Dieser alte durchtriebene Fuchs.' Aber er wird annehmen. Die Macht ist ein zu verlockendes Geschenk, das er nicht ausschlagen wird."

Mountbatten schwieg lange. Er gab dem Vorschlag keine echte Chance. Aber er wollte auch die Idee, die Indiens Einheit vielleicht retten konnte, nicht leichthin abtun.

„Ich will Ihnen etwas sagen", antwortete er schließlich. „Wenn Sie mir die feierliche Zusicherung bringen, daß der

Kongreß Ihren Vorschlag billigt, bin ich bereit, ihn weiterzuverfolgen."

Gandhi erhob sich mit überraschender Leichtigkeit aus dem Sessel und ging mit kleinen Trippelschritten auf der Terrasse hin und her. „Ich werde kreuz und quer durch Indien reisen", versicherte er dem Vizekönig. „Ich werde alles tun, um die Menschen dazu zu bringen, daß sie diesem Plan zustimmen, wenn Sie diese Entscheidung treffen."

Als Gandhi am Abend zu seiner Gebetsversammlung ging, fragte ihn ein Journalist nach dem Stand der Verhandlungen. Fast glücklich antwortete er: „Ich glaube, ich habe Indiens Schicksal gewendet."

Der dritte in der Gruppe der führenden Politiker, die Mountbatten vorab sprechen wollte, war Vallabhbhai Patel, der Mann, der die Kongreßpartei mit harter Hand lenkte und gute Beziehungen zu allen wichtigen Leuten pflegte, wobei er einem Kräftemessen nie aus dem Wege ging. Er war ein guter Organisator und galt als praktisch denkender, realistischer Politiker. Mountbatten hatte vor dem Treffen angenommen, daß er mit ihm am leichtesten zurechtkommen würde. Doch das sollte sich als Irrtum erweisen, wie er schon nach zwei Minuten feststellen mußte.

Noch ehe die eigentliche Diskussion begann, legte Patel ein Dokument auf den Tisch, irgendeine belanglose Ernennungsurkunde, die Mountbatten als Vizekönig vorgelegt worden war und die er abgelehnt hatte. Mountbatten blickte auf das Papier und schob es über den Tisch zurück. Mit ruhiger Stimme bat er Patel, die Urkunde wieder an sich zu nehmen. Patel lehnte ab.

„Wie Sie meinen", sagte der Vizekönig. „Wenn Sie auf der Ernennung bestehen, dann will ich Ihnen sagen, was ich tun werde. Ich werde jetzt meine Maschine für den Rückflug bestellen."

„Ich verstehe nicht", sagte Patel. „Was soll das?"

„Ganz einfach. Ich werde nach London zurückfliegen. Ich wollte den Auftrag sowieso nicht. Ich habe nur auf jemanden wie Sie gewartet, der mir eine Begründung liefert, damit ich die Sache hinwerfen kann und aus einer total verfahrenen Situation herauskomme."

„Das kann doch nicht Ihr Ernst sein", rief Patel.

Mountbatten zögerte. Er wußte, wenn er in dieser nebensächlichen Angelegenheit nachgab, würde er bei Patel keinen Fuß mehr auf den Boden bringen.

Patels Härte war Legende. Während einer Gerichtsverhandlung in Bombay, als er gerade dabeigewesen war, seine Argumente zusammenzufassen, hatte man ihm ein Telegramm gereicht. Patel überflog es, steckte es in die Tasche und setzte seine Ausführungen mitten im Satz fort. Das Telegramm hatte vom Tod seiner Frau berichtet. – Seine Tochter, die fortan ständig um ihn war, wechselte nur selten mehr als zehn Sätze am Tag mit ihm. Doch wenn Patel sprach, hörte ihm ganz Indien zu.

„Es ist sehr wohl mein Ernst", sagte Mountbatten schließlich. „Sie glauben doch nicht, daß ich hierbleiben und mich von Ihnen in dieser Weise behandeln lasse. Sie nehmen entweder das Papier zurück, oder ich werde allen Kongreßmitgliedern sowie Mr. Jinnah und der Regierung Seiner Majestät erklären, warum ich abtrete. Der Zusammenbruch Indiens und das Blut, das dabei vergossen wird, ist dann von niemand anderem zu verantworten als von Ihnen."

„Das glaube ich nicht", stieß Patel hervor.

„Mr. Patel", antwortete Mountbatten bedächtig, „Sie kennen mich anscheinend nicht. Entweder Sie nehmen dieses Dokument sofort zurück, oder ich werde meinen Rücktritt erklären."

Es folgte ein langes Schweigen.

„Wissen Sie", sagte Patel dann mit einem halben Lächeln, „das verflixte ist, daß ich Ihnen sogar glaube."

Patel nahm das Papier von Mountbattens Schreibtisch und riß es langsam entzwei.

Danach begann die eigentliche Diskussion über Indiens Zukunft.

Der letzte der führenden Politiker, der das Arbeitszimmer des Vizekönigs betrat, war der Mann, der die Entscheidung über das Schicksal Indiens in den Händen hielt. Von Anfang an trat Mohammed Ali Jinnah mit äußerster Kühle und Härte auf. Noch ein Vierteljahrhundert später lag in Mountbattens Stimme ein Echo seiner Betroffenheit, als er sagte: „Wie völlig aussichtslos meine Hoffnung auf die Einheit Indiens im Grunde war, wurde mir schon nach den ersten Minuten klar, als ich Mohammed Ali Jinnah begegnete."

Zu Beginn des Gesprächs eröffnete Jinnah dem Vizekönig, er sei gekommen, um ihm genau zu sagen, was er hinnehmen werde und wo die Grenzen lägen.

Mountbatten war nicht gewillt, so mit sich umspringen zu lassen. Er unterbrach seinen Gast. „Mr. Jinnah, ich bin nicht bereit, in diesem Stadium über Bedingungen zu verhandeln. Warum schließen wir nicht erst einmal Bekanntschaft?"

Die Unterhaltung schleppte sich hin. Jinnah war nicht gesonnen, über sein Privatleben zu sprechen. Welten trennten ihn von den übrigen Moslems. Er trug ein Monokel und helle, vorzüglich geschnittene Leinenanzüge, die er in dem feuchtheißen Klima Bombays mehrmals am Tage wechselte. Er liebte alles, was gut und teuer war, Champagner, Kaviar, Kognak und Burgunder Weine.

Seine Macht verdankte er der Tatsache, daß er sich zum absoluten Diktator der Moslemliga aufgeschwungen hatte. Er besaß keine Freunde, nur Anhänger. In seiner Weltsicht spielten Allah und der Koran keine Rolle. Gandhi kannte mehr Suren aus dem heiligen Buch der Mohammedaner auswendig als er. Trotzdem war es ihm gelungen, die Millionen indischer Moslems hinter sich zu bringen, obwohl er von ihrer Sprache, dem Urdu, nur ganz oberflächliche Kenntnisse hatte.

Von seinen Rivalen hielt er wenig. Gandhi war für ihn ein „verschlagener Fuchs" und ein „hinduistischer Erweckungsprediger". Nehru nannte er einen „Literaten", der ein englischer Professor, nicht aber ein Politiker hätte werden sollen, einen „arroganten Brahmanen", der seine hinduistische Tücke hinter einem Firnis westlicher Bildung verstecke.

Mountbatten und Jinnah führten in den beiden ersten Aprilwochen 1947 sechs Gespräche – insgesamt zehn Stunden lang. Es sollten die entscheidenden Unterredungen über das künftige Schicksal Indiens werden. Wie Mountbatten später gestand, habe er alles versucht, um die Teilung Indiens zu vermeiden. Erfolglos. Keine Liebenswürdigkeit, kein Trick, kein Argument, nichts konnte den Moslemführer davon abbringen, seinen Traum von Pakistan zu verwirklichen.

Nur in einem Punkt waren sie sich beide einig: daß rasch gehandelt werden müsse. Indien, erklärte Jinnah, habe die Möglichkeit längst verpaßt, bei der ein Kompromiß noch möglich gewesen wäre. Nun helfe nur ein „chirurgischer Schnitt“, der rasch durchgeführt werden müsse. Andernfalls werde das Land im Chaos versinken.

Als Mountbatten die Besorgnis äußerte, die Teilung werde zu Blutvergießen und Gewaltausbrüchen führen, widersprach Jinnah. Sobald die Teilung durchgeführt sei, wäre es mit allen Schwierigkeiten vorbei. Die beiden Staaten würden in friedlicher Eintracht zusammenleben.

„Die indischen Moslems“, sagte Jinnah, „sind eine Nation mit eigener Kultur und Zivilisation, Sprache und Literatur, Kunst und Architektur, mit eigenen Gesetzen und moralischen Vorschriften, mit eigenem Kalender und eigenständiger Geschichte. Indien war nie wirklich eine einzige Nation. Das sieht auf der Landkarte nur so aus. Das einzige, was die Hindus mit den Moslems gemeinsam haben, ist die Versklavung durch die Briten.“

Die Teilung Indiens war für Jinnah selbstverständlich. Voraussetzung war jedoch, daß ein lebensfähiger Staat entstehe, was bedeutete, daß zwei der großen Provinzen, der Pandschab und Bengalen, dem neuen Staat Pakistan zugeschlagen werden müßten, obwohl beide einen hohen Anteil an Hindus besaßen.

Hier setzte Mountbattens Einwand an. Wie wäre es zu rechtfertigen, fragte er, wenn die Minderheit der Hindus in einen Moslemstaat eingegliedert werde? Wenn Jinnah auf der Teilung bestehe, um seinen islamischen Staat zu bekommen, dann würde die gleiche Logik ihn auch zwingen, den Pandschab und Bengalen zu teilen.

Doch Jinnah gab nicht auf. „Euer Exzellenz verstehen mich nicht. Ein Mann ist zuerst Pandschabi oder Bengale und dann erst Hindu oder Moslem. Diese Menschen haben eine gemeinsame Geschichte, Sprache, Kultur und Wirtschaft. Sie dürfen sie nicht trennen. Das gibt nur endloses Blutvergießen und fortwährende Schwierigkeiten."

„Hier stimme ich Ihnen völlig zu, Mr. Jinnah."

„Wie, ich verstehe nicht?"

„Die Menschen haben tatsächlich eine gemeinsame Geschichte, Sprache, Kultur und Wirtschaft, und sie sind darum zuerst einmal Inder. Besser hätten Sie für die Einheit Indiens nicht argumentieren können."

„Aber Sie verstehen mich ganz und gar nicht", antwortete Jinnah.

Und die Diskussion begann wieder von vorn.

Mountbatten sah ein, daß Jinnah nicht zu überzeugen war. „Ich hätte niemals geglaubt", gestand er später, „daß ein intelligenter Mann, gebildet und juristisch geschult, imstande sein könnte, einfach die Ohren vor Tatsachen zu verschließen, wie Jinnah es tat. Es war nicht so, daß er nicht begriffen hätte, aber er war bei der ganzen Sache der böse Geist. Alle anderen ließen sich überzeugen. Jinnah nicht. Solange er lebte, war nichts zu machen."

Der Höhepunkt der Diskussion kam am 10. April 1947, weniger als drei Wochen nach Mountbattens Ankunft in Indien. Zwei Stunden lang kämpfte und argumentierte er mit Jinnah. Er stellte dem Moslemführer ein Bild der Größe Indiens vor – wenn vierhundert Millionen Menschen, alle durch eine Zentralregierung verbunden, im fortschrittlichsten Staatswesen Asiens vereinigt seien. Mit ihrer Wirtschaftskraft, verstärkt noch durch eine wachsende Industrialisierung, würden die Menschen ein blühendes Gemeinwesen schaffen können. Die Teilung aber mußte den Subkontinent zu einer drittklassigen Macht herabstufen.

Jinnah blieb unbeeindruckt. Nach der Verabschiedung saß

Mountbatten stumm und erschöpft an seinem Schreibtisch. Er wußte, daß er die Teilung nicht mehr verhindern konnte. Jinnah würde sein Pakistan erhalten.

Am nächsten Morgen rief er seinen Stab zusammen und wandte sich an Lord Ismay, seinen Chefberater. „Die Zeit ist gekommen“, sagte er, „einen Plan für die Teilung Indiens zu entwerfen.“

## *Der Kampf um die Einheit*

In dem flüssigen Wachs der brennenden Kerzen trieben die verbrühten Insekten, die aus der Nacht hereingekommen waren.

Gandhi hockte auf einer Strohmatte, die den Zementfußboden bedeckte. Die Männer, die bei ihm saßen, waren die künftigen Führer eines freien Indiens. Sie waren zu Gandhi in das Armenquartier Delhis gekommen, wo der Gestank der Exkremente aus den offenen Abflußrinnen die Luft verpestete.

Draußen standen die Menschen und warteten. Es waren die Ärmsten der Armen aus den Elendsvierteln der Millionenstadt, die Unberührbaren, die tagsüber die Straßen fegten und die Toiletten reinigten. Gandhi hatte darauf bestanden, hier zu wohnen, um ihnen seine Verbundenheit zu zeigen.

Es herrschte eine erstickende Hitze in dem kleinen Raum. Zur Kühlung hatte sich Gandhi ein nasses Handtuch wie einen Turban um den kahlen Schädel geschlungen. Zu seinem Kummer war die Stimmung seiner politischen Freunde äußerst gereizt.

Er hatte sich getäuscht, mußte Gandhi erkennen. Vor ein paar Tagen noch hatte er dem Vizekönig versichert, die Kongreßpartei sei bereit, alles zu tun, um die Teilung des Landes zu verhindern. Das war keineswegs der Fall. Die Kluft zwischen ihm und jenen Männern, die er zu Führern der Kongreßpartei herangebildet hatte, wurde größer und größer.

Ein Vierteljahrhundert waren sie ihm gefolgt. Sie hatten ihre westliche Kleidung gegen das selbstgesponnene Leinen vertauscht und die Finger zum ungewohnten Rhythmus des Spinnrads bewegt. In seinem Namen waren sie unbewaffnet gegen Polizeistöcke angerannt und hatten sich in die Zellen britischer Gefängnisse schleppen lassen. Sie hatten ihre eigenen Bedenken und Zweifel unterdrückt, sie waren ihm gefolgt, dem großen Ziel entgegen, das jetzt erstmals in greifbare Nähe rückte.

Doch nun, an diesem Abend, kamen Auffassungen ans Licht, die nichts mehr mit Gandhis Vorstellungen zu tun hatten, ja ihnen völlig entgegenstanden. Niemand würde Jinnah als Ministerpräsidenten akzeptieren, um die Einheit Indiens zu erhalten.

„Wenn ihr mir nicht zustimmt, wird nichts die Teilung Indiens verhindern können", sagte er. „Auf meinen langen Wanderungen habe ich gesehen, welches Unheil der Haß zwischen den Religionen anrichten kann. Und diesmal wird es noch schlimmer werden."

Niemand antwortete.

„Ich bitte euch, auf meinen Vorschlag einzugehen." In seiner Stimme lag ein flehender Unterton. „Er ist die letzte Chance, Indien zu retten und eine Tragödie zu verhindern."

Was immer er in dieser Nacht auch sagte, er konnte Nehru und Patel nicht umstimmen. Für sie gab es einen Höchstpreis, den sie für die Einheit Indiens zu zahlen bereit waren. Aber die Übertragung der Macht an den Moslemführer Jinnah überstieg dieses Maß. Sie teilten auch nicht Gandhis Überzeugung, daß die Teilung in jedem Falle zu Gewaltausbrüchen führen müßte.

Am 1. Mai kamen die Gespräche in der armseligen Hütte des Straßenfegerviertels von Delhi zu ihrem Höhepunkt und Abschluß. Wieder war es Nacht, und wieder saß Gandhi auf seiner Matte. Wieder hatte er sich ein nasses Handtuch um den Schädel gewickelt und folgte wortlos den Gesprächen der Männer. Immer häufiger hatte er den Eindruck, er zählte schon gar nicht mehr für die Führer der Kongreßpartei.

Der Punkt, an dem sich die Wege endgültig trennten, war erreicht. Seine Gefängnisjahre, die Hungerstreiks und Boykottaktionen zählten nicht mehr. Er hatte das Gesicht Indiens verändert und eine Philosophie entwickelt, um seine Landsleute durch Gewaltlosigkeit zur Unabhängigkeit zu führen. Doch nun drohte sein glänzender Sieg zugleich zur persönlichen Tragödie zu werden. Die Männer um ihn herum waren des Kämpfens müde, ihre Geduld zu Ende. Sie waren soweit, die Teilung Indiens als unvermeidliches Schicksal hinzunehmen. Was konnte er noch tun? Gab es keine Alternative, keinen Ausweg, keinen Vergleich? So oft waren sie alle seinem Instinkt gefolgt, doch in diesen entscheidenden Stunden galt er nicht mehr als ihr Prophet. „Sie nannten mich auch weiterhin Mahatma", gestand er einem Freund. „Aber sie behandelten mich nicht einmal wie einen Straßenfeger."

Alle waren der Ansicht, Mountbatten wie Nehru, Patel und Jinnah, daß Indien der Katastrophe zutreibe und nur die Teilung als letzte Rettung bleibe. Gandhi widersprach, er allein war überzeugt, daß sie irrten. „Jinnah wird sein Pakistan nicht bekommen", sagte er plötzlich, „es sei denn, die Briten geben es ihm. Aber sie werden es nicht tun, wenn sie den Widerstand der Kongreßpartei spüren. Wir besitzen ein Einspruchsrecht gegen jede Lösung, die wir nicht wünschen."

„Und was wird dann?" fragte einer aus dem Halbdunkel.

Gandhi blickte in die Richtung des Sprechers. „Wir fordern die Briten zum Abzug auf. Die Folgen sollen sie nicht kümmern. Wir machen ihnen klar, daß sie gehen sollen, gleichgültig, was auch geschieht."

Es entstand ein betretenes Schweigen. Er spürte, niemand war mehr bereit, auf ihn zu hören.

Als sich Patel und Nehru für die Teilung aussprachen, folgten die übrigen Kongreßführer mit deutlicher Erleichterung. Nehru wurde bevollmächtigt, dem Vizekönig die Nachricht zu überbringen, der Kongreß bleibe zwar „der Idee eines geeinten Indien leidenschaftlich verbunden", werde aber die Teilung des Landes hinnehmen, vorausgesetzt, daß die beiden großen Provinzen Pandschab und Bengalen geteilt würden.

Nicht Gandhi stand in diesen entscheidenden Tagen im Mittelpunkt des Geschehens, sondern Lord Louis Mountbatten. Am Vormittag des 2. Juni 1947 empfing er die Repräsentanten von vierhundert Millionen Indern in seinem Arbeitszimmer. Sie würden jetzt die Dokumente erhalten und studieren können, durch die ihre Völker nach zweihundert Jahren britischer Herrschaft selbständig werden sollten. Erst achtundvierzig Stunden vorher hatte der Vizekönig diese Papiere aus London wieder mitgebracht, nachdem sie von der britischen Regierung gebilligt worden waren.

Alle nahmen ihre Plätze an dem runden Tisch in der Mitte des Zimmers ein: Nehru, Patel und ein weiterer Kongreßführer; Jinnah mit zwei Begleitern für die Moslemliga und Beldev Singh als Sprecher der sechs Millionen Sikhs. Hinter dem Vizekönig saßen die beiden englischen Chefberater, Lord Ismay und Sir Eric Mieville. Zum erstenmal hatte Mountbatten alle zur gleichen Zeit geladen.

Er wußte um den Zündstoff, der in den Einzelheiten der Dokumente lag, und war entschlossen, es keinesfalls zu einer allgemeinen Debatte kommen zu lassen, die mit Sicherheit in heftige Wortgefechte ausarten würde und seinen sorgfältig ausbalancierten Plan zerstören mußte.

Die Konferenz eröffnete er mit einer Würdigung der historischen Bedeutung dieser Zusammenkunft. Er habe in den letzten fünf Jahren an mehreren wichtigen Treffen teilgenommen, die den Kriegsverlauf beeinflußten. Aber ihm sei keine Zusammenkunft von solcher Tragweite wie diese in Erinnerung.

Mountbatten berichtete dann kurz über die Gespräche, die er seit seiner Ankunft in Indien geführt hatte und die ihm den Eindruck vermittelt hätten, daß die Entscheidungen mit äußerster Dringlichkeit zu fällen seien.

Nur der Form halber fragte er dann Jinnah ein letztes Mal, ob er bereit sei, ein geeintes Indien hinzunehmen. Jinnah verneinte. Niemand sonst bezog dazu Stellung.

Mountbatten ging nun zu den einzelnen Punkten seines Dokumentes über. An die Spitze stellte er die Klausel über den

Dominionstatus. Nur durch sie habe er auch Churchills Zustimmung gewinnen können. Sie bedeute allerdings nicht, daß sich Großbritannien in die inneren Angelegenheiten Indiens einmischen wolle. Im Gegenteil, der Dominionstatus besage nur, daß die englische Regierung ihren Beistand nicht abrupt zurückziehen wolle, falls er gebraucht werde.

„Ich erwarte nicht, daß Sie dem Plan sofort in allen Einzelheiten und ohne Vorbehalte zustimmen. Ich hoffe nur, daß Sie ihn im Geiste friedlicher Zusammenarbeit zunächst einmal grundsätzlich hinnehmen.

Ich schlage vor, daß wir uns morgen vormittag wieder hier treffen. Ich hoffe jedoch sehr, Sie können mir schon früher, vor Mitternacht noch, Ihre Bereitschaft signalisieren, daß Sie den Plan als Grundlage für eine endgültige Regelung der indischen Frage annehmen.

In diesem Fall würde ich Mr. Nehru, Mr. Jinnah und Mr. Singh bitten, ihre Übereinkunft morgen abend gemeinsam über den Allindischen Rundfunk bekanntzumachen. Mr. Attlee wird in London eine bestätigende Erklärung abgeben. Meine Herren“, so Mountbatten, „ich hätte gern bis Mitternacht Ihre Antwort auf den Plan.“

Knapp zwei Stunden nach dem Ende der Konferenz der Politiker, um 12.30 Uhr, kam auch Gandhi in den Palast. Mountbatten hatte ihn nicht ohne Besorgnis eingeladen. Gandhis Reaktion war ihm besonders wichtig. Obwohl er in der Kongreßpartei kein Amt mehr bekleidete, fürchtete der Vizekönig noch immer seinen Einfluß. Er traute dem alten Mann zu, daß er leicht einen Konflikt mit unabsehbaren Folgen auslösen könne. Das Volk hörte auch jetzt noch mehr auf ihn als auf Nehru, Jinnah oder irgendeinen anderen indischen Politiker.

Gandhi war pünktlich. Pünktlichkeit war für ihn selbstverständlich. Mountbatten erhob sich und ging seinem Besucher entgegen. Doch dann stockte er verblüfft. Gandhi hatte den Zeigefinger auf den Mund gelegt. Er würde heute nicht sprechen. Es war Montag, sein Tag des Schweigens. Eine Welle der Erleichterung durchflutete den Vizekönig. Die einzige

Stimme, die Indiens Massen gegen ihn hätte mobilisieren können, war heute stumm – stumm wie seit Jahren an jedem Montag. Er würde also die Antwort, auf die er an diesem Junitag mit solcher Spannung gewartet hatte, nicht erhalten.

Der Greis nahm in einem Sessel Platz und zog unter den Falten seines Lendentuchs einen Stoß gebrauchter Briefumschläge und einen Bleistiftstummel hervor. Keinen Fetzen Papier ließ er ungenutzt. Eigenhändig schnitt er die Kuverts auf, in denen seine Post eintraf, und verwandelte sie in ordentliche kleine Notizblätter, die er dann von oben bis unten mit seiner Krakelschrift bedeckte.

Mountbatten erläuterte den Plan in aller Ausführlichkeit, während Gandhi seine ersten Antworten auf die Notizblätter schrieb. Was dieser hier hörte, war sicher die erschütterndste Nachricht, die er in seinem langen Leben erfahren hatte. Nichts von dem, wofür er über Jahrzehnte gekämpft, sein Leben und seine Gesundheit eingesetzt hatte, war in diesen Vertrag eingeflossen. Es war ein Kompromißpapier – ohne Ideale.

Als Mountbatten schwieg, überreichte ihm Gandhi fünf Briefumschläge, auf die er spontan Notizen geschrieben hatte. Der Vizekönig bewahrte sie für die Nachwelt auf.

„Ich kann leider nicht sprechen", hatte er geschrieben. „Als ich den Entschluß faßte, montags zu schweigen, sah ich zwei Ausnahmen vor, nämlich für dringende Gespräche mit hohen Amtsträgern und bei der Pflege von Kranken. Aber ich weiß, Sie wollen gar nicht, daß ich mein Schweigen breche. Es gibt allerdings einige Dinge, über die ich sprechen muß, doch nicht heute. Wenn wir uns wiedersehen, werde ich reden."

Damit verließ er das Arbeitszimmer.

Während in Delhi schon Millionen Menschen schliefen, brannte in Mountbattens Amtszimmer noch immer das Licht. Der Vizekönig führte das letzte Gespräch. Ihm gegenüber saß der Führer der Moslemliga, Mohammed Ali Jinnah, die Jadespitze mit einer brennenden Zigarette in der Hand.

Beide Männer fühlten sich überanstrengt, sehnten sich nach

Schlaf und waren dennoch entschlossen, keinesfalls nachzugeben.

Mountbatten blickte seinen Gast verständnislos, ja ungläubig an. Die Kongreßpartei hatte ihr Einverständnis erkennen lassen. Das gleiche hatten die Sikhs getan, und nun zögerte Jinnah, ausgerechnet er, der die Teilung Indiens gegen den Willen aller erzwungen hatte.

Der Ärger über die vergeudeten Stunden wallte in Mountbatten hoch. Jinnah hatte sein Pakistan bekommen. Doch jetzt, buchstäblich fünf Minuten vor zwölf, genügte ihm das Erreichte nicht, war er bereit, alles hinzuwerfen, wollte er das entscheidende Ja nicht sagen. Aber Mountbatten brauchte Jinnahs Zustimmung. In London wartete Attlee ungeduldig. In weniger als vierundzwanzig Stunden wollte er seine historische Erklärung im Unterhaus abgeben. Mountbatten hatte sich dem Premier gegenüber persönlich verpflichtet, daß er Erfolg haben werde und er es zu keinen Aufschüben und Störungen kommen lasse.

„Mr. Jinnah", sagte er. „Ich kann Ihre Haltung nicht verstehen. Falls Sie jedoch glauben sollten, in dieser Situation noch ein Zugeständnis herausholen zu können, dann irren Sie gründlich. Die Kongreßpartei hat ihr Einverständnis gegeben. Wenn diese Leute jetzt den Eindruck gewinnen, daß Sie sie hinhalten wollen, dann ist alles aus. Der Kongreß hat sein Ja von Ihrer Zustimmung abhängig gemacht. Erfolgt sie nicht, ist alles in Frage gestellt. Dann ist es auch zweifelhaft, ob Sie je Ihr Pakistan erhalten werden. Dann kann es geschehen, daß hier im Lande ein Bürgerkrieg ausbricht, wie ihn die Welt wahrscheinlich noch nie gesehen hat. Und Sie trifft die Schuld."

Jinnah blieb ungerührt. „Ich kann diese Zustimmung nicht geben", sagte er. „Alles muß seinen geordneten Gang gehen. Ich bin nicht die Moslemliga. Ich brauche die Zustimmung meiner Parteifreunde."

„Und die wollen Sie jetzt nach Delhi kommen lassen? Wissen Sie, wieviel Zeit darüber vergeht? Was soll in der Zwischenzeit geschehen? Glauben Sie, wir alle könnten hier herumsitzen und warten, bis Ihre Leute anreisen? Bis sie sich dann beraten haben und schließlich neue Vorschläge machen?"

„Anders geht es nicht. Ich brauche diese Zustimmung", beharrte der Moslemführer.

„Wie Sie denken, Mr. Jinnah. Ich kann Sie nicht hindern, alles zu zerstören, was in Jahren gewachsen ist und worum Sie so sehr gekämpft haben. Aber ich will Sie über das informieren, was ich morgen tun werde, wenn es zur entscheidenden Aussprache kommt. Ich werde sagen, daß der Kongreß mit einigen Vorbehalten zugestimmt hat – Vorbehalten, die sich sicher ausräumen lassen – und daß auch die Sikhs einverstanden sind. Und dann werde ich erklären, daß wir beide gestern abend ein ausführliches Gespräch miteinander hatten – und Sie mir die Zusage gaben, gleichfalls zuzustimmen.

In diesem Augenblick werde ich Sie ansehen, Mr. Jinnah. Sie brauchen dabei kein Wort zu sagen. Niemand erwartet in diesem Moment eine Erklärung von Ihnen. Sie sollen nur nicken – nichts sonst. Es ist das Zeichen, daß Sie zustimmen. Tun Sie's, ist alles gut. Geben Sie das Zeichen nicht, dann kann ich Ihnen nicht mehr helfen. Dann ist alles aus und vorbei. Dann war Ihr Pakistan nichts als ein Wunschtraum. Und Sie als Politiker sind auch am Ende. Dann gibt es nichts, was Sie noch retten könnte."

Mountbatten eröffnete die Aussprache. Wie angekündigt, sagte er, daß der Plan gegen ernste Bedenken aller Parteien dennoch gebilligt worden sei. Er nannte zuerst die Kongreßpartei und dann die Sikhs. Er habe schließlich ein langes, freundschaftliches Gespräch mit Mr. Jinnah geführt, der gleichfalls zugestimmt habe.

Jetzt wandte er sich an Jinnah, der rechts von ihm saß. Ein endloser Augenblick verging. Kein Muskel zuckte im Gesicht des Moslemführers. Später bekannte Mountbatten, die winzige Zeitspanne, die bis zur Andeutung des Nickens verging, sei einer der „heikelsten Augenblicke" in seiner Laufbahn gewesen. Mit dieser kaum erkennbaren Geste hatte eine Nation von knapp hundert Millionen Menschen ihr eigenstaatliches Leben erhalten. Wie groß die Mängel dieses Staatsgebildes, wie schwierig auch seine Begleitumstände sein würden, der „unmögliche Traum“ von Pakistan stand nun vor seiner Verwirklichung.

Mountbatten zeigte nichts von der Erleichterung, die ihn in dieser Minute erfüllte. Mit unveränderter Stimme fuhr er fort, der Plan stelle nun die Grundlage für alle weiteren Erörterungen dar.

Wenig später überreichte er jedem Teilnehmer ein vierunddreißig Seiten langes Dokument, das den Titel trug „Die administrativen Konsequenzen der Teilung“.

Ein verblüfftes, betroffenes Schweigen erfüllte den Raum, als die Politiker die Seiten überflogen und zum erstenmal ermaßen, welche Arbeit sie erwartete. Da waren die Besitzverhältnisse von vierhundert Millionen Menschen zu ordnen und aufzuteilen, die Bargeldbestände und Schulden, Gefängnisse und Häftlinge, die Briefmarken in den Postämtern, die Bücher in den Bibliotheken, die Lokomotiven und Waggons, Forschungszentren, Universitäten und Krankenhäuser und weitere Einrichtungen ohne Zahl.

Mountbattens Gesicht verriet nichts von der stillen Genugtuung, die ihn erfüllte, als sich die indischen Politiker jetzt den praktischen Folgen ihrer Politik gegenübersahen. Keiner von ihnen, das war zu erkennen, war auch nur im entferntesten darauf vorbereitet gewesen. Damit würde ihnen auch gar nicht die Zeit zu grundsätzlichen Erörterungen bleiben.

Am Abend des gleichen Tages, des 3. Juni 1947, kurz nach 19 Uhr, erklärten die vier wichtigsten Konferenzteilnehmer im Studio des Allindischen Rundfunks in Delhi feierlich ihre Zustimmung zur Aufteilung des Landes in zwei selbständige Staaten.

Zuerst sprach Mountbatten. Er vermied jeden Überschwang, doch seine Worte waren von Zuversicht geprägt.

Nach ihm trat Nehru ans Mikrophon, der Hindi sprach. Er forderte seine Zuhörer auf, den Teilungsplan anzunehmen, der ihm selbst so tiefen Kummer bereite. Dann sagte er: „Es ist keine Freude in meinem Herzen, wenn ich Sie bitte, diesen Vorschlag nicht zu verwerfen."

Der nächste Redner war Jinnah. Auch er wirkte ruhig, fast gelassen. Nichts verriet die ungeheure Genugtuung, die ihn erfüllen mußte. Er war nicht in der Lage, seinen Anhängern die Nachricht, daß er ihnen einen eigenen Staat erstritten hatte, in einer Sprache mitzuteilen, die sie verstanden. Er informierte sie auf englisch. Ein Rundfunksprecher verlas anschließend seine Botschaft in Urdu.

Als letzter sprach der Vertreter der Sikhs. Auch er machte deutlich, daß der Teilungsplan viele Hoffnungen zerstöre, daß er aber unter den jetzigen Bedingungen ein sinnvolles Leben ermögliche.

Gandhi kam am Abend nach den Rundfunkansprachen in den vizeköniglichen Palast. Bereits am Mittag hatte Mountbatten die Nachricht erhalten, er bereite sich darauf vor, mit dem Kongreß zu brechen und den Teilungsplan zu verwerfen. Mountbatten begriff die ungeheure Gefahr, die dem mühsam ausgehandelten Vertrag drohte, wenn ihn der Mahatma ablehnte. Gandhi erschien um sechs Uhr. Um sieben Uhr begann seine Gebetsversammlung. Mountbatten blieb nicht einmal eine Stunde Zeit, um die drohende Katastrophe abzuwenden.

Schon der erste Blick auf den alten Mann verriet ihm, wie es in ihm aussah. In seinem Sessel kauernd „wie ein Vogel mit gebrochenen Schwingen", hob er ständig die Hand, ließ sie wieder sinken und klagte mit einer Stimme, die kaum zu hören war: „Es ist so furchtbar ... Es ist so furchtbar ..."

Mountbatten sah, daß der Greis in diesem Zustand zu allem fähig sein würde. Wenn er den Teilungsplan öffentlich ablehnte und ihn gar als Unglück bezeichnete, mußte das im ganzen Lande verheerende Folgen haben. Mountbatten war entschlossen, alles aufzubieten, um den alten Mann zu beeindrucken. Er begann damit, daß er auf die indischen Zeitungen hinwies, die den Plan „Mountbatten-Plan" genannt hätten, richtiger aber wäre es gewesen, ihn nach Gandhi zu benennen.

„Sie selbst haben mir empfohlen, die Entscheidung dem indischen Volk zu überlassen“, sagte er, „und genau dies sieht der Plan vor. Die von der Bevölkerung gewählten Provinzversammlungen können selbständig über Indiens Zukunft entscheiden. Jede Provinzregierung kann wählen, ob sie sich Indien oder Pakistan anschließen will. Sie selbst haben uns Briten immer wieder gedrängt, Indien so bald wie möglich zu verlassen. Und genau dies tun wir jetzt. Wenn also alle Versammlungen für die Einheit des Landes stimmen, was ja nicht auszuschließen ist, dann haben Sie, was Sie wünschen. Wenn sie nicht zustimmen, dann werden Sie sicher nicht von den Briten erwarten, daß sie sich mit Waffengewalt der Entscheidung der Provinzversammlungen widersetzen.“

Mountbatten erzielte Wirkung. Gandhi war noch immer ein Gegner der Teilung. Doch die eindringlichen Worte hatten den fast Achtundsiebzigjährigen schwankend gemacht. Er wußte nicht, ob er die Massen gegen die Führer seiner Partei aufrufen sollte. Er kauerte in dem Sessel und lauschte in sich hinein und wartete auf ein wegweisendes Wort seiner inneren Stimme, der er so oft vertraut hatte.

Doch an diesem Abend schwieg sie, und seine Zweifel wuchsen. Sollte er seiner Überzeugung treu bleiben und die unselige Teilung verurteilen, ohne an die Folgen zu denken? Sollte er Indien möglicherweise in einen Bürgerkrieg stürzen? Oder hatten die anderen vielleicht doch recht? Sollte er auf den Vizekönig hören, der so verzweifelt zur Vernunft aufrief?

Mountbatten sprach noch immer, als es für Gandhi Zeit wurde, zur abendlichen Gebetsversammlung zu gehen. Er erhob sich und bat um Verständnis dafür, daß er jetzt aufbrechen müsse, aber er habe sich noch nie erlaubt, zu spät zu beginnen.

Die Menge wartete bereits Kopf an Kopf. Es waren sehr viel mehr Menschen als sonst gekommen, und er kannte den Grund. Sie erwarteten, daß er den Teilungsprozeß verwerfe und sie zum Angriff aufrufe. Ein paar Sätze in dieser Stunde würden genügen, um die Stadt noch in dieser Nacht in einen Hexenkessel zu verwandeln. Der Aufruhr würde weiterspringen von Dorf zu Dorf, andere Städte ergreifen, bis das ganze Land in Flammen stand.

Doch es kam kein solcher Aufruf aus dem Munde des Mannes, der so oft erklärt hatte, er werde sich lieber bei lebendigem Leibe in Stücke reißen lassen, als die Aufteilung des Landes hinzunehmen. Statt dessen sagte er: „Es hat keinen Sinn, dem Vizekönig die Schuld an der Teilung Indiens zu geben. Blickt auf euch selbst, und schaut in eure Herzen, wenn ihr nach einer Erklärung dafür sucht, was gestern geschehen ist."

Mountbatten hatte durch seinen persönlichen Einsatz einen Sieg errungen. Was Gandhi anging, so vergaben ihm viele Inder dieses Schweigen niemals. Schon bald sollte der schwache, alte Mann den Preis für ihre Enttäuschung zahlen müssen.

## *Dreiundsiebzig Tage bis zur Unabhängigkeit*

Auf einer Pressekonferenz sprach Mountbatten über den Plan, der den Indern die volle Unabhängigkeit bringen sollte. Dreihundert Journalisten waren in den Palast gekommen, Presseleute aus China, der Sowjetunion, den Vereinigten Staaten, aus Europa und allen Teilen des Landes.

Sie lauschten mit ungewöhnlicher Aufmerksamkeit, und dann geschah etwas, was bei diesen abgebrühten, mit allen Wassern gewaschenen Korrespondenten selten ist: Sie bedachten Mountbattens Ausführungen mit langanhaltendem Beifall.

Als das Kreuzfeuer der Fragen allmählich nachließ, erkundigte sich ein indischer Journalist: „Wenn alle der Meinung sind, daß die Zeit für die Machtübernahme drängt, dann haben Sie doch sicher auch schon an einen Termin gedacht, Sir?"

„Gewiß", sagte Mountbatten.

„Und wenn Sie einen Termin haben, wie lautet der?“

Mountbatten gestand später, daß er bis zu dieser Minute noch keinen Tag ausgewählt hatte. Er wußte nur, daß er das Parlament dazu bringen mußte, die Vorlage noch vor der Sommerpause zu verabschieden, wenn nicht alles in Frage gestellt werden sollte. Er blickte auf die Gesichter im Saal. Alle warteten auf seine Antwort. Es war plötzlich so still, daß das leise Surren des Ventilators unter der Decke zu hören war.

„Die Übertragung der endgültigen Macht in indische Hände wird am 15. August 1947 stattfinden.“

Der Termin, der mit niemandem abgesprochen war, wurde eine Weltsensation. Genau dreiundsiebzig Tage blieben den Beteiligten, um die Trennung und Übergabe durchzuführen. Mountbatten ließ einen Abreißkalender drucken, der in alle Amtszimmer in Delhi gehängt wurde. In ihm standen in großen Zahlen die Tage, die noch bis zum 15. August verblieben.

Zwei Beamte, ein Hindu und ein Moslem, trugen die letzte Verantwortung. Ihnen unterstanden noch einmal hundert Beamte, die sich mit den Einzelheiten abplagen mußten. Alles wurde geteilt, Gamaschen, Turbane, Gewehre, Schlagstöcke, Bücherbestände, Schreibmaschinen, Stühle, Sessel, Hutständer, Musikinstrumente. Erbittert stritt man sich um das Geschirr, das Tafelsilber und die Gemälde in den staatlichen Palästen. Die Weinkeller fielen dem hindustanischen Indien zu; die Moslems erhielten dafür eine Gutschrift. Zu heftigen Streitigkeiten kam es, als es um die Bücherbestände in den öffentlichen Bibliotheken ging. Die Ausgaben der „Encyclopaedia Britannica“ ließen sich noch gerecht verteilen: der eine Band für das eine Land, der nächste für das andere. Wörterbücher riß man in der Mitte auseinander. A bis K fiel Indien zu, der Rest ging nach Pakistan.

Letzte Urteile traf der Entscheidungsrat, dem der Vizekönig vorstand. Die erbittertsten Auseinandersetzungen gab es um das Geld. Da war die Staatsschuld von fünf Milliarden Dollar, da waren die Bargeldbestände der Staatsbanken, die Goldbestände in den Betongewölben der Bank of India – alles bis zum letzten schmutzigen Rupienschein und den Briefmarken in der Schublade des Regierungsbeauftragten an der chinesischen Grenze mußte geteilt werden.

Die Probleme häuften sich und erwiesen sich als derart heikel, daß sie erst gelöst werden konnten, als man die beiden höchsten Beamten, den Hindu und den Moslem, in ein Zimmer einschloß und ihnen verhieß, daß sie erst wieder den freien Himmel sehen würden, wenn sie sich zu einer Einigung durchgerungen hätten. Dort feilschten die beiden wie zwei Teppichhändler im Basar von Bombay – und verständigten sich schließlich.

Selbstverständlich forderte die Kongreßpartei den Namen „Indien" für sich. Sie lehnte es ab, das neue Dominion „Hindustan" zu nennen, nur weil Pakistan aus dem gemeinsamen Bund ausgeschieden sei. Zum weiteren Streitpunkt wurde die Frage, welches Symbol sich der neue Staat geben sollte. Viele in der Kongreßpartei wandten sich dagegen, daß „Gandhis Spielzeug", das Spinnrad, im Zentrum der künftigen Nationalflagge stehen sollte. Für sie war es nichts weiter als ein Symbol der indischen Vergangenheit. Auf ihr Verlangen wurde der Ehrenplatz auf der Nationalflagge einem anderen Rad zugeteilt, das die Erobererkrieger Aschokas auf ihren Schilden geführt hatten. Eingerahmt von zwei Löwen, die Mut und Kraft symbolisierten, wurde das Rad der kosmischen Ordnung zum Wahrzeichen Indiens.

Gandhi war tief enttäuscht, als er von dem Beschluß erfuhr. „Welchen künstlerischen Wert der Entwurf auch haben mag", schrieb er, „ich werde mich weigern, eine Fahne zu grüßen, die ein solches Symbol hat."

Diese Enttäuschung war nur der Beginn all der Kümmernisse, die den alten Mann in dem neuen Staat erwarteten, für den er so viel getan hatte. Für die Politiker der Kongreßpartei waren seine Ideale die Hirngespinste eines verschrobenen Sonderlings, die niemand ernst nehmen konnte. Sie meinten, die Zukunft Indiens hänge von der Fähigkeit ab, die industrielle und technokratische Gesellschaft des Westens rasch einzuholen. Gandhi war anderer Meinung. Er empfahl seinen Landsleuten, alles zu vergessen, was sie in den letzten fünfzig Jahren gelernt hatten. Die Wissenschaft solle nicht über menschliche Werte und die Technik nicht über die Gesellschaft bestimmen. Zivilisation habe ihren Sinn nicht in der endlosen Vermehrung menschlicher Bedürfnisse, sondern in der bewußten Beschränkung auf wesentliche Dinge, die gerecht verteilt werden müßten. Er wollte jedes der fünfhunderttausend Dörfer zu einer unabhängigen Einheit machen, die imstande wäre, ihre eigene Nahrung und Kleidung herzustellen, die Jugend zu erziehen, die Kranken und Alten zu pflegen. Alle Textilfabriken sollten geschlossen und durch das Spinnrad ersetzt werden. Das würde den Arbeitslosen zu Arbeit verhelfen und sie in den Dörfern halten. Ein Alptraum war für ihn eine von Maschinen beherrschte Industriegesellschaft, die die Menschen in die Slums der Großstädte trieb, ihre alten Bindungen zerstörte und sie einem namenlosen Elend auslieferte.

Nun, da der Unabhängigkeitstag näher rückte, bereitete Gandhi mit seinen Ideen und Vorschlägen peinliche Verlegenheit. Nehru wie auch Patel waren glühende Bewunderer der Industrie und Technik. Zu ihrem Kummer ließ es sich Gandhi jedoch nicht nehmen, seine Vorschläge vom einfachen Leben vorzutragen. Jeder Minister, erklärte er, solle nur Baumwollstoff aus heimischen Garnen tragen und in einem Bungalow ohne Dienerschaft leben. Er solle kein Auto besitzen und sich vom Kastensystem lösen. Wenigstens eine Stunde am Tag solle er mit körperlicher Arbeit verbringen, mit dem Anbau von Gemüse oder auch dem Spinnen. Er solle auf ausländische Möbel, Sofas, Tische und Sessel, verzichten und sich ohne Leibwächter frei bewegen. Daneben vergaß er niemals zu erwähnen, daß er fest damit rechne, daß „kein führender Politiker zögern wird, sein Klosett selbst zu reinigen".

Seine Vorschläge, weise und naiv zugleich, zeigen die Schwierigkeiten, die mit seinen Idealen verbunden waren. Sie waren nichts anderes als eine vollkommene Anleitung für unvollkommene Politiker.

Es zeigte sich auch, daß Gandhi als einziger der führenden Politiker das Ausmaß der Gewalttätigkeiten richtig vorausgesehen hatte. Weder Jinnah noch Nehru, noch Mountbatten hatten die Erschütterungen für möglich gehalten, die Indien nun heimsuchten. Gerade diese Fehleinschätzung verblüffte später die Historiker und machte die Politiker zum Ziel massiver Kritik. Alle außer Gandhi hatten geglaubt, daß die Teilung des Landes die Leidenschaften abkühlen werde.

Es begann im Pandschab. Weder Straßen noch Bahnverbindungen waren mehr sicher. Horden von Sikhs durchstreiften die einstmals bestverwaltete Provinz und fielen über Moslemdörfer und Moslemviertel in den Städten her. So chaotisch wütete der Mob in Lahore, daß es einem englischen Polizeibeamten vorkam „wie eine Stadt, die Selbstmord begeht". Ein anderer englischer Augenzeuge berichtete: Als er durch die Basare von Lahore ritt, sei der Horizont von Bränden gerötet gewesen. Die verängstigten Moslems hatten sich auf die Dächer geflüchtet und riefen einander durch die Nacht ihre Warnungen zu. Wie die Schreie von Schakalen hörten sich die Stimmen der Menschen in der Dunkelheit an.

Schlimmer noch war es in Amritsar. Die Hindus hatten den Brauch entwickelt, auf einen arglosen Moslem zuzugehen und ihm Salpeter- oder Schwefelsäure ins Gesicht zu schütten. Grausamkeiten an Frauen und Kindern waren an der Tagesordnung. Hinzu kamen Brandstiftung und Plünderung.

Doch der Alptraum für Mountbatten und die indischen Politiker war Kalkutta. Noch war es in der Millionenstadt ruhig. Aber wenn erst einmal in den Slums und Basaren der Aufruhr losbrechen sollte, würde nicht einmal das Militär etwas ausrichten können. Hier brauchte man andere Maßnahmen. In dieser Situation erinnerten sich die Kongreßführer wieder an Gandhi, und Mountbatten lud ihn in den vizeköniglichen Palast.

Schweigend hörte sich Gandhi den Bericht an.

„Ja, mein Freund", sagte er schließlich, „das ist die Frucht Ihres Teilungsplans."

„Das mag stimmen", räumte der Vizekönig ein. „Aber

weder Sie noch ein anderer konnten eine Alternativlösung vorschlagen. Was blieb mir also übrig? Doch kommen wir zu Kalkutta. Hier brauchen wir eine andere Taktik. Und ich dachte an Sie. Gehen Sie in die Stadt. Wenn es einem gelingt, den Frieden zwischen Moslems und Hindus aufrechtzuerhalten, dann sind Sie es."

Gandhi zögerte. Er hatte bereits beschlossen, den Tag der Unabhängigkeit bei der verängstigten Minderheit der Hindus in Noakhali zu verbringen.

Doch dann drängte ihn auch der Moslemführer Suhrawardy. Gandhi schätzte ihn nicht. Er entsprach dem machtbesessenen, käuflichen Politikertyp, für den er nur Verachtung empfand. Suhrawardy hielt sich eine Schlägertruppe, die er mit öffentlichen Geldern bezahlte und gegen politische Gegner einsetzte. Sein riesiges Vermögen stammte aus dem Zweiten Weltkrieg. Während der großen Hungersnot hatte er mit Hilfe seiner kleinen Privatarmee tonnenweise Lebensmitteltransporte abgefangen und die Beute auf dem schwarzen Markt verkauft, was ihm Millionen einbrachte.

Nun war er, begleitet von seinen Leibwächtern, gekommen, um Gandhi zu bitten, mit ihm nach Kalkutta zu fahren.

„Bitte vergessen Sie nicht", sagte er, „daß die Moslems genausoviel Anspruch auf Ihre Hilfe haben wie die Hindus. Sie haben doch immer betont, daß Sie uns nicht weniger als den Hindus gehören."

Der Greis wußte, daß Suhrawardy am „Tag der direkten Aktion" in Kalkutta die Greuel für Jinnah ins Werk gesetzt hatte und nun die Rache der Hindus fürchtete. Doch Gandhi spürte auch, daß sich der Gouverneur diesmal wirklich um seine mohammedanischen Glaubensgenossen sorgte.

„Wenn ich nach Kalkutta gehe, dann nur unter zwei Bedingungen", antwortete er. „Erstens müssen Sie den Moslems in Noakhali eine feierliche Sicherheitsgarantie für die unter ihnen lebenden Hindus abringen. Wenn auch nur ein einziger Hindu getötet wird, bleibt mir nichts anderes übrig, als bis zu meinem Tode zu fasten."

Der Gouverneur begriff, daß Gandhi ihm damit die Verantwortung für sein Leben zuschob. Als er die verlangte Zusage gab, sprach Gandhi über den zweiten Punkt ihres Geschäfts. Er schlug ein Bündnis vor, wie es sich unter so ungleichen Partnern kaum denken ließ. Er werde in Kalkutta bleiben, vorausgesetzt, daß der Gouverneur Tag und Nacht unbewaffnet und ohne Leibwächter in einer der Hütten in den Slums von Kalkutta an seiner Seite verbringe. Dort würden sie gemeinsam ihr Leben für die Ruhe in der Stadt verpfänden.

Sechsunddreißig Stunden vor dem Unabhängigkeitstag verließ Gandhi die Kokospalmenhaine des Ashrams und traf am Nachmittag des 13. August in einem alten Vorkriegs-Chevrolet in Kalkutta ein.

In der Stadt lebten drei Millionen Menschen, die meisten mit chronischer Unterernährung. Die Elendsviertel waren Brutstätten der Gewalt. Hier wurde für eine Handvoll Reis gemordet. Die Gassen waren ein Inferno des Gestanks: enge, vollgestopfte Schluchten mit offenen Abflußrinnen, überquellend von Unrat und Exkrementen, die Millionen von Ratten und Kakerlaken und Myriaden von Fliegen und Moskitos als Nahrung dienten.

Während das Land sich anschickte, die langersehnte Freiheit zu feiern, standen sich die Schlägergangs beider Lager, bewaffnet mit Messern, Pistolen, Keulen und sogenannten Tigerklauen*, voller Argwohn und Mordlust gegenüber, jederzeit bereit, sich mit einer Orgie des Gemetzels und der Verwüstung für ihr trostloses Dasein zu entschädigen.

Im Schrittempo kroch das Auto die Beliaghata Road entlang, auf die Mauer zu, die die Hausnummer 151 trug. Dahinter ragte ein verfallenes Gebäude mit Säulen und Balustraden auf. Der Eigentümer, ein Moslem, hatte das Haus schon vor langer Zeit den Ratten und Mäusen überlassen, die jetzt in den Räumen und Gängen ihre übermütigen Spiele trieben. Man hatte das Gebäude ausgefegt. Die schwärzlichen Haufen von Kot waren auf den mit Chlorkalk bestreuten Boden gekehrt

*Tigerklauen: spitze Hakeneisen.

worden. Sogar das Klosett, eine Seltenheit für Kalkutta, war repariert. Hier, inmitten von Gestank und Schmutz, wollte Gandhi mit seinen Begleitern den Versuch eines Wunders wagen.

Die Menschen, auf die er einwirken wollte, erwarteten ihn bereits – eine gestikulierende, aufgebrachte Menge in Lumpen oder Dhotis. Alle waren Hindus, und viele von ihnen hatten mit ansehen müssen, wie am „Tag der direkten Aktion" ihre Frauen, Schwestern und Töchter vergewaltigt wurden.

Als der Chevrolet auf den Hof fuhr, begannen sie zu schreien. Zum erstenmal waren es keine Jubelrufe, die Gandhi entgegenschallten, sondern Flüche und Verwünschungen.

„Geh und rette die Hindus von Noakhali!" schrien sie durcheinander. „Rette die Hindus, nicht die Moslems! Hinduverräter!"

Als der Wagen schließlich hielt, bewarf die Menge das Auto mit Steinen, Flaschen und Exkrementen. Allein, ohne Schutz, stieg Gandhi aus und ging den Menschen entgegen.

„Ihr mögt mich nicht. Ich sehe, ihr verachtet mich", rief er. „Darum komme ich zu euch."

Die ruhige Gelassenheit, die er ausstrahlte, machte die Menschen unsicher. Die Verwünschungen wurden spärlicher.

Langsam schritt er auf die Demonstranten zu. „Ich bin nach Kalkutta gekommen, um den Moslems ebenso zu dienen wie euch", sagte er. „Wenn ihr es für richtig haltet, dann fallt über mich her. Ich bin fast am Ende meines Lebens und habe nur noch eine kurze Strecke vor mir. Aber wenn ihr den Verstand verliert, dann will ich es lebend nicht mehr mit ansehen."

Wenige Schritte vor ihnen blieb er stehen. Sein Kommen rette die Hindus von Noakhali, erklärte er. Die Moslemführer, die daran schuld seien, daß so viel Blut geflossen sei, hätten ihm ihr Wort gegeben, daß am 15. August keinem Hindu in Noakhali ein Leid geschehe. Sie alle wüßten, er würde zu Tode fasten, falls sie ihr Versprechen nicht einhielten.

„Als Gegenleistung für diese Zusage bin ich nach Kalkutta gekommen", fuhr er fort. „So wie ich den Moslemführern in Noakhali die Verantwortung für die Sicherheit der Hindus übertragen habe, so will ich die Moslems in dieser Stadt unter euren Schutz stellen." Dahinter stand unausgesprochen, daß Kalkuttas Hindus, wenn sie nicht auf ihn hörten und ein Morden entfachten, für seinen Tod verantwortlich seien. Kern seiner gewaltlosen Strategie war ein Vertrag zwischen den feindlichen Parteien mit seinem Leben als Unterpfand. „Wie kann ich, der ich ein Hindu bin und als Hindu denke, ein Feind der Hindus sein!" rief er.

Und seine Worte zeigten Wirkung. Die Menge beruhigte sich, vor allem auch, weil er versprach, sich mit einer Abordnung von ihnen zu unterhalten.

Doch dann war plötzlich wieder alles gefährdet, als der Gouverneur eintraf. Brüllend und johlend umdrängten die Hindus das Auto. Suhrawardy betrat das Haus, und zur gleichen Zeit durchschlug ein Stein eine der wenigen heil gebliebenen Fensterscheiben. Die Splitter fielen klirrend in das Zimmer, in dem Gandhi saß. Es folgte ein wahres Trommelfeuer. Wie riesige Sprengsplitter prasselten die Steine gegen die Hausmauern.

Äußerlich unbewegt hockte Gandhi auf dem Fußboden und beantwortete seine Post. Niemand sah, wie sehr ihn das Geschehen erschütterte. Wenige Stunden bevor Indien seine Freiheit erhielt, hatten sich auch die eigenen Glaubensgenossen gegen ihn gewandt.

Den ganzen nächsten Tag über empfing er Abordnungen von Hindus und erläuterte ihnen seinen „Gewaltverzichtsvertrag". „Von morgen an", so schloß er regelmäßig, „werden wir von der englischen Gewaltherrschaft befreit sein. Aber von Mitternacht an wird Indien ein geteiltes Land sein. Morgen wird für uns alle ein Tag der Freude, aber auch ein Tag der Trauer sein. Die Unabhängigkeit legt uns allen eine schwere Bürde auf. Wenn Kalkutta zu Vernunft und Brüderlichkeit zurückfindet, dann wird vielleicht ganz Indien gerettet werden. Doch wenn die Flammen des Hasses erst über uns zusammenschlagen, wie wollen wir dann unsere neu errungene Freiheit bewahren?"

Zum Schluß forderte er seine Anhänger auf, den Tag „mit Fasten und im Gebet für die Rettung ganz Indiens zu begehen".

## *Um Mitternacht die Unabhängigkeit*

Am 14. August 1947 verkündete Mohammed Ali Jinnah in Karatschi die Geburt des Staates Pakistan.

In Delhi wartete man mit der Unabhängigkeitserklärung bis Mitternacht. Nach dem zwölften Schlag der Uhr auf dem Parlamentsgebäude ertönte ein urtümliches Signal: Der klagende Laut aus einem Schneckenmuschelhorn verkündete die Geburt eines neuen Staates.

Nehru rief über den Rundfunk seine Zuhörer auf, sie sollten sich erheben und zum Dienst an Indien verpflichten. „Eine Stunde ist da, wie sie nur selten in der Geschichte kommt. Wir schreiten aus dem Alten ins Neue. Ein Zeitalter geht zu Ende. Im Morgendämmer der Geschichte begann Indien einst seine Suche nach der eigenen Seele, und die spurlos dahingegangenen Jahrhunderte sind erfüllt von seinem Streben danach, von der Größe seiner Erfolge wie auch von den Fehlschlägen. Heute geht für uns eine glücklose Periode zu Ende. Indien entdeckt sich wieder."

Überall in dem riesigen Land fanden die Laute der Schnekkenmuschel ihr Echo in den Begeisterungsschreien der Menschen. Ein vierundzwanzigstündiges Fest begann. In Madras, Bangalore, in Patna, dazu in Hunderten anderer Städte und in Zehntausenden von Dörfern gingen die Menschen um Mitternacht in die Tempel und streuten für die Götter Rosenblätter aus.

Delhi feierte mit Festbeleuchtung. Die Stadt erstrahlte im Lichterglanz. Die Gassen und Gäßchen der Altstadt waren mit grünen, safrangelben und weißen Lämpchen geschmückt. Die Tempel, die Moscheen und die Guruwaras der Sikhs zierten Girlanden von Glühbirnen. Der Straßenkehrerkolonie, in der Gandhi so oft sein Quartier genommen hatte, waren von der Stadtverwaltung Kerzen und Öllampen zum Geschenk gemacht worden, die nun in den dunklen Hütten flackerten.

Doch nicht alle hatten Grund zum Jubel. Vielen Indern beider Religionen brachte diese Nacht auch Schrecken, Entsetzen und Tod. In Quetta, einer Stadt in Belutschistan, lagen die grausam verstümmelten Leichen von Hindus in den brennenden Trümmern, daneben ebenso bestialisch zugerichtete Leichname von Moslemfamilien, die den Hindus Unterschlupf gewährt hatten.

Auch Lahore wurde zu einer Stätte der Verwüstung. Fast hunderttausend Menschen, die sich vor den Moslembanden in die Altstadt geflüchtet hatten, saßen zwischen den Mauern in der Falle. Die Wasserzufuhr war abgeschnitten, Feuer wüteten ringsum, und Moslemtrupps brachten jeden um, der sich ins Freie wagte. Genauso war das Viertel der Sikhs in Brand gesteckt worden, und der Mob brüllte vor höhnischem Gelächter über die Jammerrufe der Eingeschlossenen, die bei lebendigem Leib in ihren Häusern verbrannten.

In Kalkutta jedoch, wo man eine Orgie der Gewalt befürchtet hatte, trat das Gegenteil ein. Schon am Vorabend war ein Zug Hindus und Moslems durch die Stadt zu Gandhis Quartier gekommen. Unter dem Eindruck dieser Demonstration vollzog sich eine Art Verbrüderung. Gemeinsam hißten die verfeindeten Glaubensgruppen die indische Fahne an Balkonen und Laternenpfählen. Scheichs öffneten ihre Moscheen für die Anbeter der Göttin Kali, und diese wiederum luden Moslems ein, in ihren Tempeln die Statue der grausamen Göttin der Vernichtung anzuschauen. Männer, die noch Stunden vorher bereit gewesen waren, einander hinzumetzeln, schüttelten sich die Hände. Frauen und Kinder schenkten den Angehörigen der anderen Glaubensgemeinschaft Süßigkeiten. An diesem Abend wurde Kalkutta zu einer Oase des Friedens.

Am nächsten Mittag strömten dann dreißigtausend Menschen, dreimal so viele wie am Tage vorher, unter dem Blöken der Schneckenhornmuscheln durch die Beliaghata Road zu Gandhis Gebetsversammlung. Der Mahatma sprach von einer Holzplattform aus, die man in Eile auf dem Hof vor dem Haus errichtet hatte. Er beglückwünschte die Menschen zu ihrem vorbildlichen Verhalten. Danach sprach der islamische Gouverneur, sichtlich mitgenommen durch die Strapazen und den ungewohnten Fastentag. Er forderte die Moslems und Hindus auf, mit ihm in den Ruf „Jai Hind!“ (Sieg für Indien) einzustimmen. Als er Indien hochleben ließ, brach ein Schrei wie der Donner eines Monsungewitters aus dreißigtausend Kehlen.

Nach der Versammlung fuhren die beiden Männer in Gandhis Chevrolet durch die Straßen. Wohin sie auch kamen, hießen die Menschen sie willkommen, und viele überschütteten sie mit Rosenwasser.

„Mahatmaji, du hast uns gerettet!“ riefen Moslems wie Hindus.

Doch Gandhi war nicht glücklich. Zwar war der Tag gekommen, der dem Volk die politische Freiheit brachte, und eigentlich hätte er die Krönung seines lebenslangen Ringens sein sollen, der große Triumph einer Bewegung, welche die Bewunderung der Welt erregte und den Lauf der Geschichte verändert hatte. Doch der alte Mann verspürte keine echte Freude. Auch die Begeisterung, die man ihm in Kalkutta entgegenbrachte, vermochte ihn nicht umzustimmen. Er war nach wie vor davon überzeugt, daß die Teilung eine Tragödie nach sich ziehen mußte und zu einem entsetzlichen Ende führen würde.

Seine Ahnungen sollten sich rasch bestätigen.

In den Grenzregionen zwischen Pakistan und Indien begann die größte Völkerwanderung der Neuzeit. Schon in den nächsten Tagen stolperten Zehntausende von Flüchtlingen auf den Kanaldämmen des Pandschab dahin, auf den Staubstraßen und Wegen durch die nicht abgeernteten Felder.

Es hatte sich herausgestellt, daß Dörfer, deren mohammedanische Bewohner noch Stunden zuvor über die Gründung Pakistans gejubelt hatten, unerwarteterweise auf indischem Boden lagen. In anderen hatten eben noch Sikhs den Anschluß an Indien gefeiert, jetzt mußten sie bereits über die Felder fliehen, die sie seit Jahrhunderten bebaut hatten, der neuen Grenze entgegen, um ihr nacktes Leben zu retten, denn die Region war an Pakistan gefallen.

Sir Cyril Radcliffe, der eigens von London nach Delhi geschickt worden war, um die Grenze festzulegen, hatte keines der Gebiete, über die er entschied, auch nur einmal sehen können. Mountbatten hatte ihm die Weisung erteilt, er solle bei der Festlegung der Grenzen „die aneinanderstoßenden Gebiete nach Moslems und Nichtmoslems trennen". Außerdem habe er auch „andere Faktoren zu berücksichtigen". Niemand aber hatte ihm dargelegt, welcher Art diese „anderen Faktoren" seien oder welches Gewicht er ihnen beizumessen habe. Dann hatte er hören müssen, daß er für seine Entscheidungen lediglich bis zum 15. August Zeit habe, was ihm nur eine Frist von wenigen Wochen ließ.

Radcliffe, ein erfahrener Jurist, hatte schließlich, eigentlich gegen Mountbattens Wunsch, Nehru und Jinnah aufgesucht. Dabei legte er beiden Politikern die gleiche Frage vor: „Ist es absolut notwendig, bis zum 15. August die endgültige Grenzziehung vorzunehmen, gleichgültig wie mangelhaft sie in der Kürze auch sein wird?"

Beide hatten mit Nachdruck bejaht.

Radcliffe hatte sich dann an die Arbeit gemacht. Mit wenigen Ausnahmen liefen die Grenzen im Pandschab und auch in Bengalen gemäß der Religionszugehörigkeit. Das Ergebnis war denn auch an sich brauchbar, aber in den Einzelheiten eine Katastrophe.

Tausende von Dörfern wurden durch die neue Grenze zerschnitten. Sie lief durch Gärten, Höfe und Häuser mit dem Ergebnis, daß die Haustür nach Indien und die Hinterfenster nach Pakistan wiesen. In manchen Fällen kam das Staubecken eines Bewässerungssystems zu Indien, während die Kanalböschung an Pakistan fiel.

Die neue Grenze durch Bengalen mußte für beide Teile zum wirtschaftlichen Ruin führen. 85 Prozent der Weltproduktion an Jute kam aus dem Gebiet, das an Pakistan gefallen war. Aber alle Fabriken, die den Rohstoff verarbeiteten, insgesamt mehr als hundert, dazu der Hafen Kalkutta, über den die Bastfaser verschifft wurde, gehörten Indien.

Die Grenze durch den Pandschab zerschnitt das Siedlungsgebiet der Sikhs in zwei Teile. Lahore fiel an Pakistan, Amritsar mit seinem Goldenen Tempel kam zu Indien. Bald lagen weite Stadtviertel Amritsars in Schutt und Asche. Die Sikhs hatten die Wohngebiete der Moslems überfallen und zerstört. Geier hielten auf den Ruinen die Totenwache. In einer Textilfabrik fielen die Moslems über die Sikhs her. Jahrelang hatten sie mit ihnen an den gleichen Webstühlen gearbeitet, jeder gleich schlecht bezahlt. Alle Sikhs wurden getötet.

In Simla bot sich der Frau des britischen Pressesprechers von der Terrasse des Hotels aus ein furchterregendes Bild. Sikhs auf Fahrrädern, die ihre Messer schwangen, jagten wie auf der Fuchshatz fliehende Moslems durch die Straße. Sie fuhren an ihre zu Tode erschrockenen Opfer von hinten heran und schlugen ihnen mit einem einzigen Hieb den Kopf ab. Die Frau sah, wie der Kopf eines der Moslems, auf dem noch der Fes saß, über die Straße rollte, während der Mörder schon seinem nächsten Opfer nachsetzte, das blutige Messer schwang und schrie: „Ich kriege noch mehr! Ich bringe sie alle um."

Ein Mann, der in diesen Wochen einem anderen zum Henker wurde, konnte ebenso ein Freund wie ein Fremder sein.

Seit einem halben Menschenalter hatte ein Sikh, der Teehändler war, im Basar seinem Nachbarn, einem moslemischen Kürschner, Tag für Tag eine Kanne Tee verkauft. Er war gerade wieder dabei, ihm den Tee auf das halbhohe Tischchen zu stellen, als der moslemische Kürschner schrie: „Bringt ihn um, den Hund!"

Mehrere Moslems stürzten aus dem Hintergrund heran, schlugen dem Teehändler ein Bein ab, töteten den neunzigjährigen Vater und den einzigen Sohn. Das letzte, was der Sikh sah, ehe er das Bewußtsein verlor, war seine schreiende Tochter, die der Kürschner auf der Schulter davonschleppte.

Keine religiöse Gruppe stand in ihrem Fanatismus der anderen nach.

Ahmed Zarulla, ein Moslem, lebte als Pächter in einem kleinen Dorf in der Nähe von Ferozepore, das von den Sikhs überfallen wurde. „Wir wußten, daß sie uns wie Ratten totschlagen würden", berichtete er später. „Wir versteckten uns unter den Bettgestellen und im Hof hinter dem Misthaufen. Mit Beilen schlugen die Sikhs die Tür ein. Eine Kugel traf mich in den linken Arm. Während ich mich zu wehren suchte, wurde meine Frau mehrmals getroffen. Aus dem einen Bein und dem Rücken strömte ihr das Blut. Meinen Sohn, der erst drei Jahre alt war, trafen sie in den Unterleib. Er hat nicht geschrien, er ist einfach umgefallen. Ich zog meine Frau und meinen zweiten Sohn an mich. Die Sikhs stürzten heran und rissen mir meine tote Frau aus den Armen. Sie töteten auch meinen zweiten Sohn und ließen mich auf der Straße liegen. Ich sah, wie die Sikhs Moslems niederschossen, die aus den Nachbarhäusern kamen. Manche machten Jagd auf Mädchen und schleppten sie davon. Ich hatte keine Kraft mehr zu weinen, keine Träne mehr. Ich brach ohnmächtig zusammen."

In einem kleinen Handelsort nördlich von Lahore wurden alle Sikhs und Hindus in eine Lagerhalle getrieben und von mohammedanischen Polizisten mit Maschinengewehren niedergeschossen. Niemand überlebte das Massaker.

In einigen Moslemgebieten stellte man die Hindus vor die Wahl, entweder zum Islam überzutreten oder alles zu verlieren und davongejagt zu werden.

Ein hinduistischer Bauer aus einem Dorf westlich von Lyallpur wurde mit dreihundert anderen Hindus zu einer Moschee im Nachbarort getrieben, die neben einem Weiher stand. Sie mußten sich in dem Teich die Füße waschen; anschließend führte man sie in die Moschee. Dort verlangte man von ihnen, sich nach Art der Moslems mit gekreuzten Beinen auf den Boden zu setzen. Man las ihnen Suren aus dem Koran vor und stellte sie vor die Wahl: „Entweder ihr tretet zum Islam über, oder ihr werdet getötet."

„Wir gaben nach", erzählte der Bauer später. „Jeder Bekehrte erhielt einen moslemischen Namen und mußte einen Vers aus dem Koran aufsagen. Dann trieb man uns auf den Hof, wo eine Kuh an einem Bratspieß hing. Jeder mußte ein Stück Fleisch essen."

Der Nachbar des Bauern war ein Brahmane. Er bat um die Erlaubnis, mit seiner Frau und den Kindern zu seinem Haus gehen zu dürfen, um wegen der Bedeutung der Stunde seine Hochzeitsteller und die Brautbestecke zu holen. Geschmeichelt ließen ihn die Moslems gehen. Der Brahmane hatte in seinem Haus ein Messer versteckt. Er suchte es, dann tötete er seine Frau, die drei Kinder und zuletzt sich selbst. Keiner kehrte zurück, um von dem Fleisch zu essen.

Hinter den Angriffen standen jedoch nicht nur religiöse Motive. Sehr oft war es auch schlichte Habgier, der Versuch, sich das Geschäft oder die Felder des Nachbarn anzueignen. So wurden Läden, Marktbuden, Hütten und Häuser geplündert. Man brach in Fabriken ein, durchsuchte Bahnhöfe, Tempel und Moscheen. Es war der jähe Zusammenbruch einer Gesellschaft.

Menschen, deren Familien seit Generationen friedlich nebeneinandergelebt hatten, stürzten sich jetzt voller Haß und Habgier aufeinander. Eine Tat löste die andere aus, jede Grausamkeit diente zur Begründung für eine andere.

Die Erinnerung an diese schrecklichen Geschehnisse hinterließ in Millionen Menschen lebenslange Narben. In manchen Gegenden gab es keine Familie, die bei diesen Schlächtereien nicht einen Angehörigen verloren hatte.

In ihrer Todesangst setzten immer mehr Menschen ihre letzte Hoffnung auf die Eisenbahn. Die Wagen wurden aber auch für Zehntausende zu rollenden Särgen. Wenn eine Lokomotive in einen Bahnhof einfuhr, kam es zu immer gleichen Schreckensszenen. Der Zug rollte durch das Gewühl der Menschen und zerquetschte die Unglücklichen, die von den Nachdrängenden auf die Gleise gestoßen worden waren. Oft warteten die Menschen tagelang, viele ohne Nahrung und Wasser, unter der stechenden Sommersonne, die kein Monsunregen milderte.

Weinend und schreiend stürmte die Menge nun zu den Wagen, suchte nach Türen und Fenstern. Die Menschen preßten sich mit ihren wenigen Habseligkeiten in die Abteile. Andere kämpften um einen Platz auf den Trittbrettern, auf den

Wagenkupplungen. Hunderte, die nirgendwo sonst unterkamen, kletterten auf die gewölbten Dächer und klammerten sich an dem erhitzten Metall fest.

Als immer mehr Menschen die Eisenbahnen als Fluchtmittel benutzten, wurden die Züge zu Hauptangriffszielen der mordgierigen Banden. Um sie zum Stehen zu bringen, riß man die Schienen auf. Die Anführer schleusten ihre Komplizen in die Abteile ein, die dann die Notbremse zogen und die Züge an vorher abgemachten Orten zum Halten brachten. Lokomotivführer wurden bestochen oder eingeschüchtert, damit sie die Flüchtlinge in einen Hinterhalt fuhren.

Moslems, Sikhs und Hindus standen einander nicht nach. In Indien suchten Hindus und Sikhs die überfüllten Abteile ab und metzelten jeden Beschnittenen nieder. In Pakistan stürmten Moslems durch die Züge und töteten alle die, die nicht beschnitten waren.

Manchmal traf über Wochen kein Zug an seinem Zielort ein, der nicht Tote oder Verletzte brachte. Keine Strecke war vor Überfällen sicher. Auch die Züge, denen man eine militärische Bewachung mitgab, boten keine größere Sicherheit für die Fahrgäste, wenn die Soldaten der gleichen Religionsgemeinschaft wie die Angreifer angehörten.

Ashwini Dubey, Oberst der indischen Armee, berichtete: Als ein Zug in Amritsar einlief, rann das Blut unter den Türen der Abteile heraus und tropfte „wie Wasser, das an einem heißen Tag aus dem Kühlschrank rinnt", auf die Schienen.

Eine Fotografin der Illustrierten „Life" sah auf dem Bahnhof von Amritsar eine Gruppe Sikhs. „Mit ihren langen Bärten und den hellblauen Turbanen saßen sie entlang des Bahnsteigs. Jeder hatte einen Säbel über den Knien, während sie gelassen auf den nächsten Zug warteten."

Ahmed Zahur, einem Eisenbahnarbeiter, fiel auf, daß sein Zug hundert Kilometer vor der pakistanischen Grenze langsamer und immer langsamer fuhr. Er bahnte sich einen Weg zum Lokomotivführer und sah, wie zwei Sikhs dem Mann, einem Hindu, ein Bündel Rupienscheine als Bestechungssumme in die Hand drückten.

Entsetzt machte sich Zahur auf den Rückweg, um dem englischen Leutnant, der die Wachmannschaft befehligte, zu melden, was er beobachtet hatte.

Wie Banditen in einem Wildwestfilm sprangen der junge Offizier und zwei seiner Soldaten von Waggondach zu Waggondach und schlüpften in das Führerhaus der Lokomotive. Mit gezogenem Revolver befahl der Leutnant dem Lokomotivführer, die Geschwindigkeit des Zuges wieder zu erhöhen. Der Mann antwortete, indem er die Bremse zog. Der Offizier schlug ihn mit dem Revolvergriff bewußtlos. Während die beiden Soldaten den Lokomotivführer fesselten, übernahm der Engländer den Zug.

Die Lokomotivpfeife heulte plötzlich auf, und der Zug raste mit hundert Stundenkilometern durch den Grenzbahnhof, vorbei an einer Schar verblüffter Sikhs, die hier mit langen Messern und Schwertern gewartet hatten, um die Moslems niederzumachen.

Als der Zug in Pakistan eintraf, hängten die dankbaren moslemischen Fahrgäste dem Engländer eine Girlande um den Hals. Sie bestand jedoch nicht aus den üblichen Jasmin- und Nelkenblüten, sondern aus Banknoten.

Der Zug, der den aufgelösten Haushalt des Vizekönigs von dessen Sommerresidenz Simla nach Delhi bringen sollte, kam im Bahnhof Sonipat zu stehen. Plötzlich ging krachend ein Feuerwerkskörper hoch, und Hunderte von Sikhs stürmten die Abteile, um die moslemischen Diener des Vizekönigs zu töten. Zur gleichen Zeit fielen auch die Hindudiener über ihre moslemischen Kollegen her, mit denen sie zum Teil über zehn und mehr Jahre zusammen gearbeitet hatten, und beteiligten sich an dem Gemetzel.

Sarah Ismay, die Tochter Lord Ismays, und ihr Verlobter, der ein Adjutant Mountbattens war, holten ihre Revolver aus dem Gepäck, um ihren moslemischen Diener zu verteidigen.

Zwei Hindus, die gut Englisch sprachen, rissen die Abteiltür auf und verlangten, nach dem Moslem forschen zu dürfen, der mit dem englischen Paar reise.

„Einen Schritt weiter, und Sie sind ein toter Mann!" rief der Leutnant, und beide richteten ihre Smith & Wesson auf den vordersten Eindringling.

Dieser Diener war der einzige Moslem, der lebend nach Delhi gelangte.

Das Wunder von Kalkutta, wie es viele nannten, hatte sechzehn Tage gedauert. Am 31. August 1947 schwappte die Gewalt auch in diese Stadt.

Eine Gruppe junger Hindufanatiker drang in Gandhis Quartier ein und verlangte den Mahatma zu sehen. Als er zu ihnen sprechen wollte, gingen seine Worte in dem ohrenbetäubenden Lärm unter. Plötzlich rissen sich zwei blutig geschlagene Moslems los und kauerten sich schutzsuchend hinter ihm nieder. Ein Totschläger wirbelte durch die Luft und verfehlte Gandhis Kopf nur um Zentimeter. Die Polizei kam gerade noch rechtzeitig, um weitere Tätlichkeiten zu verhindern.

Die geringe Hoffnung auf Frieden, die sich Gandhi vielleicht noch gemacht hatte, wurde am nächsten Tag endgültig zerstört. Kurz nach Mittag setzte ein Angriff auf die Moslemviertel der Stadt ein. Als er kurz darauf eintraf, war er entsetzt über das kaltblütige Gemetzel, das dort stattgefunden hatte. Die Greuel waren so furchtbar, daß Gandhi alle Nahrung verweigerte. Er setzte eine Erklärung auf, in der er der Bevölkerung mitteilte, er wolle bis zum Tode hungern, um die Stadt zur Vernunft zu bringen.

Der Hungerstreik war schon immer seine wirksamste Waffe gewesen. Sechzehnmal hatte er insgesamt öffentlich gefastet. Zweimal hatte sein Fasten drei Wochen gedauert und ihn an die Schwelle des Todes gebracht. Ein Hungerstreik brauchte jedoch immer gewisse Voraussetzungen, um zu einer wirksamen Waffe zu werden, dessen war er sich sehr wohl bewußt. So hatte er früher seiner Umgebung erklärt, es sei sinnlos, gegen einen Feind zu fasten, mit dessen „Liebe man nicht rechnen könne". Hätten nicht die Briten in Indien geherrscht, sondern Hitler oder Stalin, wäre das Fasten eine stumpfe Waffe gewesen.

Diesmal rieten deshalb alle ab, die Freunde und sogar der bengalische Gouverneur.

„Wie kann man gegen Banditen fasten!" warnte er.

„Ich will die Herzen der Verantwortlichen rühren, die hinter den Banditen stehen", antwortete Gandhi, „nicht die Banditen selber."

„Aber wenn Sie sterben, wird der Brand, den Sie löschen wollen, nur noch schlimmer", wandte der Gouverneur ein.

„Mag sein", gab Gandhi zu. „Aber dann erlebe ich es wenigstens nicht mehr."

Am ersten September teilte er seinen Begleitern mit, sein Hungerstreik beginne noch vor dem Abendessen. „Ich werde entweder mein Ziel erreichen oder sterben. Entweder kehrt wieder Frieden in Kalkutta ein, oder mein Leben geht zu Ende."

Seine körperlichen Kräfte nahmen diesmal rasch ab. Schon am nächsten Tag stellte der Arzt fest, daß das Herz bei jedem vierten Schlag aussetzte. Die Nachricht verbreitete sich innerhalb weniger Stunden in der Stadt, und Tausende von Besuchern drängten herbei und verstopften die Straßen um das Haus.

Während Gandhi auf seiner Matte lag, suchten seine Anhänger Hinduextremisten auf und machten ihnen deutlich, daß Tausende von Hindus in Noakhali ihr Leben nur der Zusage verdankten, die der Mahatma von den Moslemführern dort erhalten habe. Wenn jedoch die Verfolgungen der Moslems in Kalkutta so weitergingen und Gandhi stürbe, dann würden Zehntausende Hindus in Noakhali dafür mit dem Leben bezahlen müssen.

Die Argumente hinterließen einen starken Eindruck. Die Rufe der Menschen nach Frieden und Aussöhnung nahmen zu. Hindu- wie Moslemführer suchten den Greis auf. Ein Moslem warf sich Gandhi zu Füßen und flehte ihn an, das Fasten aufzugeben. „Wenn Ihnen etwas geschieht, sind hier alle Moslems verloren."

Doch keine Bitte konnte den Willen des alten Mannes erschüttern. „Ich werde meinen Hungerstreik nur abbrechen",

flüsterte er, „wenn der Friede zwischen Moslems und Hindus wieder einkehrt."

Zu Beginn des dritten Tages wurde der Kräfteverfall alarmierend. Gandhis Stimme war kaum noch zu vernehmen, sein Puls so schwach, daß der Tod jederzeit eintreten konnte.

Die Nachricht, der Bapu liege im Sterben, verbreitete sich wie ein Lauffeuer in Kalkutta. Furcht und Reue erfaßten Moslems wie Hindus. Gegen Mittag erschienen siebenundzwanzig Hinduextremisten. Mit gesenkten Köpfen baten sie den Mahatma um Vergebung und ersuchten ihn, seinen Hungerstreik abzubrechen. Am Abend kam auch die Schlägertruppe, deren Grausamkeiten ihn so entsetzt hatten. Ihr Sprecher gestand die Verbrechen ein. Er flehte: „Wir sind bereit, jede Strafe anzunehmen, wenn Sie Ihren Hungerstreik abbrechen." Plötzlich entfalteten sie ihre Dhotis. Revolver, Messer, Tigerkrallen und Dolche klirrten zu Boden.

Gandhi war gerührt und flüsterte: „Meine Strafe besteht in der Bitte, daß ihr in die Viertel der Moslems geht und sie vor weiteren Übergriffen schützt."

In diesen Stunden herrschte erstmals wieder Ruhe in Kalkutta. Am späten Abend ratterte ein Lastwagen mit Handgranaten, automatischen Waffen, Dolchen und Messern auf den Hof vor dem Hydari House, in dem Gandhi lag. Die Waffen waren freiwillig von den Banden abgeliefert worden.

Dann erschienen die Sikh-, Hindu- und Moslemführer und unterschrieben eine gemeinsame Erklärung, in der sie dem Mahatma feierlich versicherten: „Wir werden niemals wieder einen Bruderkrieg in der Stadt zulassen und werden bis zu unserem Tode alles daransetzen, ihn zu verhindern."

Am Abend des 4. September beendete Gandhi nach dreiundsiebzig Stunden sein Fasten und trank etwas Orangensaft. Von seiner Matte aus richtete er eine schriftliche Warnung an die Führer der Moslems, Sikhs und Hindus.

„Kalkutta", schrieb er, „ist heute für den Frieden in Indien entscheidend. Ein kleiner Zwischenfall kann unvorhersehbare Folgen haben. Selbst wenn das flache Land in Aufruhr gerät, müßt ihr dafür sorgen, daß Kalkutta ruhig bleibt."

Sein Aufruf wurde befolgt. Im Pandschab, in der nordwestlichen Grenzprovinz, in Delhi, in Karatschi und Lucknow ging das Morden weiter, ja steigerte sich noch. Doch Kalkutta blieb ruhig.

Keine Chronik wird jemals darüber berichten können, wie viele Menschen im Herbst 1947 umkamen. Die Verhältnisse waren derart chaotisch, der Zusammenbruch der Provinzverwaltungen so vollkommen, daß selbst eine Schätzung unmöglich ist. Niemand war mehr in der Lage, die Sterbenden am Straßenrand oder die Leichen in den niedergebrannten Häusern zu erfassen. Genauer ließen sich die Flüchtlinge schätzen. Den ganzen Herbst hindurch bis in den Winter hinein strömten die Menschen in beiden Richtungen über die indisch-pakistanische Grenze, fünfhunderttausend in der einen Woche, siebenhunderttausend in der nächsten, bis schließlich die Zahl von zehneinhalb Millionen erreicht war.

Alles war den Regierungen aus den Händen geschlagen worden. Die Polizei beider Staaten war funktionsunfähig. Die Armeen blieben loyal, aber nur gerade noch.

Am Morgen des 6. September 1947 fand in Mountbattens Arbeitszimmer in Neu-Delhi eine Konferenz statt, die ein Vierteljahrhundert lang zu den bestgehüteten Geheimnissen in der Geschichte Indiens gehörte.

Nehru und Patel hatten den ehemaligen Vizekönig, der gerade in Simla Urlaub machte, dringend nach Neu-Delhi gebeten. Nun saßen sich die drei Männer gegenüber, und Nehru erstattete einen ungeschminkten Bericht über die Lage des Landes. Die Flüchtlingsbewegungen überstiegen alle Vorstellungen, sagte Nehru. Die Situation im Pandschab sei jeder Kontrolle entglitten, und jetzt drohten die Unruhen in Delhi sogar die Hauptstadt in ein Chaos zu stürzen.

„Wir sind machtlos", schloß er. „Wir wissen nicht, was wir noch tun könnten. Außerdem haben wir keine Erfahrung. Die besten Jahre unseres Lebens haben wir in Gefängnissen zugebracht. Wir haben keinerlei Regierungspraxis."

„Sie müssen uns helfen", sagte Patel. „Sie hatten im Krieg

das höchste Kommando in Asien inne. Sie hatten den Befehl über Millionen Männer. Sie sind ein einzigartiger Organisator. Sie besitzen jenes Wissen und die Erfahrung, die uns der Kolonialismus vorenthalten hat. Wir brauchen Sie noch einmal, Sie können nicht einfach nach England zurückkehren, nachdem Sie uns das Land übergeben haben."

„Ja", stimmte Nehru zu. „Er hat recht. Sie müssen das übernehmen."

„Großer Gott", sagte Mountbatten. „Sind Sie sich über die Folgen klar, wenn das an die Öffentlichkeit kommt? Sie beide sind als Politiker erledigt."

„Wir verpflichten uns, alles zu tun, was Sie für notwendig halten. Und wir werden einen Weg finden, das geheimzuhalten", beteuerte Nehru. „Sie müssen Indien diesen letzten Dienst erweisen."

Mountbatten dachte ein paar Sekunden nach. „Einverstanden", sagte er schließlich. „Aber die Sache muß wirklich geheim bleiben. Passen Sie auf, wir werden einen Notstandsausschuß bilden. Sie machen mich zum Vorsitzenden. Mitglieder werden nur die Leute, die ich vorschlage." Er nannte eine Reihe von Namen. „Ich will keinesfalls die ganze Regierung dabeihaben. Einen so schwerfälligen Apparat können wir uns nicht leisten. Ich brauche den Chef des Gesundheitswesens, den Direktor der Eisenbahnen, den Polizeichef, das Rote Kreuz. Heute nachmittag um fünf Uhr ist die erste Sitzung. Dabei sitze ich zwischen Ihnen. Ich werde so tun, als ob wir uns schon besprochen hätten."

Nach den dreißig Jahren des Kampfes um Freiheit, nach den Jahren der Streiks und Massendemonstrationen – und nach kaum drei Wochen Unabhängigkeit übernahm noch einmal ein Brite, einen Augenblick lang, die Führung Indiens. Und die beiden indischen Politiker konnten nur staunen über das Tempo, das Mountbatten vorlegte.

Kaum hatten Nehru und Patel das Arbeitszimmer Mountbattens verlassen, ließ er durch Boten die besten Karten des Pandschab holen und verwandelte den Raum nebenan in ein Karten- und Aufklärungszentrum. Die Flughafenkommandeure erhielten den Befehl, ihre Maschinen von Tagesanbruch bis zur Dunkelheit über der indischen Hälfte der Provinz Aufklärungsflüge durchführen zu lassen. Die Piloten hatten stündlich Berichte über alle Flüchtlingskolonnen durchzugeben – ihre Länge, ihr Marschtempo, die Richtung und die vermutliche Zahl der Menschen.

Auch die Bahnlinien wurden der Luftüberwachung unterstellt. Man errichtete ein Funknetz, das Mountbatten mit den wichtigsten Gebieten des Pandschab verband. Jede Kolonne erhielt auf den Karten im Hauptquartier eine Nadel, die ihren derzeitigen Standort markierte und zeigte, wie langsam die Menschen vorrückten. Gelegentlich warfen die Flugzeuge auch Säcke mit Lebensmitteln ab, was dann jedesmal einen panikartigen Ansturm auslöste, wobei die Alten, Kranken und Kinder leer ausgingen.

Mountbatten setzte Truppen ein, die die Kolonnen begleiteten, um sie vor beutegierigen Mordbanden zu schützen. Sie zogen mit den Sikhs nach Indien und führten auf dem gleichen Weg Moslems nach Pakistan. Aber fast überall auf ihrem Weg bestand die Wahrscheinlichkeit, daß sie überfallen würden. Die Angriffe der Sikhs wurden am meisten gefürchtet. In Gruppen tauchten sie schreiend aus den Zuckerrohr- und Weizenfeldern auf und fielen über die wehrlosen Nachzügler her. Es kam auch vor, daß Flüchtlingskolonnen einander begegneten und in einer letzten Aufwallung von Haß übereinander herfielen.

Mountbattens größte Sorge war indes die Situation in Delhi. „Wenn wir hier die Kontrolle verlieren, geht das ganze Land unter.“ Die Stadt hatte darum bei ihm absoluten Vorrang. Er ließ die Truppen verstärken und stellte seine eigene Leibwache für Sicherheitseinsätze zur Verfügung. Er ließ Zivilfahrzeuge beschlagnahmen, schaffte Sonn- und Feiertage vorübergehend ab und sorgte dafür, daß das Telefonsystem funktionierte.

Bei alldem wußte er, daß es Wochen, vielleicht sogar Monate dauern würde, bis die Maßnahmen im nördlichen Indien griffen und erste Ergebnisse zeigten.

Diese schwere Zeit führte Mountbatten noch näher an die indischen Politiker heran. Nehru traf sich mehrmals am Tage mit dem ehemaligen Vizekönig, weniger, weil die Aufgaben das erforderten, sondern einfach, weil er einen Menschen brauchte, dem er seine Sorgen anvertrauen konnte.

Noch geschwächt von seinem Hungerstreik, traf Gandhi am 9. September 1947 in Delhi ein, das er nicht mehr verlassen sollte. Diesmal war nicht daran zu denken, daß er sein altes Quartier inmitten der Unberührbaren aufschlagen könne. Das Viertel war von verzweifelten Flüchtlingen aus dem Pandschab überschwemmt.

So bezog er diesmal das Birla House in der Albuquerque Road, der besten Wohngegend der Stadt. Es war ein luxuriöses Anwesen mit einer hohen Schutzmauer, einem Rosengarten, Marmorfußböden und teakholzverkleideten Wänden.

Kaum war seine Ankunft bekanntgeworden, kamen moslemische Flüchtlinge und beschworen ihn, in der Stadt zu bleiben. Was er dabei von den Untaten der Sikhs und Hindus hörte, erschütterte ihn, und er versprach, „nicht aus Delhi in den Pandschab zu reisen, bevor die Stadt nicht wieder so friedlich geworden ist, wie sie es vorher gewesen war".

Er besuchte die Flüchtlingslager und redete auf die verbitterten Insassen ein, die Vergeltung forderten. Als er ohne Eskorte in das Lager Purana Quilla fuhr, umringte ihn eine Gruppe Moslems, bewarf das Auto mit Steinen und beschimpfte ihn. Einer riß die Wagentür auf. Unerschrocken stieg Gandhi aus und schritt auf den schreienden Haufen zu, um mit den Menschen zu reden. Doch seine Stimme drang nicht durch den Lärm, so daß einer der Umstehenden wiederholen mußte, was Gandhi sagte.

„Für mich", rief er, „gibt es keinen Unterschied zwischen einem Hindu, einem Moslem oder einem Sikh. Für mich sind alle gleich wichtig."

Doch man hinderte ihn am Weiterreden. „Nieder mit Gandhi!" brüllte die Menge. Was weder Briten noch Buren gelungen war, erreichten seine indischen Landsleute.

Am 2. Oktober feierte das unabhängig gewordene Indien und mit ihm die Welt den achtundsiebzigsten Geburtstag des Mahatma. Zu Tausenden trafen Telegramme, Briefe und Glückwunschbotschaften ein. Hindus, Sikhs und Moslems brachten Blumen, Süßigkeiten und Früchte. Nehru, Patel, Minister, Journalisten und Diplomaten gaben dem Tag das Gepräge eines nationalen Feiertags. Der Rundfunk brachte zu seinen Ehren eine Sondersendung, doch er zeigte kein Interesse und hörte sie nicht an. Allen fiel die körperliche Schwäche, mehr aber noch die stille Melancholie des Greises auf.

Am Abend des 12. Januar 1948 saßen sich der Mahatma und Mountbatten gegenüber. Der Mahatma hatte nach seiner Gewohnheit die nackten Füße unter den Rand seines Dhoti hochgezogen. Er wirkte traurig und bekümmert. In seiner Haltung schien das ganze Elend seines Volkes Ausdruck zu finden.

Zwei Gründe hatten ihn in das Arbeitszimmer Mountbattens geführt. Da war einmal die Gefahr eines Krieges zwischen Pakistan und Indien. Jinnah hatte sich in die Vorstellung verrannt, seine alten Feinde in der Kongreßpartei wollten verhindern, daß sein Staat Fuß fasse, und Pakistan nach seinem Tod Indien wieder angliedern. Dann war noch eine finanzielle Rechnung offen. Als die beiden Staaten selbständig geworden waren, hatte Indien insgesamt mehr als vier Billionen Rupien Bargeld besessen. Davon hatte Pakistan sofort eine Anzahlung von zweihundert Millionen erhalten. Jinnahs Staat stand damit noch eine Restzahlung von fünfhundertfünfzig Millionen Rupien zu – damals hundertsiebzig Millionen Dollar. Doch Nehru und Patel weigerten sich zu zahlen. Sie argumentierten, Pakistan würde dieses Geld für Waffenkäufe verwenden. Der Beschluß brachte Jinnah in eine verzweifelte Lage. Sein neuer Staat war so gut wie bankrott. Von den zweihundert Millionen waren nur noch zwanzig übrig.

Gandhi fürchtete nun, Jinnah werde gerade durch diese schwierige Situation in einen Krieg um Kaschmir getrieben, und Mountbatten war der gleichen Meinung. Doch der Notstandsausschuß war aufgelöst. Nehru und Patel besaßen wieder alle Macht, und auf sie machte Pakistans Zwangslage keinen Eindruck.

„Indiens Weigerung, den Pakistanis das ihnen zustehende Geld zu zahlen, ist die einzige unehrenhafte Handlung, die die Regierung bisher begangen hat“, sagte Gandhi.

Mountbatten stimmte zu.

„Wenn ein Mensch oder auch eine Regierung aus freien Stücken einen Vertrag geschlossen hat wie Indien in diesem Fall, dann darf es kein Zurück geben“, sagte Gandhi, und nach einer Pause fuhr er fort, daß er sich darum zu einem Hungerstreik bis zum Tode entschlossen habe, um für die Ehre Indiens zu fasten. Für den Abbruch des Hungerstreiks werde er die Bedingung stellen, daß Indien seine Verträge bis auf den Buchstaben getreu erfülle.

Mountbatten schwieg.

„Jetzt werden sie nicht auf mich hören“, setzte Gandhi hinzu, „aber wenn erst mein Hungerstreik begonnen hat, werden sie es mir nicht mehr abschlagen können.“

Es war ein ehrenvoller und auch mutiger Entschluß. Aber er sollte für den Greis verhängnisvoll sein.

## *Laßt Gandhi sterben*

Gandhi begann seinen Hungerstreik schon am nächsten Mittag. Es war der 13. Januar 1948. Anderthalb Stunden zuvor hatte er seine letzte Mahlzeit eingenommen, zwei Chapattis, Fladen aus Mehl und Wasser, einen halben Liter Ziegenmilch und einige Grapefruitscheiben.

Die Journalisten der indischen und ausländischen Presse, die ihn umstanden, während er sich auf seiner Matte ausstreckte, gaben seinem Fasten von der ersten Stunde an ein besonderes Gewicht. Viele, auch wohlmeinende Beobachter, verstanden ihn diesmal nicht, denn seinem Entschluß waren keine direkten Gewaltausbrüche vorausgegangen. Doch was den meisten entging, spürte er instinktiv: Indien war Massenunruhen gefährlich nahe, und diesmal konnte es schlimmer als jemals zuvor werden.

Delhi quoll von Flüchtlingen über, die ihren Haß auf die Moslems hinausschrien. Um der stinkenden Enge in den Lagern zu entgehen, hatten sie überall Moscheen, Häuser und Wohnungen besetzt.

Und jetzt wollte ihr Mahatma, ein Hindu wie sie selbst, daß sie ihre Quartiere wieder verließen und sie den verhaßten Eigentümern zurückgaben! Hinzu kamen die fünfhundertfünfzig Millionen Rupien, die das Land an Pakistan zahlen sollte! Diese gewissermaßen zum Preis für den Abbruch des Hungerstreiks zu machen, das hatte die öffentliche Meinung in einem Maß gegen ihn aufgebracht wie niemals zuvor und außerdem die indische Regierung gespalten.

Gandhi schien nichts von dem zu ahnen, was in Delhi vorging. Ruhig, fast heiter lag er vor dem Haus in der Sonne. Monatelang hatten die Verantwortlichen überall in Indien gedacht, er sei ein vergessener Mann, die Geschichte sei längst über ihn hinweggegangen. Doch das war nun vorbei. Mit seinem Fasten hatte er noch einmal alle daran erinnert, wer er war und was er vertrat. Zum letztenmal zwang er die Menschen, über ihn und seine Botschaft nachzudenken.

Auch während des Fastens bestand er darauf, seinen normalen Tagesablauf einzuhalten, wenn es die Kräfte zuließen.

Am Morgen des 14. Januar wog er nur 49,5 Kilogramm und hatte damit bereits zwei Pfund Gewicht verloren. Sushila, seine Ärztin, wußte, daß das wenige Fett, das er noch hatte, bald verbraucht sein würde und daß dann der Prozeß einsetzte, der, wenn er nicht abgebrochen würde, zum Tode führen mußte.

Daß Gandhi seine ärztliche Betreuung einer jungen Frau anvertraute, war ein Ergebnis seiner Überzeugung. Unermüdlich hatte er in der Vergangenheit erklärt, daß es keine Hoffnung für Indien geben könne, wenn Indiens Frauen nicht emanzipiert seien: „Frauen sind die unterdrückte Hälfte der Menschheit.“ Die Ursachen ihrer Versklavung lägen in dem engen Kreis häuslicher Pflichten, zu der sie die von den Männern beherrschte Gesellschaft zwinge. Immerhin hatte sein Einsatz einen ersten Erfolg gebracht. Die Hindus, die zuvor noch ihre Witwen gezwungen hatten, in die flammenden Scheiterhaufen ihrer verstorbenen Männer zu springen, akzeptierten es nun, daß dem ersten freien Kabinett Indiens auch eine Frau angehörte.

Kurz vor Mittag versammelten sich die Mitglieder der Regierung um den Greis, der wieder einmal zum Gewissen des Landes geworden war. Sie waren unter der Führung Nehrus und Patels gekommen, um hier eine Ministerratssitzung abzuhalten. Es ging um das Geld, das Indien Pakistan schuldete und dessen Herausgabe Gandhi verlangt hatte. Diese Forderung hatte die Kabinettsmitglieder schockiert und aufgebracht. Nun versuchten sie, ihren Beschluß zu rechtfertigen.

Gandhi schwieg. Matt und benommen lag er auf seiner Matte und blickte auf Nehru, den Mann, der in so vielen schwierigen Stunden an seiner Seite gestanden hatte. Schließlich flüsterte er: „Du bist nicht mehr der Mann, den ich einst gekannt habe."

Draußen zogen den ganzen Tag Gruppen von Moslems, Hindus und Sikhs vorüber und baten, er möge seinen Hungerstreik abbrechen. Im Geschäftszentrum von Neu-Delhi, dem Connaught Circus, ebenso wie in den engen Gäßchen der Altstadt drehten sich die Gespräche um den fastenden Mahatma. Doch die Menschen waren nicht mehr nur von dem brennenden Wunsch beseelt, um jeden Preis sein Leben zu retten. Viele sahen in seinem Leiden nur die versteckte Absicht, den Moslems zu helfen, die sie haßten und mit Argwohn beobachteten. Bei ihnen löste sein Verhalten sogar Zorn und Enttäuschung aus.

Am Abend hörte Gandhi ein schwaches, aber dennoch vertrautes Geräusch. Es waren die im Chor gerufenen Parolen eines Demonstrationszuges, der sich dem Haus näherte.

„Was rufen sie?" fragte Gandhi.

„Es sind Flüchtlinge, die demonstrieren", antwortete jemand.

„Sind es viele?" wollte Gandhi wissen.

„Nicht sehr viele. Vielleicht zweihundert oder dreihundert."

Gandhi lauschte den Stimmen. „Sind es nicht doch ein paar mehr?"

„Es können auch fünfhundert oder tausend sein."

„Was rufen sie denn?"

Der andere zögerte, schwieg und überlegte. Dann sagte er: „Sie rufen: ‚Laßt Gandhi sterben.'"

Der kritische Moment, auf den Gandhis Ärztin sorgenvoll gewartet hatte, kam erschreckend rasch. Hunderte von Menschen versammelten sich am Abend des 14. Januar auf dem Rasen des Birla House, und Gandhi sprach über ein Mikrophon zu ihnen.

„Macht euch um mich keine Sorgen", sagte er. „Wer in diese Welt geboren wird, kann dem Tod nicht entgehen. Der Tod ist ein guter Freund, denn er erlöst uns endgültig von so viel Elend."

Zwei Tage später erklärte er über den Lautsprecher, vor jedem Wort nach Atem ringend: „Das Leben interessiert mich nicht mehr, wenn nicht überall in Indien und Pakistan Frieden eintritt. Das ist der Sinn meines Opfers."

Nun ging auch der Allindische Rundfunk dazu über, täglich Berichte über seinen Gesundheitszustand zu senden. Dutzende indischer und ausländischer Journalisten postierten sich am Eingang des Birla House, um jede Neuigkeit sofort weitergeben zu können. Die Menschen schwenkten Fahnen und riefen: „Brüderlichkeit!" – „Einigkeit zwischen Hindus und Moslems!" – „Schont Gandhis Leben!" Einen Tag lang stempelten die Postangestellten die Briefe nicht ab, sondern schrieben über die Marken: „Rettet Gandhis Leben – haltet Frieden!" Schulen und Universitäten schlossen. Am erstaunlichsten jedoch war der Stimmungsumschwung in Delhi. Läden und Werkstätten stellten den Verkauf ein. Lastwagen rollten durch die Stadt, auf denen Menschen standen und riefen: „Gandhis Leben ist wertvoller als unseres!"

Gandhi erkannte die Gunst der Stunde. Sein Verstand war völlig ungetrübt. Er diktierte seinem Sekretär eine Liste mit sieben Bedingungen. Die Führer sämtlicher religiöser und politischer Organisationen müßten sie unterschreiben, einschließlich seiner Gegner, machte er klar. Erst dann würde er seine Forderungen als erfüllt ansehen.

Die Liste war ein durchdachter Katalog von Bedingungen, die das gesamte Leben der Stadt betrafen: von der Rückgabe der Moscheen, die man in Wohnungen für Flüchtlinge verwandelt hatte, bis zu der Aufhebung des Boykotts gegen mohammedanische Händler in den Basaren von Alt-Delhi und der Garantie, daß indische Eisenbahnen auch Moslems befördern.

Der Sekretär machte sich auf den Weg, um den Verantwortlichen die Bedingungen vorzulegen. In Delhi herrschte eine Spannung und Erregung wie selten zuvor. Fast hunderttausend Menschen unterschiedlicher Kasten und Religionen fanden sich zu einer Massenversammlung ein und riefen ihre Führer auf, Gandhis Bedingungen anzunehmen.

Gandhi selbst ging es von Stunde zu Stunde schlechter. Nehru kam zum Birla House. Auch Louis Mountbatten und seine Frau erschienen.

Spätabends kehrte der Sekretär mit dem Papier zurück. Alle Bedingungen seien vom Friedenskomitee unterzeichnet worden, teilte er mit; es sei eine gemeinsame Verpflichtung, „Frieden, Harmonie und Brüderlichkeit zwischen den Bevölkerungsgruppen wiederherzustellen".

„Haben alle führenden Männer der Stadt unterschrieben?"

Der Sekretär zögerte. Es fehlten noch zwei Unterschriften, gestand er, die der Führer zweier Hinduorganisationen, die seine unversöhnlichsten Feinde waren. Sie würden am nächsten Tag unterschreiben, hatten sie erklärt.

Alle Anwesenden verbürgten sich dafür. Sie flehten Gandhi an, den Hungerstreik jetzt zu beenden, zumal die Regierung bekanntgegeben habe, daß sie die Zahlung der fünfhundertfünfzig Millionen Rupien an Pakistan leisten werde.

„Nein", murmelte Gandhi. „Übereilt darf nichts geschehen. Ich werde erst dann zu fasten aufhören, wenn das härteste Herz erweicht ist."

Am nächsten Morgen lag er bewußtlos da. Jemand brachte eine feuchte Kompresse, die man ihm auf die Stirn legte. Als die Kühle in ihn drang, öffnete er die Augen. Sein Blick wanderte über die Männer, die um seine Liege standen, und plötzlich huschte ein Lächeln über sein Gesicht. Er hatte ein Wunder zustande gebracht. Die Männer, die er um sich sah, waren durch jahrhundertealte Feindschaften voneinander getrennt. Da standen Sikhs mit ihren blauen Turbanen neben Moslems mit dem Fes, Kongreßmitglieder im Dhoti, dazwischen Parsen und Christen in Straßenanzügen. Unberührbare aus der Straßenfegerkolonie Bangi, Sadhus in ihren orangefarbenen Gewändern, sogar der Führer jener Bruderschaft der fanatischen Hindukämpfer war gekommen.

Gandhi gab zu verstehen, daß er sprechen wolle. Seine Großnichte Manu drückte ihr Ohr an seine Lippen. Sie notierte jeden Satz und reichte den Block dann an den Sekretär, der den Versammelten die Worte vorlas.

Sie hätten ihm alles gegeben, was er verlangt habe. Aber was sie in Delhi zustande gebracht hätten, müßten sie auch in ganz Indien zu erreichen suchen. Friede allein in Delhi wäre wenig wert, wenn draußen weiter Gewalt herrsche.

Selbst an der Schwelle des Todes suchte der Prophet der Gewaltlosigkeit, das Äußerste an Einigungsbereitschaft aus den Führern der Religionsgemeinschaften herauszuholen. Keuchend schwieg er zwei Minuten, um Kraft zu sammeln. Der Sekretär hatte Tränen in den Augen und war nicht mehr imstande, die Sätze vorzulesen, die man ihm reichte. Er gab den Block an einen anderen weiter.

„Nichts wäre dümmer, als zu glauben, Indien dürfe nur den Hindus und Pakistan nur den Moslems gehören. Es mag schwierig erscheinen, ganz Indien und ganz Pakistan mit einem neuen Geist zu erfüllen; aber wenn wir uns dieser Aufgabe mit allen Kräften widmen, gelingt es uns auch."

Er machte erneut eine Pause.

„Wenn Sie, nachdem Sie das alles gehört haben, immer

noch wollen, daß ich mein Fasten aufgebe, dann tue ich es jetzt. Aber wenn sich das Verhältnis der Menschen zueinander nicht ändert und Ihr Gelöbnis nur eine leere Versprechung bleibt, dann habe ich keine andere Wahl, als zu sterben."

Ein Flüstern lief durch die Versammelten. Alle waren erleichtert. Einer nach dem anderen traten sie an sein Lager und versicherten ihm, daß sie die volle Bedeutung seiner Botschaft verstanden hätten, und versprachen, ihre Kräfte einzusetzen, um sie zu verwirklichen.

Nun forderte er die Besucher zu einem gemeinsamen Gebet auf. Es umfaßte ein buddhistisches Mantra, eine kurze Lesung aus der altindischen Bhagawadgita, dem Koran, der Bibel, ein Gebet der Zarathustra-Anhänger und zum Schluß eine Hymne auf den großen Guru der Sikhs. Gandhis Augen blieben geschlossen, aber strahlende Freude erleuchtete sein Gesicht.

Jetzt drängten die Reporter und Pressefotografen in den Raum. Jemand brachte ein Glas Orangensaft mit Traubenzukker. Nehru und Maulana Azad, ein Moslemführer, hielten es Gandhi gemeinsam an die Lippen mit vor Bewegung zitternden Händen. Die Blitzlichtgewitter tauchten den Raum in blendendweißes Licht, als er den ersten Schluck trank. Es war nach hunderteinundzwanzig Stunden das erstemal, daß er etwas außer lauwarmem Wasser und Natriumkarbonat zu sich nahm. Drei Stunden später trank er einen Viertelliter Ziegenmilch und den Saft von vier ausgepreßten Orangen.

## *Die letzten Tage*

Am 20. Januar 1948, zwei Tage nach seinem Fasten, zerriß der scharfe Knall einer Detonation die andächtige Stille der Abendandacht. Zwanzig Meter hinter Gandhi zerstörte eine selbstgebastelte Bombe die Gartenmauer des Birla House.

Panik wollte sich ausbreiten, doch der Mahatma beruhigte die versammelten Menschen über das Mikrophon. „Kümmert euch nicht darum", sagte er. „Es ist nichts – nur die Armee, die eine Übung abhält. Setzt euch wieder, und seid ruhig."

Der Attentäter war ein fünfundzwanzigjähriger Flüchtling aus dem Pandschab. Er wurde gefaßt und abgeführt. Die Mutter eines kleinen Jungen, der an der Ziegelmauer spielte, hatte gesehen, wie der Mann die Bombe zündete, und sofort einen Fliegeroffizier gerufen, der den Pandschabi zu Boden riß und dann der Polizei übergab.

Auf der Wache gestand der Mann die Tat und sagte, er habe Gandhi töten wollen, weil er die Flüchtlinge gezwungen habe, die Moscheen in Delhi zu räumen, wo er selbst untergekommen war. Außerdem habe Gandhi darauf bestanden, daß Indien das Geld aus dem Teilungsvertrag an Pakistan zahle. Überhaupt helfe er den Moslems auf jede nur denkbare Weise. Der Mann gab seinen Namen mit Madanlal an.

Die Beamten erkannten rasch, daß es sich hier nicht um einen wirrköpfigen Flüchtling handeln konnte, sondern daß er zu einer Gruppe gehören mußte, die sich vorgenommen hatte, Gandhi zu töten. Doch dann gerieten die Ermittlungen, die so erfolgversprechend begonnen hatten, ins Stocken. Eine Reihe kleiner und größerer Pannen führte dazu, daß die Beamten nicht weiterkamen und den Verschwörern die Zeit blieb, einen neuen Anschlag vorzubereiten.

Der 30. Januar verlief für Gandhi wie die Tage zuvor. Zum erstenmal jedoch konnte er wieder ohne fremde Hilfe ein paar Schritte machen. Er hatte ein halbes Pfund zugenommen. Sein Essen bestand weiterhin aus Ziegenmilch, Gemüsesaft und Orangen.

Am Nachmittag ließ er sich das Spinnrad bringen, und während er das knarrende Rad drehte, sang er die Verse der Bhagawadgita:

„Denn untergehen muß, was entsteht,
Und wiederkehren, was verschwand.
Drum klage nicht um das, was du
Als unvermeidlich hast erkannt."

Diese Verse, die er besonders schätzte, sollte er an diesem Tag zum letztenmal singen. Inmitten der Menge, die draußen auf den Beginn der Gebetsversammlung wartete, befand sich bereits sein Mörder.

Als Gandhi aus dem Haus trat und in den Garten kam, war die Sonne im Untergehen. Die Menschen bildeten eine Gasse zum Podium. Er legte die Hände zusammen und erwiderte die Grüße.

Plötzlich sah er sich einem Mann gegenüber, der die Hände in den Taschen hielt. Die Entfernung betrug nur zwei Schritte. Der Mann nahm eine Hand aus der Tasche, er machte einen Schritt nach vorn. Jetzt lag ein schwarzer Revolver offen in seinen Fingern.

Dreimal zerriß ein scharfer Knall die Stille auf dem Gebetsplatz.

Der Attentäter hatte sein Ziel nicht verfehlt. Alle drei Schüsse waren in Gandhis nackte Brust gedrungen.

„He Ram – mein Gott!" stöhnte Gandhi auf, dann sank er ins Gras, die Hände zu einem letzten Gruß verklammert – zu einem Gruß für den Mörder.

Es war genau siebzehn Minuten nach fünf Uhr nachmittags.

Als die Nachricht Louis Mountbatten erreichte, fragte er sofort: „Wer hat es getan – ein Moslem oder ein Hindu?" Es war die gleiche Frage, die Millionen Menschen überall in Indien in den nächsten Stunden stellten.

„Wir wissen es noch nicht, Sir", antwortete der Offizier, der ihm das Attentat gemeldet hatte.

Als Mountbatten das Birla House erreichte, hatte sich bereits eine riesige Menge auf der Straße und dem Rasen vor dem Haus eingefunden. Während er sich mühsam einen Weg an den Menschen vorbei bahnte, schrie ein Mann mit überschnappender Stimme: „Es war ein Moslem! Ein Moslem hat es getan."

Mountbatten wandte sich dem Mann zu. „Sie Dummkopf!" rief er, so laut er konnte. „Wissen Sie denn nicht, daß es ein Hindu war!"

Ein paar Schritte weiter sagte der Offizier: „Aber Sie können doch unmöglich wissen, Sir, daß es ein Hindu war."

„Ich weiß es auch nicht", antwortete Mountbatten. „Aber wenn ein Moslem geschossen hat, wird es eine Katastrophe geben. Dann werden die Hindus das größte Massaker anrichten, das wir in der Geschichte kennen."

Alle, die inzwischen von dem Mord wußten, teilten Lord Mountbattens Befürchtung. Das galt auch für den Leiter des Allindischen Rundfunks. Statt die Schreckensnachricht zu verbreiten, ordnete er an, die landesweit ausgestrahlten Sendungen nicht zu unterbrechen und die normalen Programme weiterlaufen zu lassen.

Als die Polizei dann die Nachricht an den Rundfunk gab, hatte sie den Täter bereits identifiziert: Es war der Herausgeber der extremen Hinduzeitung „Hindu-Rashtra" in Poona, der fünfunddreißigjährige Nathuram Godse.

Gegen sechs Uhr, eine dreiviertel Stunde nach dem Attentat, erfuhr dann das indische Volk durch den Rundfunk vom Tod des Mannes, der wie kein anderer zu seiner Freiheit beigetragen hatte. Jedes Wort der Rundfunksendung war sorgfältig abgewogen: „Heute nachmittag, um 17.17 Uhr fiel Mahatma Gandhi in Neu-Delhi einem Attentat zum Opfer. Der Attentäter war ein Hindu."

Damit war die Gefahr eines Massakers abgewendet.

Den Millionen Menschen blieb nur die Trauer.

Man brachte die Leiche in das Zimmer, in dem Gandhi noch eine knappe Stunde zuvor am Spinnrad gesessen hatte, und deckte den blutgetränkten Dhoti zu. Irgend jemand stellte Gandhis wenige Habseligkeiten neben die Bahre: seine Sandalen, die Brille, die Uhr, die Blechschüssel.

Als Mountbatten den Raum betrat, war er bereits mit Trauernden angefüllt. Nehru hockte mit fahlem Gesicht am Boden, neben ihm der tiefbetroffene Patel, die Augen starr auf das Antlitz des Toten gerichtet. Ein leiser Singsang schwebte durch das Halbdunkel, ein hinduistischer Trauergesang. Schwer hing der Duft von Räucherstäbchen in der Luft.

Mountbatten setzte sich zu den beiden Politikern. Man kam überein, den Leichnam einzubalsamieren und in einem Sonderzug durch Indien zu fahren. Das Volk, dem er so große Opfer gebracht hatte, sollte die Gelegenheit zu einer letzten Begegnung haben. Doch das Vorhaben scheiterte an Gandhis Sekretär.

„Der Mahatma", sagte er, „hat unmißverständlich erklärt, es sei sein Wunsch, daß man ihn nach der hinduistischen Tradition binnen vierundzwanzig Stunden nach dem Tod verbrenne."

„Keine leichte Aufgabe", meinte Patel. „Zu den Millionen in Delhi werden noch Hunderttausende aus dem ganzen Land kommen. Wie sollen wir mit den Massen fertig werden?"

„Es gibt nur eine Einrichtung, die das kann", sagte Mountbatten.

„Sie meinen doch nicht etwa das Militär?" fragte Nehru bestürzt.

„Genau das meine ich."

Die Vorstellung, daß ausgerechnet ein Mann wie Gandhi von Soldaten zum Scheiterhaufen geleitet werden sollte, deren Handwerk der Umgang mit Waffen war, entsetzte die beiden Politiker.

„Gandhi hat immer die Disziplin der Soldaten bewundert", sagte Mountbatten. „Ich weiß das von ihm selbst. Er hätte sicher nichts dagegen, daß die Armee jetzt diese Ordnungsaufgabe übernimmt. Zumal es niemand gibt, der das sonst könnte."

Mit einem kaum erkennbaren Nicken gaben Patel und Nehru ihre Zustimmung.

Über der Stadt war die Luft in dieser Nacht so klar wie nie. Der bläuliche Rauch der Kuhdungfeuer, der sonst aus Millionen Herdstellen stieg und sich wie Nebel über Delhi legte, fehlte heute. Aus Trauer um den Mahatma blieben die Herdstellen kalt. In den vornehmen Villen am Stadtrand wie in den Elendsquartieren hockten die Menschen, Moslems wie Hindus, in stummer Trauer um ihren geliebten Bapu. Das galt für das weite Land ebenso wie für die Millionenstädte. Auch der große Maidan in Kalkutta war fast leer, der Verkehr erstorben. Bombay, sonst überquellend vor Leben, erinnerte an eine Geisterstadt.

Ohne Absprache reagierten die Menschen mit einem Hartal, einem nationalen Trauertag, auf den Tod Gandhis.

Als man den Toten ein letztes Mal gewaschen hatte, hüllte man den Leichnam in ein Wickeltuch aus selbstgesponnener Baumwolle und legte ihn auf eine Bahre. Ein Brahmanenpriester salbte ihn mit Sandelholzpaste und Safran. Man drückte ihm einen Tilak, einen roten Punkt auf die Stirn. Als einzigen Schmuck für die lange Reise in die Ewigkeit gab man ihm ein Band aus Baumwolle mit, das aus den Fäden geknüpft war, die er in der letzten Stunde vor seiner Ermordung auf dem Spinnrad selbst gesponnen hatte.

Kurz nach elf Uhr setzte sich der Trauerzug in Bewegung. Man hatte die Bahre auf ein Militärfahrzeug gesetzt. Zweihundertfünfzig Soldaten aller vier Waffengattungen zogen an langen Seilen das Fahrzeug. Nehru und Patel hatten Streifen aus rotem und weißem Leinen über Gandhis Leichnam gelegt und ihn dann mit der gelbweißgrünen Fahne des unabhängigen Indien, für das er so viel getan hatte, bedeckt.

Generalleutnant Sir Roy Bucher, der britische Chef der indischen Armee, hatte das Kommando. Vier gepanzerte Fahrzeuge und eine Schwadron der Leibgarde führten den Zug an. Es war das erstemal, daß die ehemalige vizekönigliche Leibwache einen Inder ehrte – Mountbattens letzte Geste für einen großen Mann.

Minister und Kulis, Unberührbare, Maharadschas, Straßenfeger und Gouverneure, verschleierte Mohammedanerinnen, Angehörige jeder Kaste, Rasse, Religion und Hautfarbe hatten sich in den Trauerzug eingereiht.

Der acht Kilometer lange Weg durch Delhi bis hin zum Ghat, der Verbrennungsstätte der Könige am Ufer des Yamuna, war mit einem Teppich aus Rosen- und Jasminblüten bedeckt. Auf jedem Meter längs der Route standen die Menschen in mehreren Reihen hintereinander. Zehntausende lehnten sich aus den Fenstern oder standen auf den flachen Dächern, andere klammerten sich an die Laternenpfähle oder Telefonstangen.

Fünf Stunden bewegte sich der Kondukt über die imperiale Prachtstraße, die einst gebaut worden war, um die Triumphe der britischen Herrschaft zu feiern. Jetzt, im Tode, empfing Gandhi diese Huldigung, wie sie sich größer kein Herrscher hätte erträumen können.

Auf den weiten Wiesen am Ufer des Flusses, wo der Scheiterhaufen errichtet worden war, wartete eine Million Menschen. Louis Mountbatten stand in seiner weißen Paradeuniform vor der Holzpyramide, neben ihm seine Frau und seine Töchter. Um ihn herum die Gruppe der Würdenträger, Diplomaten, Politiker und Minister.

Schließlich erreichte die Bahre den Scheiterhaufen. Zwei von Gandhis Söhnen legten den Toten auf die Sandelholzblökke, den Kopf nach Norden, wie es der hinduistische Ritus vorschreibt. Es war vier Uhr nachmittags, und die Zeit drängte, wenn die Strahlen der Sonne den Toten segnen sollten, während sein Körper von den Flammen verzehrt wurde.

Ramdas, Gandhis zweiter Sohn, dem nach der uralten Hindutradition in Abwesenheit des älteren Bruders Harilal die Aufgabe zufiel, die Zeremonie zu leiten, stieg nun auf die Pyramide und übergoß den Scheiterhaufen mit halbflüssiger Büffelbutter, die mit Kokosnußöl, Kampfer und Weihrauch vermischt war. Danach umschritt er fünfmal den Holzstoß, während die Priester in ihren safrangelben Gewändern die Totengebete sprachen.

Jemand gab Ramdas eine Fackel. Sie war an einem Stück Holzkohle entzündet worden, die man vom ewigen Feuer im Tempel der Toten gebracht hatte. Ramdas hob sie über den Kopf und stieß sie dann in den Scheiterhaufen. Während die ersten Flämmchen zaghaft und kaum sichtbar über die Sandelholzscheite huschten, sang eine zitternde Stimme das uralte Gebet aus den Weden, den heiligen Schriften der altindischen Religion.

„Führe mich aus dem Unwirklichen ins Wirkliche,
Aus dem Dunkel ins Licht,
Aus dem Tod in die Unsterblichkeit.“

Als der Rauch dann aufstieg, drängten die Menschen mit einem hysterischen Aufschrei nach vorn. Frauen weinten hemmungslos, zerrauften sich das Haar und zerrissen ihre Saris. Sie wollten sich an der Polizistenkette vorbeidrängen, um sich, einem uralten Hindubrauch folgend, in den Scheiterhaufen zu stürzen. Nur Mountbattens Voraussicht, der die Würdenträger bewogen hatte, sich auf den Boden zu setzen, bewahrte sie davor, von den andrängenden Menschen in das Feuer getrieben zu werden und eines unfreiwilligen Todes zu sterben.

Als die Flammen auf die leicht entzündbare Büffelmilchbutter trafen, schlugen sie plötzlich hoch auflodernd über dem Scheiterhaufen zusammen. Ein gewaltiger Geysir spie einen Funkenregen in den Himmel, und das prasselnde Feuer verschlang die Pyramide aus Sandelholz. Gandhi verschwand für immer. Der Winterwind, der die Flammen anpeitschte, trieb den Rauch über den Fluß und nahm ihn mit sich fort. Als sich die letzten Strahlen der untergehenden Sonne mit der Feuersäule trafen, schallte ein Schrei aus einer Million Kehlen über die Ebene und den Yamuna: „Mahatma Gandhi amar ho gaye – Mahatma Gandhi ist unsterblich geworden!“

Die ganze Nacht hindurch zogen die Trauernden schweigend an den rauchenden Überresten vorbei. Unter ihnen war auch, unerkannt und unbemerkt, der Mann, der den Scheiterhaufen eigentlich hätte anzünden sollen, eine vom Alkohol und der Schwindsucht verwüstete Gestalt, Gandhis ältester Sohn Harilal.

Vierzehn Stunden lang brannte der Holzstoß, zweiundsiebzig Stunden ließ man die Asche erkalten, bis man sie in eine Urne aus Kupfer füllte und ins Birla House zurückbrachte.

Zehn Tage später setzten die indischen Eisenbahnbehörden zum letztenmal einen Sonderzug für Gandhi ein. Tausende und Abertausende säumten die Bahnstrecke. Wie es die Hindusitte verlangte, wurde die Asche am zwölften Tag nach der Verbrennung einem Fluß anvertraut, der zum Meer strömt. Der Ort, den man wählte, war eine der heiligsten Stätten der Hindus, das Sangam bei Allahbad, wo die schlammigen Wogen der Ewigen Mutter Ganges sich mit dem klaren Wasser des Yamuna und dem mystischen Saravasti vereinen.

Am Zusammenfluß dieser großen Ströme, die seit Jahrtausenden die Asche von Hunderten von Millionen Indern forttragen, sollte Mahatma Gandhi – wie ein Tropfen Wasser im endlosen Meer – für immer eins werden mit der Seele seines Volkes.

Aus dem Bahnhof von Allahbad trug man die Urne zu einem Lastwagen, der sie durch eine unüberblickbare Menschenmenge zum Flußufer brachte. Dort wartete ein blumengeschmücktes Amphibienfahrzeug der indischen Armee, um sie in die Strommitte zu bringen.

Drei Millionen Menschen waren gekommen und sahen zu, wie das Amphibienfahrzeug mit der Urne an Bord die Fahrt über das Wasser antrat. Nehru, Patel, Gandhis Söhne und seine engsten Gefährten gaben das Ehrengeleit.

Als sich das Fahrzeug der Stelle näherte, wo die drei Flüsse sich vereinigten, füllte Gandhis Sohn Ramdas die Urne, in der sich die Asche seines Vaters befand, mit der Milch einer heiligen Kuh. Feierlich schwenkte er das Gefäß hin und her, während die Begleiter eine letzte Hymne sangen:

„Heilige Seele, mögen Sonne, Luft und Feuer
dir günstig sein.
Mögen die Wasser aller Flüsse und aller Meere
dir hilfreich sein
und dir stets bei deinen guten Werken dienen.“

Auch die Menge entlang des Ufers begann wedische Gesänge anzustimmen, in die sich die schrillen Klänge Tausender Glöckchen und die dumpfen Laute der indischen Flöten mischten. Zu Hunderttausenden stiegen nun die Trauernden in den

Fluß, die Stirn mit Asche und Sandelholzpaste bestrichen, um sich in mystischer Vereinigung mit dem Toten zu verbinden. Sie warfen Kokosnußschalen, die mit Blumen, Süßigkeiten und Milch gefüllt waren, in die Strömung. Dann schöpften sie Wasser und tranken dreimal aus dem heiligen Strom.

Jetzt beugte sich Ramdas über den Rand des Fahrzeugs und ließ den Inhalt der Urne ins Wasser fließen. Von der starken Strömung mitgenommen, glitt die milchige Lache, die mit dunkler Asche versetzt war, am Rumpf des Fahrzeugs entlang. Jeder streute Rosen auf den Fleck, der einmal ein Mensch gewesen war.

Unaufhaltsam trug die Strömung den Teppich aus Blumen, Asche und Milch mit sich fort, dem fernen Horizont zu. Gandhi hatte die lange Reise eines frommen Hindu angetreten, seine letzte Pilgerfahrt zum Meer, wo die Ewige Mutter Ganges ihn mit der Unendlichkeit vereinigen würde, mit dem Mahat, dem höchsten Wesen, dem Gott seines Glaubens.

# *Ausklang*

Der Attentäter Nathuram Godse war am Tatort festgenommen worden. Er hatte den Revolver noch in der Hand und machte keinen Versuch, sich seiner Verhaftung zu entziehen. Die übrigen Verschwörer wurden nach und nach ermittelt. Am 27. Mai begann gegen sie der Prozeß wegen Verschwörung zum Mord an Mahatma Gandhi. Einer der Angeklagten trat als Kronzeuge auf und entging damit einer Verurteilung, ein anderer wurde mangels Beweisen freigesprochen.

Godse und ein Mitverschwörer wurden zum Tode verurteilt. Nachdem alle Berufungsanträge abgelehnt worden waren, wurden sie am 15. November 1949 „am Halse bis zum Eintritt des Todes aufgehängt". Die übrigen erhielten lange Haftstrafen, wurden aber Ende der sechziger Jahre begnadigt. Zwei der Söhne sowie die engen Vertrauten Gandhis hatten ein Gnadengesuch an Nehru gerichtet. Doch es war abgelehnt worden.

Louis Mountbatten, der letzte britische Vizekönig, legte im Juni 1948 auch den Posten des Generalsekretärs nieder. Am Abend vor der Abreise des Paares ehrte Nehru sie mit einem Festbankett im Speisesaal des vizeköniglichen Palastes.

In seiner Tischrede sagte Nehru: „Sir, Sie sind mit großem Ansehen hierhergekommen, aber in Indien ist schon so manche Reputation rasch geschwunden. Sie haben eine Zeit großer Schwierigkeiten und schwerer Krisen durchlebt. Dennoch ist Ihr Ansehen nicht geschmälert. Das ist eine große Leistung."

Am nächsten Morgen brachte die gleiche vergoldete Kutsche, in der das Paar angekommen war, die Mountbattens auch wieder zurück.

Louis Mountbatten machte Karriere in der Marine und wurde am 18. April 1955 zum Ersten Seelord der Royal Navy ernannt – ein Amt, das schon sein Vater bekleidet hatte. Er war damit für die Modernisierung der Marine zuständig. 1958 wurde ihm als Chef der Verteidigungsstreitkräfte eine letzte große Aufgabe übertragen, die Reorganisation der englischen Streitkräfte.

Im Juli 1965 nahm er seinen Abschied.

Lord Mountbatten fiel am 27. August 1979 in der Bucht von Sligo einem Anschlag der Irisch-Republikanischen Armee zum Opfer.

Jawaharlal Nehru trat am 15. August 1947 das Amt des indischen Ministerpräsidenten an und bekleidete es bis zu seinem Tod am 2. Mai 1964. Er wurde rasch zu einem der bekanntesten Politiker der dritten Welt und gilt als Baumeister der Politik der Bündnislosigkeit, der sich die meisten afroasiatischen Staaten anschlossen, als sie in den fünfziger und sechziger Jahren ihre Unabhängigkeit erlangten.

An Nehrus Einäscherung nahm auch Lord Mountbatten teil.

Nehru hatte in seinem Testament gebeten, seine Asche aus einem Flugzeug zu verstreuen, „über die Felder, auf denen sich die Bauern Indiens mühen, damit sie sich mit dem Staub der indischen Erde vermische und sich untrennbar mit ihr vereine ... und eine Handvoll dem Ganges in Allahabad anzuvertrauen, damit sie dem endlosen Ozean entgegengetragen werde, der die Küsten Indiens umspült“.

Vallabhbhai Patel wurde Innenminister.

Seine politischen Gegner verbreiteten das Gerücht, er sei mitverantwortlich gewesen, daß die Polizei die Mörder Gandhis nicht schon vor dem Attentat festgenommen hatten, weil ihm dessen Schicksal gleichgültig gewesen sei.

Die Kluft zwischen Patel und Nehru nahm mit den Jahren zu. Patel leitete dann die „Polizeiaktion“ gegen den Fürstenstaat Haiderabad und gliederte ihn gewaltsam in den indischen Staatsverband ein.

Patel erlag am 15. Dezember 1950 einem Herzanfall.

Mohammed Ali Jinnah, der Führer der Moslemliga und erster Präsident der Islamischen Republik Pakistan, starb am 11. September 1948 in Karatschi an Lungentuberkulose. Die

Krankheit wurde bereits im Juni 1946 durch einen Arzt in Bombay diagnostiziert, aber wie ein Staatsgeheimnis gehütet. Niemand sonst erfuhr von ihr. Hätten Mountbatten, Gandhi, Nehru und Patel von der tödlichen Krankheit gewußt, wäre die Teilung Indiens vielleicht vermieden worden.

Auf einem Hügel über Karatschi wurde Jinnahs Leiche in einer marmornen Grabstätte, über die sich ein Mausoleum wölbt, beigesetzt – der Dank eines Volkes an seinen Staatsgründer.

# *Biographien*


Collins / Lapierre, Gandhi. München 1976.

Louis Fischer, Gandhi. München 1983.

Mohandas Karamchand Gandhi, Mein Leben. Leipzig 1930.

Sigrid Grabner, Schwert der Gewaltlosigkeit. Berlin 1983.

Pandit Shri S. Nehru, Mahatma Gandhi. Köln 1983.

A. Ronald Sequeira, Gandhi für Christen. Freiburg 1987.

Gisela Tölle, Kasturba Gandhi – die Frau im Schatten des Mahatma. Freiburg 1985.

George Woodcock, Mahatma Gandhi – Festhalten an der Wahrheit. London 1972.

# Zeittafel

| | |
|---|---|
| 1869 | Mohandas Karamchand Gandhi wird am 2. Oktober in Porbandar geboren. |
| 1876 | Die Familie übersiedelt nach Rajkot. |
| 1882 | Gandhi heiratet Kasturba (auch Kasturbai). |
| 1888 bis 1891 | Gandhi studiert Rechtswissenschaften in London. |
| 1891 | Rückkehr nach Indien. Gandhi versucht vergeblich, als Rechtsanwalt zu praktizieren. |
| 1893 | Im April Abreise nach Südafrika. |
| 1894 | Gandhi führt die Inder von Durban im Widerstand gegen das diskriminierende Wahlgesetz. |
| | Im August Gründung des Natal Indian Congress in Durban. |
| 1896 | Gandhi leitet eine Kampagne gegen das indische Einwanderungsgesetz in Natal. |
| | Im Juni Abreise nach Indien, Rückkehr im Dezember mit Kasturba und den beiden Söhnen. |
| 1897 | Sohn Ramdas wird geboren. |
| 1899 bis 1902 | Gandhi nimmt am Burenkrieg als Führer einer indischen Sanitätstruppe teil. |
| | Großbritannien unterwirft die Burenrepubliken Oranje und Transvaal. |
| 1900 | Sohn Devadas wird geboren. |
| 1901 | Gandhi kehrt mit Familie nach Indien zurück. |
| 1902 | Gandhi arbeitet als Rechtsanwalt in Bombay. |
| | Südafrika wird britische Kolonie. |
| 1903 | Gandhi kehrt mit der Familie nach Südafrika zurück. |
| 1904 | Gandhi arbeitet als Rechtsanwalt in Johannesburg, leitet die Zeitung „Indian Opinion", gründet die Phoenixfarm. |
| 1907 | Die Inder in Südafrika boykottieren die Zwangsregistrierung. |

| | |
|---|---|
| 1913 | Diskriminierung asiatischer Ehen und neue Einwanderungsbeschränkungen. |
| | Indische Bergleute treten in den Streik. Vierte Verhaftung Gandhis. Proteste in England und Indien erzwingen seine Freilassung. |
| 1914 | Im August Beginn des Ersten Weltkriegs. |
| | Im Dezember Gandhis Rückkehr nach Indien. |
| 1917 | Gandhi unterstützt die Indigo-Bauern in Champaran. |
| 1918 | Gandhi leitet den Streik der Textilarbeiter von Ahmedabad. |
| 1919 | Blutbad von Amritsar. |
| 1920 | Am 1. August beginnt die Bewegung der Nichtzusammenarbeit. |
| 1921 | Boykotte und Streiks in ganz Indien. |
| 1922 | Gandhi wird verhaftet und im Prozeß von Ahmedabad zu sechs Jahren Gefängnis verurteilt. |
| 1925 | Gandhi unternimmt ausgedehnte Reisen in ganz Indien. |
| 1926 | „Jahr des Schweigens". Gandhi schreibt seine Biographie. |
| 1930 | Salzmarsch, Verhaftung Gandhis. |
| 1932 | Gandhi fastet im Gefängnis für die Unberührbaren. |
| 1946 | Ausschreitungen der Moslemliga in Kalkutta. |
| 1947 | Gespräche Gandhis mit Vizekönig Mountbatten. |
| | Im August beginnt Gandhi das „Fasten bis zum Tode". |
| | Am 15. August wird in Delhi die Unabhängigkeit Indiens proklamiert. |
| 1948 | Am 30. Januar stirbt Gandhi unter den Schüssen eines fanatischen Hindu. |

# *Auf der Suche nach indischen Schätzen*

Manche Historiker nehmen an, daß die Engländer erst im Gefolge der Holländer in Ostindien ankamen. Die Engländer ließen demnach die Portugiesen durch die Holländer vertreiben, warteten die Antwort der einheimischen Fürsten ab und bauten ihre Faktoreien neben die der Holländer. Das trifft sicher teilweise zu. Englische Schiffe waren jedoch schon vor den holländischen auf den östlichen Meeren gesegelt, und die Engländer hatten jene Küsten selbst gesehen, die für sie später so bedeutungsvoll wurden. Nur hatte man den Berichten dieser frühen Seefahrer in London wenig Bedeutung beigemessen.

Das änderte sich, als die Holländer, die Beherrscher des ostindischen Gewürzhandels, den Preis eines Pfundes Pfeffer um fünf Shilling erhöhten. Aufgebracht über diese ihrer Meinung nach völlig ungerechtfertigte Maßnahme, versammelten sich vierundzwanzig Kaufleute der Londoner City am 24. September 1599 in einem Haus in der Leadenhall Street und gründeten mit einem Kapital von zweiundsiebzigtausend Pfund die Ostindische Kompanie. Die Handelsgesellschaft war nicht auf Eroberung aus, sondern allein auf Gewinn. Dennoch führte sie zu einer einzigartigen Schöpfung des imperialistischen Zeitalters, dem Raj, der Herrschaft der Briten über Indien.

Am 31. Dezember 1599 erhielt die Kompanie einen königlichen Freibrief, den Elizabeth I. unterzeichnete. Darin wurden der Gesellschaft für zunächst fünfzehn Jahre die ausschließlichen Handelsrechte mit allen Ländern jenseits des Kaps der Guten Hoffnung garantiert.

Acht Monate später ging die Fünfhundert-Tonnen-Galeone „Hector“ in der Nähe von Bombay vor Anker. Es war der 24. August 1600. Kapitän William Hawkins, ein Draufgänger, den kein Risiko schreckte, zog nun mit fünfzig angemieteten Pathanenkriegern in das Innere des Landes. Ziel war Agra, die Hauptstadt des Mogulherrschers über siebzig Millionen Untertanen. Kaiser Dschahangir fand Gefallen an dem Abenteurer und unterzeichnete einen kaiserlichen Ferman*, der die Ostindische Kompanie berechtigte, Handelsniederlassungen nördlich von Bombay zu errichten.

Schon bald entluden zwei Schiffe monatlich Zentner von Gewürzen, Gummi, Baumwolle und Rohseide im Londoner Hafen. Und wenn sie wieder davonsegelten, waren ihre Laderäume mit englischen Produkten angefüllt. Das bedeutete jedesmal einen Gewinn von rund zweihundert Prozent, sehr zur Freude der Aktionäre.

Dann erschienen die Galeonen vor Madras, im Golf von Bengalen und im Gangesdelta. Dort, wo einst die Speicher der Kompanie standen, entwickelte sich später die Stadt Kalkutta. Noch immer galt die Devise: Handel, nicht Land. Doch durch den immer weiter gespannten Handel konnte es nicht ausbleiben, daß sich die englischen Leiter der Handelsgesellschaft auch in lokale Streitigkeiten einmischten, Kleinfürsten gegeneinander ausspielten und selbst mit Waffen eingriffen. Am 23. Juni 1757 marschierte ein wagemutiger General namens Robert Clive an der Spitze von neunhundert englischen Soldaten und zweitausend Indern gegen die Armee eines unbotmäßigen Fürsten und schlug dessen weit überlegene Truppen bei dem bengalischen Dorf Plassey in die Flucht.

Clives Sieg öffnete der Kompanie den Zugang zu Nordindien.

Es folgte nun ein Jahrhundert der Eroberung, obwohl die Regierung offiziell noch immer an ihrem alten Grundsatz festhielt.

Die britischen Generalgouverneure brachten Staat um Staat unter britischen „Schutz". Nach der Losung, den Einwohnern Indiens könne keine größere Wohltat erwiesen werden als der Schutz Großbritanniens, wurde in weniger als hundert Jahren aus der Kompanie von Kaufleuten eine Kolonie.

1857 kam es zur blutigen Meuterei auf dem Subkontinent, und nur durch die Unterstützung einer Handvoll Maharadschas konnten sich die Engländer so lange halten, bis ihre

*Ferman: Erlaß islamischer Herrscher.

eilig zusammengezogenen Truppen den Aufstand niederschlugen – nicht weniger grausam als die Meuterer vor ihnen.

Die Folge war ein entscheidender Wechsel in der britischen Indienpolitik. 258 Jahre nach ihrer Gründung endete die Ehrenwerte Ostindische Kompanie, ebenso wie sie begonnen hatte, durch ein königliches Dekret, das am 12. August unterzeichnet wurde. Die Macht in Indien ging an die Krone über: an die neununddreißigjährige Königin Victoria, vor Ort repräsentiert durch einen Vizekönig, der sozusagen als Monarch auf Zeit dreihundert Millionen Inder, ein Fünftel der Menschheit, regierte.

Diese dreihundert Millionen gehörten zwei völlig verschiedenen Religionen an, dem Hinduismus und dem Islam. Der Hinduismus war zweieinhalb Jahrtausende vor Christus von arischen Einwanderern ins Land gebracht worden, die von Norden her eingedrungen waren, um die alteingesessene drawidische Urbevölkerung zu verdrängen oder zu unterwerfen.

Während der Islam sich auf einen Mann, den Propheten Mohammed, und sein Glaubensbuch, den Koran, stützt, ist der Hinduismus eine Religion ohne Gründer, eine geoffenbarte Wahrheit, Jahrhunderte vor Christi Geburt von Weisen an den Ufern des Indus aufgezeichnet. Der Hindu verehrt Gott in beinahe jeder Gestalt, in Ahnen, Tieren, Geistern, in Naturkräften und dem All, sogar in Schlangen, im Wasser, Feuer und in den Sternen. Für den Moslem dagegen gibt es nur einen einzigen Gott, Allah, und der Koran verbietet es den Gläubigen, ihn in irgendeiner Gestalt darzustellen.

Doch die größte Schranke, die das Verstehen zwischen Hindus und Moslems verhindert, war nicht religiöser, sondern sozialer Art: das Kastensystem. Varda, das Wort für Kaste, bedeutet Farbe, und noch nach Jahrtausenden ist die dunkle Haut der Unberührbaren ein anschaulicher Beweis für die Ursprünge des Systems.

Solange die Engländer über Indien herrschten, gelang es ihnen, ein gewisses Gleichgewicht zwischen den beiden Religionsgemeinschaften zu halten, wobei sie geschickt die Gegensätze und Feindschaften nutzten, um sich die Last des

Regierens zu erleichtern. Anfangs war das Streben nach Unabhängigkeit auf eine kleine Elite beschränkt, in der Moslems und Hindus die religiösen Unterschiede nicht zur Kenntnis nahmen, um Seite an Seite das gemeinsame Ziel zu verfolgen.

Als dann Gandhi in den Kampf eingriff, nahm sein Ringen um Unabhängigkeit unvermeidlich die Form eines Kreuzzuges an. Kein Mensch war jemals toleranter als er, keiner freier von religiösen Vorurteilen. Doch er war Hindu, und ungewollt begann seine Bewegung, der Kongreß, eine hinduistische Färbung anzunehmen, die den Argwohn der Moslems weckte. Ein Trauma begann die Moslems zu ängstigen: In einem unabhängigen Indien würden sie von der Hindumehrheit zu einer machtlosen Minderheit verurteilt sein.

So erschien ihnen die Gründung eines eigenen islamischen Staates als der einzige Ausweg. Der Gedanke stammte nicht von Jinnah, er war eine Generation älter. Jinnah übernahm ihn nur und machte ihn zum Ziel seiner Politik. Der islamische Staat sollte den Namen Pakistan erhalten – „Land der Reinen". Im August 1946 erklärte Jinnah in einem Zelt bei Bombay: „Wir werden dafür sorgen, daß Indien geteilt wird, oder wir werden es zerstören."

# Anspruchsvolle Jugendbücher von Isolde Heyne

## Hexenfeuer

ISBN 3-7855-2309-2, 241 Seiten

Barbara soll unschuldig als Hexe auf dem Scheiterhaufen sterben. Zerrissen zwischen Todesangst und Hoffnung auf Rettung, durchlebt sie ihre letzte Nacht im Kerker.

## Imandra

ISBN 3-7855-2513-3, 187 Seiten

Imandra kommt zu ihrer Tante, die Pythia am Orakel in Delphi ist. Fasziniert von dieser Frau, die Tausenden die Zukunft voraussagte, gerät Imandra in spannende Abenteuer.

## Tanea-Tochter der Wölfin

ISBN 3-7855-2575-3, 188 Seiten

Taneas Ziehvater Ezuk wird von einem Höhlenbären schwer verletzt. Wie sollen die beiden jetzt ohne fremde Hilfe den Steinzeitwinter überstehen, wenn Ezuk nicht mehr jagen kann?

**Loewe**